兜太を語る

——海程15人と共に

【聞き手・編著】
董 振華《とう・しんか》

【語り手】
山中葛子
武田伸一
塩野谷仁
若森京子
伊藤淳子
堀之内長一
水野真由美
石川青狼
松本勇二
野﨑憲子
柳生正名
宮崎斗士
田中亜美
中内亮玄
岡崎万寿

コールサック社

兜太を語る

——海程15人と共に

聞き手・編著　董振華

目次

まえがき

董　振華

私は四半世紀前に金子兜太先生にお会いし、俳句の手ほどきを受けて以来、ずっと先生とご家族にお世話になっております。詳しいことは本書の最後につけた「金子先生一家と私」をお読み頂ければありがたく思います。金子先生ご夫妻への恩返しのために、近年少しずつ先生の著書及び俳句を中国語に翻訳し中国で出版しています。またいつかは「兜太論」も書きあげたいと考えて、資料の収集と分類を行いましたが、なかなか糸口が見つかりません。

そんな中、二〇二二年の二月に黒田杏子氏の著書『証言・昭和の俳句　増補新装版』（二〇二一年・コールサック社）を拝読して大きく触発されました。私も、「海程」の方々にインタビューし、金子先生と直に接した俳人の証言を後世に残し、また私自身の「兜太論」の足掛かりとしたい、と思うようになりました。

そこで、すぐさま先生のご子息の眞士氏に相談を申し上げました。その結果、お話を伺うべき語り手として、日ごろに私がよく存じ上げている方のほかに、眞士氏の推薦を合わせて二十余名のお名前が挙がりました。早速私は二月二十八日から、インタビューを依頼する手紙を書き、三月一日には、この方々に自分の履歴書を添えた郵便またはメールを送付しました。その後、お電話も差し上げましたが、私の力不足及び限られた時間など様々な事情で、予定していた方達全員へのインタビューまでには至りませんでした。それでも最終的に十五名の方への取材が叶い、幸いでした。

そして、三月二十六日にご都合のよかった田中亜美氏を最初の語り手として迎え、以後八ヶ月にわたって十五名の方々からお話を聞くことが出来ました。

なお本書は、私・董振華個人が企画・立案し、語り手の方々のご協力を頂き成立したもので、組織の企画ではありません。また語り手の証言の掲載順は基本的に「海程」への入会時期の早い順としました。また、各氏による兜太句選と文中の引用句は、『金子兜太集第一巻 全句集』（筑摩書房）に準拠しました。

それでは、私と共に「兜太を語る」海程の語り手たちのお話に耳を傾けていただければ幸いです。

第1章

山中葛子

（二〇二二年五月二十二日十三時　中野にて）

はじめに

山中葛子氏は「海程」の創刊同人だ。長きにわたって「海程」で活躍されたばかりでなく、千葉県現代俳句協会会長や千葉日報「俳壇」選者等を務めておられた。

山中氏の名前と作品は毎月「海程」の「海原集」で拝見していた。また、私は東京例会に時々参加したので、いつもひな壇に座る姿を遠くから眺めていた。山中氏は「海程」の重鎮、私は末席におり、恐れ多くて言葉を交わしたことはほとんどなかった。

こちらから初めてご挨拶をしたのは、兜太先生のお葬式だった。そして二〇一九年、私が句作を再開してから、句集や年賀状を送るようになった。遠回りはしたけれど、正式な交流を始められることになった。

董振華

「馬立句会」「炎星」「黒」「俳句評論」を経て「海程」創刊同人へ

私は昭和三十（一九五五）年、高校生の時に、古里（市原市）の「馬立句会」に入会して、それから、昭和三十二（一九五七）年に「炎星」という同人誌に入りました。その時、「麦」の中島斌雄に養老渓谷でお会いして、「麦」の句会に「炎星」の人々と参加しました。同じ頃、沢木欣一の「風」にも投句して、兜太先生という「かぶと虫」の親分のような名前のすごい俳人がいるんだなということを知りました。それで第三回風賞に応募したら、選後感想もあり、兜太先生から十点中の五点をいただけて、いっそう憧れを強くしました。「風」の東京全国大会に参加した記念写真に私が写っています。続いて昭和三十四（一九五九）年「黒」という二十代の同人誌に入りまして、安藤三佐夫、川島一夫、秋地一郎（後の安井浩司）、朝生火路獅のような方たちがいらっしゃいましたね。昭和三十五（一九六〇）年に「黒」が廃刊になって、高柳重信の「俳句評論」に入りました。川島一夫さんと代々木上原の発行所を訪れ、高柳重信、中村苑子さんとお会いしています。ちょうどその年の十月二十三日に、「俳句評論」の大会が日本出版クラブで開催され、「俳句評論」に入って間もない頃だったんで、同人の大原テルカズさんに連れられて参加しました。会場に入ると、壇上の黒板に私の俳句。〈砂の川抜き抜き光る赤い杖〉が書いてあった。太っていて象のように大きくて優しい目をした金子兜太先生が「詩の時代」についての講演に、私の句を取り上げてくださったわけです。まさに夢のような出会いが適えられた瞬間でした。それを機に、兜太先生とのお電話のやりとりがありまして、日本橋三越のライオンの前で、待ち合わせをして、エビフライなどをご馳走になったり、俳句作品を見ていただいたりしました。まだ先生を金子さんと呼んでいる頃ですね（笑）。

翌昭和三十六（一九六一）年、兜太先生が「造型俳句六章」を「俳句」誌の一月号から六月号まで連載され、それがちょうど「海程」の創刊の前年なので、すごく充実感に燃えていまして、読者の私はすぐ虜になっていましたね。

同じ年の夏に、私は関西前衛俳句大会へ出席することになって、千葉の仲間たちと一緒に行くことを兜太先生にお話したら、「そこに行くと必ず関西の俳誌に誘われると思うよ。私は『海程』という俳句誌を出す予定をしているので、ここにぜひ入ってもらいたい。関西の俳誌に誘われても入るなよ」と言われました。大会では大橋嶺夫、島津亮、門間誠一、東川紀志男、門馬弘、八木三日女、加藤郁乎、大原テルカズなど、前衛派の人々との懇談は実に刺激的でした。そして、兜太先生のおっしゃるとおり、八木三日女さんの「縄」（のちの「花」）という俳誌に誘われましたがお断りしました。

昭和三十七（一九六二）年一月十八日に「海程」がいよいよ創刊されるということで、その準備会が津田鉄夫さんの八幡製鉄の寮で行われています。そのときのメンバーは、女性は二十四歳の私一人でした。なんだか場違いなところにいるなと思いつつも心は一気に俳句に染まっていきました。四月一日に「海程」は予定どおり創刊されました。二十代が七名、三十代が十三名、四十代が七名、五十代が三名の現在の俳壇の青年部に匹敵する若い三十名による創刊です。

　しかし、私は一月十八日の準備会から十日過ぎた一月二十九日に結婚したのです。結局創刊同人とは言え、結婚したらすぐ妊娠、出産、子育てで、とても俳句どころではなく、なんか兜太先生を裏切ったような状態でした。要するに、兜太先生は期待をしてくださいましたが、私は全く裏切って活躍もできない初期に直面することになったのです。ただ欠稿もなく、生活の変化に追われるままに自分勝手な投句作品を続けていましたし、「海程」にはいろいろ文章も書かせていただきました。さらに創刊号の「二十代特集」に作品を載せていただいたおかげで、現在の俳句の命に繋がってくれたことはとても有難いですね。

「風」全国大会にて
前列左から３人目　細見綾子・ご子息・沢木欣一
2列左から　山中葛子・竹内恵美・中山純子　1958年

自由且つ個性的に出発する海程

　昭和三十七（一九六二）年、「海程」創刊から五周年頃までの充実感と言えば、まず、編集企画はジャンルを超えた場からの助言や社会性論、前衛論などを踏まえて、対談や作品の相互批判など、若い世代の希求を生かす方針を取っていました。

　外部からのゲストとして、原子公平、沢木欣一、森澄雄、石原八束、赤城さかえ等の方々との対談から展望されてくる兜太先生の存在感の凄さ。堀葦男の「現代俳句講座」、芦田淑の「翻訳ランガー文学論」などの連載の見事さが見られます。

「海程」は俳壇の断崖に確実にピッケルを打ち込むが如くに、優秀な作家を一気に登場させています。第十回現代俳句協会賞を堀葦男が受賞、第十一回は林田紀音夫、第十二回は隈治人、第十三回は上月章という四年連続の受賞は、五周年大会の充実へと結ばれていきます。

ここには「千人同人を夢見る」という兜太先生の俳句前衛への夢が託された、一世風靡とも言える「造型論」が作品の姿となって開花されていると言えましょう。そして内部活動も活発となり、三年目に海程賞が設けられ、次の人々が受賞されました。

肉親の愛涸れた場に光る藁
岑　伸六（第一回）

私の島ではればれ燃える洗濯屋
阿部完市（第二回）

湾流はやめ灯がつく再会の背後
小田　保（第三回）

子に遠く病む失明の沼二つ
徳差青良（第三回）

俳句の新鮮と深化が見事に掘り起こされている受賞作品のすばらしさは、「海程」の歩みが、自分自身を磨くことの「新しさ」を志向し、「新しさとは何か」を問う刺激いっぱいな集団の切磋琢磨を展望させています。

「海程」第一回全国大会に出席時の出来事

この新鮮な季節の中で、アップアップと海に漂っていたような私が、創刊以降初めて「海程」の集まりに出席したのは、一年も過ぎた一月の句会でした。

家に置いてきた誕生五十日目の長男のことを思うだけで、乳腺がぱんぱんに張って来て、胸のタオルがぐっしょりとなるばかりか、頭が痛くなるほどの乳腺の痛みで、句会の時間を過ごすのがやっとの有様でした。

しかし、それに懲りることもなく、四月十四日の第一回全国大会に出席するという無鉄砲ぶりは、思いがけない出来事に遭うものでした。その日は子連れで参加してみたのですが、それも甘い考えにすぎなく、子守の女の子を連れて受付を済ませたものの、俳句の旋

関西前衛俳句大会にて
大橋嶺夫・八木三日女・竹内恵美・山中葛子　1961年8月

風に染まるには忙しすぎてうろうろしていると、やはりうろうろしている女性が私に声を掛けてきたのです。長崎から出席した創刊同人の島田暉子さんでした。気が付いてみると、私たちは大会の会場から離れた浅草寺の庭を巡っていました。しかもそれは大会が終わるまでの長い時間だったのですから呆れます。何を語り合ったのか全く覚えがなく、「東京の空を二度と見たくない」という彼女の捨て台詞のような語感と、女学生のような爪先の丸い靴だけが妙に心に残りました。

ところが、それから二日が過ぎた日に、兜太先生宅に泊まっていた島田暉子さんからの連絡で、またもや子供を背負って出かけて行ったのですから、馬鹿に付ける薬が無いとはこのことでしょうか。大変な思いで出掛けて行ったのに、何を話し合ったのか覚えがなく、ただただ皆子夫人の優しさに支えられて、その夜は子供を真ん中にした暉子さんと私は、隣室から聞こえてくる兜太先生のライオンのような鼾を聞きながら、眠りに落ちたのです。いうならば、創刊同人に私を選んだ兜太先生のお眼鏡狂いであったということになるのでしょうね（笑）。

房総冨津ロッジで「海程勉強会」

「海程」創刊三年目の昭和三十九（一九六四）年には、全国的な支部活動に足並みを揃える感じで、「海程千葉支部」が発足して、四年目の昭和四十（一九六五）年には、兜太先生と皆子夫人（当時の筆名・沢野みち）を囲んだ「海程千葉支部座談会」〃海程の作家と現代意義〃が朝生火路獅宅で行われ、活気づいてきました。

また、この年は房総冨津ロッジで「海程勉強会」が行われ、私にとっては初めての勉強会への参加でした。この時も私は友情に恵まれました。三歳のいたずら坊主を連れて参加したのですから、傍迷惑の最たるものであったと、今頃反省しきりなのですが、もう時効として許されたいと願うほかありません。

しかし子供のバスケットを句材にした皆子夫人（沢野みち）の素晴らしい句に出会った嬉しさは格別でしたし、今でも忘れません。

夕陽松原暗い友等に鳥落ちる　金子兜太

海と松の暗さが恐いバスケット　沢野みち

『今日の俳句』における句評をいただく光栄と、『今日の俳句』についての兜太先生の師である加藤楸邨の書評に学ぶ

昭和四十（一九六五）年、兜太先生が書かれた『今日の俳句』がカッパブックスから出版されて、その中に私の〈白壁の街に売らんと鷗鳴かす〉という句を下記のように紹介してくださっています。

「たとえば、岡山県の倉敷とか笠岡の一角を想像すればよい。白壁の多い街並みで、古い問屋の町なら、どこでも見られる。こんな町を故郷に持っている人も多いはずだ。

鷗――とくるから、海に近い白壁の街を想像し直した方がよいかもしれない、白壁と白壁の間に、潮の香があり、潮風が流れているほうがよい。

『御伽草子』のなかの人物のように、鷗を抱えて、その街筋を来る男がいる。この世のものとも思えな

いので、『御伽草子』を思い、中世の堺市あたりを思ったりするわけだが、それでいて、ひどく現実感があるから不可思議である。男の腋には鷗が抱えられ、その鷗が鳴く。その声が壁に、そして壁を伝わって街全体に反響する。これもまた、遠い時代のようでいて、現在の感じである。

この二重の感じは、作者がこの作品を作ったときの気持ちの複雑さによるものである。まちがいなく、どこか古い町を想像していたのであろう。それは、そこでなければ示すことのできないような、浮世離れしたもの——自分の心情——を表わしたかったからであろう。その心情とは何か。それを私は純粋な加虐心理、あるいは加虐衝動と呼びたい。へんな言葉だが、ハハアーと感じる人が多いと思う。

美しいもの、純真なものに出会ったときに覚える衝動であって、それをくちゃくちゃにして食べてしまいたいような心理の動きだ。

「鷗鳴かす」には、その加虐への衝動が見えるが、それは白壁ばかりの街、そこで「売る」といういいためつけによって、ますますはっきりしてくる。白壁の並びに人影はない。そこに一人の者、売らんとする鷗を鳴かせてゆく——じーんとくるような、静けさのなかで演じられる加虐の劇。純粋心理の風物詩」。

私にとって身に余る言葉です。

また、『今日の俳句』について、兜太先生の師である加藤楸邨の次の書評に導かれます。

「現代の俳句は台風の季節を迎えている。古い流れと新しい流れの反発と交流。その新しい流れを呼び覚ました起爆力が金子兜太である。

俳句は伝統を負う芸であることはいうまでもない。伝統が正しい歴史的意志を見失うと因襲に堕する。兜太はこの歴史的な意志を現代の不安と渾沌の真っ只中で探り出そうともがいているのである。単なる伝統否定者でないゆえんは、じつにここにある。

私は前衛的立場の人も、伝統的立場の人も、彼の言い分を真に理解する必要があると信ずる。なぜなら、前衛的新しがりからも、封鎖的な伝統固守からも、真の伝統は生まれえない。真の歴史的使命を負う者のみが、新しい伝統を生むことができるからである。

あわせてこの本で、兜太という人間の面白さを知ってほしい。近代的知性と秩父人的野生の見事な融合。細心なるがゆえの放胆。真剣なるがゆえの傲岸。孤独なるがゆえの親和力。」

楸邨の書評に学ぶことの、まさに師弟という信愛の誇らしさであり、羨望そのものです。

句集に寄せる序文を通して兜太先生を語る

「海程」創刊五年目の昭和四十一（一九六六）年には、五周年記念全国大会と、海程青年作家句集『洋』の出版、そして「戦後俳句作家シリーズ」（海程戦後俳句の会刊）第一冊目が刊行するなど、「五周年記念号」の厚さに結ばれています。

同年、私の第一句集『魚の流れ』（海程発行所）を出版。発行人は出沢三太、印刷は小谷舜花、装丁・題字は高校の時の先生で、エッチング画家の深沢幸雄、序文は金子兜太、跋文は「黒」の同人であった安藤三佐夫の方々でした。その時初めて出澤珊太郎（出沢三太）、小谷舜花さんに兜太先生と一緒にお会いしました。今では考えられない有難い方々でした。また、思いがけなく『魚の流れ』の出版記念会を私学会館で開いていただいています。三谷昭、湊楊一郎、青木啓泰、津久井理一、見学玄、清水昇子等俳壇を支えるような「海程」外の方々や、「海程」の今は亡き朝生火路獅、大山天津也、鷲見流一、阿部完市、出澤珊太郎等大勢来てくださって、盛会の中で、水原秋櫻子を俎上にするような雰囲気もあって、当時の俳壇の現状を知る場となり驚きました。序文のなかで、兜太先生はまた次のように私のことを紹介しています。

「目次を見ても分かるとおり、この句集は一人の少女が成長し、婚約し、そして結婚して子供を産むまでの、順調な、型どおりの経過のなかにできた作品を集めたものである。青春の日から一人の子の母にいたる若い日々の、屈託ない日常の集合である。女性の俳句集としては、その時期の――いわば二十代から三十代はじめにかけての頃の――ものは比較的少ないので、この点、それだけでも新鮮な印象を誘うものはあるが、何んといっても当たり前なものなのである。（中略）

母が降るこの紺碧を嫁ぎゆく
母となる日大きな綿のつばさ生え
運河は夜秋のピエロの髪ゆるやか

（中略）

私はモチーフに対する根っからの自由さ、というものに感心する。したがって、最短定型という詩形にとっては、眉を顰めるような放埒もときにはあるが、その内実を何となく膨らませていることも事実である。感性面から俳句の可能性を覗かせている句集、ということになるかもしれない。」

昭和五十四（一九七九）年、私の第二句集『縄の叙景』（端渓社）を出版しています。深沢幸雄の口絵・エッチング「夜の卵」などのほかは、序文も跋文もない。三十代から四十代に差しかかろうとしている間の句集です。「あとがき」では次のように書きました。

「第一句集から自分がどれほどの進化をしているのか、と言われればこれほど陳腐なものもないようです。流れ流されることが一つの意志であるとすれば、こうした意志とか意識の中で、自分はいつもゼロの風景を思い続けてきたようです。

ゼロの意味は、私の中では、『無』と同じで、『無』にはプラスへの発光とマイナスへの下降をじんじんと溜めている源の姿があり、ゼロの字面には、蜿蜿と自己を味わい続ける、己の尾に噛みついた蛇状の自転がゆれ、ゼロの感触には割れやすい卵のすべすべとした不安の高まりがあり、再出発への想いがある。この第二句集は、いわばそうした想いの、あっという間に過ぎた十年の表情に過ぎないが、この間に直面した朝生火路獅の死は、『千葉』の風土を絡み合わせながら、座の文学としての俳句の執念として促してくるものであった。」

この句集では、新小岩の喫茶店で仲間たちが出版記念会を開いてくださいました。土田武人さんと塩野谷仁さんが、司会をやってくださり、会もたけなわの頃に仲間たちから「こんな俳句を書いていると、海程賞もだめだし、なんにもだめだし、むずかしいだけだ」とか言われてね(笑)。その時黒い洋服着て行ったら、山中葛子が喪服着てきたって言われました。その句集は兜太先生からの評文は無かったのですが、八木三日女さんの「花」で特集を組んでくださり、多くの句集評をいただきました。成田空港の三里塚建設をめぐる、反対派の激化する時代を詠んだ句が多く、今でも最も愛着のある句集だと思っているのです(笑)。

話は前後しますが、昭和四十六(一九七一)年十二月にずっと一緒に俳句を作ってきた朝生火路獅が自死されたので、翌年の昭和四十七年にその遺品を、千葉との交流が深かった八木三日女さんのお宅に届けに伺ったら、私の「花」歓迎句会になっていたので、びっくりしました。あれよあれよと思ううちに私は同人になっていたのです。でも、おかげさまで、句集特集を組んでいただいたり、自由な作品活動を十年くらいさせていただきました。『山中葛子句集』(海程新社)では解説もいただく光栄がありました。

その後、やっぱり兜太先生一本にしようと思い、「花」を辞退して「海程」だけということになったのです。

兜太先生からは、第四句集『青葉天井』の帯文を、第五句集『球』の題字を、第六句集『水時計』の序文を、第七句集『かもめ』の帯文をすべていただけて本当に光栄です。

昭和六十年の「海程」名古屋全国大会

昭和六十(一九八五)年六月二十二日、名古屋サンプラザで「海程」の全国大会が開催されました。その前夜に、「海程」同人総会があり、「同人誌『海程』を金子兜太主宰誌『海程』に改めたい」の提案をめぐって、三時間にわたる熱心な討議が行われました。最後に金子同人代表が、すべての質問に答えるかたちで主宰誌への意図を語られたのち、挙手採決に入り、賛成多数で主宰誌への緊急提案が可決したという夜の大騒ぎがあったわけよね(笑)。その翌日の大会では、俳句と短歌の公開シンポジウムがあったのですが、もうそんな感じではないですね。俳句では澁谷道さんと阿部完市さんが前座のパネリストとして、谷佳紀さんと私がパネリストとして壇上に上がったのですが、会場は前夜の波動が舞い上がっていて、シンポジウムなんて何さっていう感じの雰囲気でしたね。反対派はみんな気もそぞろって感じの谷さんとか、私とかでね（笑）。私はもう一泊のはずだったのですが、気持ちがついてゆけず一人で先に帰ってしまうというわがままぶりでした。そうしたら、皆子先生からお電話があって、「あなたどうして帰ったの？　顔が真っ青だったわよ。あなたと谷さんだけは『海程』に残ってほしいのです」と言われちゃう。いろいろ反抗したりしたけれど、結局谷さんは残ってと言われてもやめちゃったんです。そして、私は残ることにしました。そのわけは同人で友人の九月隆世さんが、余命いくばくもない時にお電話をくださって、お見舞いに伺ったら、「海程」をやめるなんてなんですかって、すごい勢いで怒られたのです。それから間もなくお亡くなりになられ、まるで遺言みたいな感じで、もう「海程」しかないと思い、踏みとどまったのです。振り返ると、そうした一人相撲みたいなものに悩んでいましたが、実に盲目的で子供っぽかったです。私のこの性分は現在の八十五歳まで変わっていませんね。「海程」はもちろん主宰誌であるべきだと思っています。

要するに私にとっては、兜太先生との出会いが全てです。ただただ俳句人生というか、兜太先生を追いかけて「海程」という俳句の魅力に生かされてきた人生という感じです。俳句は生きている一番先端の時間を表現することの、途上のときめきそのものの命の素晴らしさです。

秩父俳句道場での兜太
――句作に耽る純粋を学ぶ

秩父道場と言えば、道場主、金子兜太師から直接ご指導を頂く鍛錬の場です。会場の「民宿きりしま」は秩父連峰が一望できる山腹にあり、眼下に広がる深々とした谷間の底に、皆野の集落が霞んで見えています。昭和五十四（一九七九）年、第一回が開催されています。

「三月三十一日（土）晴、風つよし

今日から俳句道場第一回。(略) マイクロバスで約三十名来る。夜、第一回句会、小生が一方的にやる。私語を禁じる。糞尿排泄を禁じる (『金子兜太戦後俳句日記』)」とあります。

秩父俳句道場第二回
左から　池田美代子・金子兜太・山中葛子・金子皆子
1979年7月7日

私は第二回の七月からの参加となり、完成したばかりの兜太先生の山荘が「きりしま」の脇の細道を上がったところにあって、マンサク、アブラチャン等の木々に囲まれたむせるような緑界に恵まれました。句会では、道場主が各人各句の長短を詳述なさり、また各十句についての成果が記された検閲稿が返され、マイクロバスで下山となります。まさに句作に耽る純粋を学ぶ一喜一憂を体験。以来、三十年近い参加となる道場の熱気が今に蘇ってきます。

そうした道場での、特別な出会いといえば、昭和六十二 (一九八七) 年三月、西武秩父駅からマイクロバスで向かう山道は、雪で視界がゼロ。特別参加の黒田杏子さんを始めとする十一名の若き集団「木の椅子の会」の方々が加わる俳句修行者たちです。途中スリップして動かないバスを皆で押し上げて道場に着いたのでした。

「三月七日 (土) 雪

秩父道場。海程人四十余名に、黒田杏子とそこに集まる若手十一名が加わって、六十名に達する盛会

（道場としては多すぎる人数）。夜の句会、なかなか弾む。『俳壇』の福田氏も来。黒田女史、なかなかに行動的で、新しい女流の出現を感じる。（同前）

秩父俳句道場第二回
前列左から　武田伸一・遠藤煌・畑中憲・金子兜太・山口蛙鬼
池田美代子・山中葛子
後列左から　木村和彦・塩野谷仁・佐藤東北夫・谷佳紀・金子皆子
大石雄介・田中正能・原満三寿・尾崎嘉助・毛呂篤・猪鼻治男
北岡草雨・佃悦夫・不明・桜井英一　1979年7月7日

その夏には辻桃子さんの一行が加わっています。

兜太日記による新しい女流像が台頭する道場は、現在ただ今の俳壇と直結していたのです。うれしさはまた、皆子夫人の無農薬栽培のキウイの新鮮な味覚や地元の酢まんじゅうや、色美しい葉付きの柿に恵まれるなど、秩父道場の熱気はありありと生き続けています。

その後、会場は上長瀞の「養浩亭」に移り、外部からゲストをお招きして、俳壇との交流が深められ、「海程」終刊まで続きました。

皆子先生に寄り添って過ごした日々

皆子先生は結婚なさってから、兜太先生によって俳句を書き始めました。最初は沢木欣一の「風」に入られて、「風賞」を受賞されました。のちに「海程賞」、「現代俳句協会賞」も相次いで受賞され、ご活躍をなさいました。「海程」では沢野みちという俳号で素晴らしい作品を発表されていたので、ずっとお会いしたいと思っていました。「海程」の創刊時に、日本銀行東京支店杉並区沓掛町（現在は今川）の行舎にお伺いして、そこで初めて皆子先生にお会いできましたが、兜太先生の奥様ということを私が知ったのもその時で、驚きました（笑）。とても美しく、周囲とは違う世俗を超えた雰囲気をお持ちの方でした。その時、沓掛町の家には、常に阿部完市、原子公平、堀葦男さんをはじめ、多くの俳人が出入りされていたから、応対が結構大変だったと思います。

皆子先生は平成九（一九九七）年に熊谷総合病院での右腎全摘手術のあと、インターフェロンの闘病生活を経られ、その後はふたたび左腎の部分摘出手術を受けられて、八十一歳で亡くなられるまでに約九年間の闘病生活を送られました。皆子先生は熊谷市の自宅と、千葉県旭市の病院を往復され、その間千葉県在住の私は闘病生活の皆子先生に五年以上寄り添うことができました。

その最初と言えば、平成十二（二〇〇〇）年四月十一日に、旭中央病院の中津裕臣先生とのご面会のために、兜太先生とタクシーで銚子の京成ホテルにお着きになられ、私は二泊をご一緒しました。夕食は海を見渡す食堂での和やかさの中に進められ、犬吠埼灯台がぽおっと白く浮いていました。皆子先生は「トルコの旅を思い出す風景です」と、とても楽しそうな様子でした。その翌日は満願寺から銚子港をめぐり、キャベツ畑では、キャベツ一箱をお買い上げになり、春の強風に衣服も髪も舞い上がる三人の写真が懐かしいばかりです。

その数日後に皆子先生から〈癒えゆくことも春白波の一つかな〉の色紙がお手紙とともに届き、とても嬉しかったです。この世にたった一枚だけの色紙です。

その後、ふたたび左腎の部分摘出手術のための入院生活や、その前後の旭市のホテルサンモールへの投宿の日々でしたので、金丸博司さんの運転で兜太先生と皆子先生と共に、飯岡海岸や銚子漁港などを観光しながら、いろいろと入院の準備にご一緒しておりました。

とりわけ手術の保証人として兜太先生は当然ながら、なぜか私の本名平嶋勝子の名を記すことになり、光栄というべきか、畏れ多く責任のようなものを感じていました。皆子先生のお兄さま、お姉さま、知佳子さんもお見えになり、夜更けまで若き日のことなどを語られ、兜太先生とともに手術の成功を願いました。

十月十日、午前九時に手術室に入れられ、午後一時十五分手術終了。中津裕臣先生の手術着姿の笑顔を拝見して安心しました。退院後のホテルサンモールの五階の部屋には二つの窓があり、たいていは片方にカーテンが降ろされ深海のごとく仄暗く、養生の日々は日常を離れた一人だけの創作意欲の湧き上がる部屋であったといえましょうか。

飯岡刑部岬の展望台から眺める漁港の青々とした水脈や、銚子漁港の遠洋、近海、沿岸漁場の、鵜も鷗も賑わう別世界のような逞しさや、北総台地の緑に包まれて建つ常灯寺《じょうとうじ》の今にも崩れ落ちそうな草葺屋根のひっそりとした異空間や、銚子市笠上町の「ハーブガーデン・ポケット」。東総有料道路に面した「ライブレストラン・ウッドストック」での若者たちとの交流など、ホテルサンモールの木内支配人のご案内で得られた数えきれないほどの出会いに感動されておいででした。また、皆子先生は兜太先生との海外旅行が多かったのですが、ことに中国を好み、中日友好協会との縁も深いです。平成十四（二〇〇二）年三月、同協会の呉瑞鈞、許金平両氏が日中文化交流協会の佐藤祥子さんに伴われて旭に来訪され、兜太先生との会食を楽しんでおられました。

このような時間に皆子先生は、病気と闘いながら、素晴らしい俳句を次々と詠まれております。

霧笛の夜こころの馬を放してしまう
生きる意志散るその時も冬の薔薇
「あれが海です」聖夜砂嵐砂嵐

「こころの馬」とは天然のままに生きる野生の馬でしょうか。ご自分を「薔薇の体」と明言された神秘さ。そして「あれが海です」の句は、闘病の苦しい時間がふっきれたような神秘的な一条の光が射して、肉体が叫びをあげたような、俳句詩形の鮮やかさです。ここには、予感のポエジーといえるような手垢のつかない原始的な息づかいが描き出されていましょう。

晩年、皆子先生にとって、主治医との信頼関係は素晴らしい創作意欲への情熱となって印象的でした。それらは句集『花恋Ⅰ』『花恋Ⅱ』遺句集『下弦の月』に纏められています。

平成十六（二〇〇四）年十二月十八日に上梓された句集『花恋』を開いて初めて私を詠んでくださった数句を見つけた時は驚きでした。〈冬の薔薇葛子と笑い転げている〉〈断崖絶壁断崖絶壁葛子初夏〉〈盟友葛子蔓梅擬の藍輿の中〉とか、身に余る光栄で、私にとっての宝物です。

ことに思い出されますのは、ホスピスに移られてからの病室には、お孫さんやお嫁さんの知佳子さんの写真が飾られていて、画鋲の位置を替えたりと、気分を変えていられました。

しかし、痛みが劇しくなってゆく中で、両神村（現・小鹿野町両神）に行きたい、住みたいとおっしゃいました。兜太先生は「おお、いいだろう」とすべてを受け入れられておいでした。兜太先生は病院のスタッフの方々に色紙の揮毫をなさるなど、よくお顔を見せられておられましたね。

その後、痛みがいっそう劇しくなり、熊谷総合病院に再入院され、わが子のように信愛された知佳子さんと「海程」同人の篠田悦子さんたちに付き添われ、熊谷のご家族の地で、兜太先生のもとで、平成十八（二〇〇六）年三月二日、安らかに永眠されました。

皆子先生が永眠されてから十年が過ぎて、私はようやく句集『花恋Ⅰ』『花恋Ⅱ』遺句集『下弦の月』と向き合うことができて、「花恋忌」という評伝を平成

飯岡海岸にて　左から　皆子・兜太・葛子　2000年7月

二十九（二〇一七）年「海程」誌一月号より翌年の一月号までの一年にわたり連載させていただきました。

平成三十（二〇一八）年二月二十日に兜太先生がご逝去されたので、その前に何とかお読みいただけたことでした。その原稿を読まれた兜太先生は「やあ、かっちゃん、よく書いてくれた。皆子が闘病生活でお世話になった人達に、俺に代わってお礼をしてくれたんだね。嬉しいんだ」と即座に電話をくださいました。先生の喜ぶ声が今も耳に鮮やかに響いています。

兜太俳句の美しい魔性

きよお！と喚いてこの汽車はゆく新緑の夜中（福島時代）

果樹園がシヤツ一枚の俺の孤島（東京へ）

潮かぶる家に耳冴え海の始め（海程創刊）

前にも言いましたように、兜太先生に傾倒して俳句を書き始めていた若き日の私が、初めて兜太先生にお会いできたのは、長崎から東京へ移られたころの昭和三十五（一九六〇）年の秋、「俳句評論」の大会場でした。そして、「俳句評論」に入ったばかりであった私の俳句が兜太先生の選に入り、講評をいただけた夢のような出会いがそこにあり、現在に繋がっていることの奇蹟を信じるばかりです。

いわば「前衛俳句」と称された言葉が盛り上がった昭和三十五（一九六〇）年あたりの「ときの興奮」の最後あたりに便乗するかたちで、昭和三十七（一九六二）年の「海程」の創刊同人に加えていただいた私の現代俳句への開眼は、まるごと兜太作品の魅力に刺激されていたことによります。

冒頭の句の、「きよお！」という降って湧いたような擬声語の、肉体の自然と結ばれたひらめき。「果樹園」が「孤島」だという孤独感が、むしろ自由を予感させる爽快感。そして「海の始め」の決意を思う、すべてが過程であることの無限性、など。どの作品も今日的であることのおどろきは、「われわれは俳句という名の日本語の最短定型詩形を愛している。」「現在ただいまの自由且つ個性的な表現を繰返し、これによってこの美しい魔性を新鮮に獲得しようというわけなのだ」の、「海程」の「創刊のことば」を蘇らせてきます。

おおかみに螢が一つ付いていた　『東国抄』

なによりも自由に、個性的に螢を客体化して、それを主体の再確認とした造型の理論をあらためて知ることでもあります。

今日までジュゴン明日は虎ふぐのわれか　『日常』

兜太師の第十四句集『日常』の巻末の句の、アニミズムの磁場そのままに、まさに師の「俳句造型論」が俳句史となりえているその前衛性を思わずにはいられません。

旭かんぽの宿にて　皆子・葛子　2000年7月4日

被曝福島米一粒林檎一顆を労わり　『百年』
津波のあとに老女生きてあり死なぬ　『〃』
朝蟬よ若者逝きて何んの国ぞ　『〃』
雪の夜を平和一途の妻抱きいし　『〃』
妻よまだ生きます武蔵野に稲妻　『〃』
河より掛け声さすらいの終るその日　『〃』

そして、平成二十（二〇〇八）年夏から絶筆までの、最後の十年間の句集『百年』の帯による「俺は死なない、この世を去っても俳句となって生き続ける」という、美しい魔性が存在する、無限の愛に感謝するばかりです。

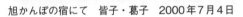

旭市　ホテル・サンモールにて　葛子・皆子・兜太　2000年

おわりに

山中葛子氏と金子先生ご夫妻とのご縁は深く、「海程」の初期から、山中氏は子供を連れて兜太宅に泊まったり、吟行の時、皆子夫人と同じ部屋に泊まったりして親交を深めてきた。

とりわけ、皆子夫人の闘病に寄り添ったことは大きい。一九九七年、皆子夫人は熊谷総合病院で右腎全摘手術を受け、その後左腎の部分摘出手術も受けられた。熊谷市の自宅と千葉県旭市の病院を往復されて、亡くなるまで約八年間の闘病生活を強いられた。山中氏は千葉県に在住していることから、闘病生活の皆子夫人を五年余りお供したため、金子先生と皆子夫人から深い信頼を得た。

山中氏と先生ご夫妻との厚い友情は感動的で、今回のインタビューでもそのことを改めて確認できた。

董振華

山中葛子の兜太20句選

朝日煙る手中の蚕妻に示す　『少年』
きよお！と喚いてこの汽車はゆく新緑の夜中　『〃』
朝はじまる海へ突込む鷗の死　『金子兜太句集』
果樹園がシャツ一枚の俺の孤島　『〃』
霧の村石を投《ほう》らば父母散らん　『蜿蜿』
涙なし蝶かんかんと触れ合いて　『暗緑地誌』
夕狩の野の水たまりこそ黒《くろ》瞳《め》　『〃』
梅咲いて庭中に青鮫が来ている　『遊牧集』
唯今二一五〇羽の白鳥と妻居り　『皆之』
夏の山国母いてわれを与《よ》太《た》と言う　『〃』
春落日しかし日暮れを急がない　『両神』
よく眠る夢の枯野が青むまで　『東国抄』
おおかみに螢が一つ付いていた　『〃』
合歓の花君と別れてうろつくよ　『日常』
今日までジュゴン明日は虎ふぐのわれか　『〃』
津波のあとに老女生きてあり死なぬ　『百年』
妻逝きて十一年経て柚子や花梨や　『〃』
妻よまだ生きます武蔵野に稲妻　『〃』
楸邨草田男わが青春のしづの女　『〃』
河より掛け声さすらいの終るその日　『〃』

山中葛子（やまなか　かつこ）略年譜

昭和12（一九三七）　千葉県生まれ。

昭和30（一九五五）　「馬立句会」入会。

昭和32（一九五七）　「炎星」入会。

昭和33（一九五八）　「風」に投句。

昭和34（一九五九）　「黒」入会。

昭和35（一九六〇）　「俳句評論」入会。

昭和37（一九六二）　「海程」創刊同人。

昭和41（一九六六）　第一句集『魚の流れ』（海程発行所）刊。

昭和47（一九七二）　「花」入会。

昭和52（一九七七）　花賞受賞。

昭和54（一九七九）　第二句集『縄の叙景』（端渓社）刊。

昭和56（一九八一）　海程賞受賞。

昭和58（一九八三）　第三句集『山中葛子句集』（海程新社）刊。

昭和61（一九八六）　葉の会討論集『現代俳句十葉考』現代俳句の展開8（現代俳句協会）刊。

昭和62（一九八七）　第四句集『青葉天井』（書肆季節社）刊。

昭和63（一九八八）　『現代俳句の女性たち第一集』（冬青社）刊。

平成2（一九九〇）　「花」退会。

平成6（一九九四）　第五句集『球』（卯辰山文庫）刊。同年、千葉日報へ「俳句自由席」連載執筆始める。

平成15（二〇〇三）　千葉日報「俳壇」選者。同年、第六句集『水時計』（富士見書房）刊。

平成22（二〇一〇）　千葉県現代俳句協会会長　就任（任期三年）。

平成26（二〇一四）　第七句集『かもめ』（角川学芸出版）刊。

平成29（二〇一七）　千葉日報「俳壇」辞任、「俳句自由席」24年の連載を閉じる。同年、『現代俳句精鋭選集16』（四季出版）刊。

平成30（二〇一八）　「海程」終刊。後継誌「海原」創刊同人。

第2章

武田伸一

（二〇二二年五月二十一日十三時　市川教育会館にて）

はじめに

武田伸一氏と初めてお会いしたのは、北上で行われた金子先生の詩歌文学館賞の受賞式だ。印象深いエピソードに、当日の宿泊の部屋割りは武田氏、熊沢さとし氏と私の三人が同じ部屋だった。チェックインを終えたのち、混浴風呂と知らずに温泉に入ろうと着替え室に行ったら、年配の婦人二人が風呂から上がってきたところだった。私と熊沢氏は「あっ」と叫んで逃げた。武田氏はすでに浴衣を脱いでおり、婦人たちと立ち話をしていた。

　そういう楽しい経験をしたこともあるからか、同年七月に群馬県玉原高原の朝日ロッジへ吟行に行ったとき、そして十一月秩父道場で勉強会があった時も同じ部屋割で、よく俳句を教えていただいた。その後、中国に戻ってからも、手紙を差し上げたり、国際電話で近況を聞いたりして、今日まで親しく交流を続けている。「海原」二〇一九年六月号に私の句集『聊楽』の書評を書いて下さったことは有り難かった。　董振華

「氷原帯」「青年俳句」「風」「寒雷」を経て

私が小学校六年時はちょうど太平洋戦争が終った翌年で、軍国主義のような言葉を全部墨で塗りつぶした国語の教科書の代わりに、担任の先生が島崎藤村の〈椰子の実〉の詩を板書し、朗読させ、韻律の心地よさを体感させてくれました。そんな下地があって、中学二年に、文芸部の先生に「俳句を作れ」と言われて作ってみたんです。それがたまたま褒められたということで、とにかく五七調は気分の良いものだと馴染んだようです。そのとき褒められたのが〈雪舟の跡きれぎれに吹雪かな〉という句でした。今見ると何のことはない、雪舟って「橇」のことで、吹雪と季重なりになっているんだが、きっちり五七五に収まっているから、先生が褒めてくれたんだと思う。それで、だんだん興味を持つようになって、俳句を作り続けてきました。

　その先生との縁はとても深くてね。中学の二年、三年と習って、それで高校へ進むんですが、その先生も中学の先生から高校の先生に代わって、ずっと国語を

教えてもらった。その頃は教科ごとに教室を移動していたんですが、ホームルームという基本になる教室があって、その先生は三年間ずっと担任でした。そして、三年間もの文芸部活動になるわけです。

その先生は地域のお寺の息子さんだったんだけど、文芸部でも繋がり、学校以外の地域の俳句の会でもずっと一緒にやっていました。私は高校に行きながら、地域の俳句会に出てやるようになりました。また、高校の文芸部の時は、俳句の他に短歌とか現代詩とかちょこちょことやってたけども、それは本当の手慰みみたいなもので、俳句だけはずっと今日にまで続いています。

また、高校の時に、細谷源二の抒情的な俳句に惚れて、彼の主宰する結社誌「氷原帯」に入りました。それが初めて入った俳句の結社です。

細谷源二について少々付け加えますが、彼は〈鉄工葬をはり真っ赤な鉄打てり〉という俳句で、昭和十五年新興俳句弾圧により検挙され、しばらく投獄されたけど、彼の根っこは非常に抒情的な作品だったわけです。元々プロレタリア俳句より抒情的体質の人だった。昭和二十年、北海道豊頃村（現・豊頃町）の開拓地に家族と共に入植したが、食べるのにも苦労し、その時の句で〈地の涯に倖せありと来しが雪〉がありますけれども、当時の生活が偲ばれます。

で、私が「氷原帯」に入っていた頃に、青森高校で寺山修司が「牧羊神」という同人誌を創刊し、野呂田稔、京武久美、安井浩司、酒井弘司なども参加していました。それと対抗するように八戸から上村忠郎を中心に「青年俳句」が創刊されました。安藤三佐夫、大岡頌司のように遠方から参加する者もいました。この二つの同人誌とも単なるローカル誌に留まるものではなかったのです。いわゆる戦後俳句の盛り上がりの中、「青年俳句」は社会派、「牧羊神」は芸術派を自認していました。

昭和二十八（一九五三）年、私が大学に入って、二十九（一九五四）年頃「風」に入会しました。それまで「寒雷」にも入っていたので、しばらく両方をやっていました。「寒雷」では加藤楸邨選とは別に新人を対象とした金子兜太選の「森林集」が始まり、若い人の投句が多くあって、とても評判が良かった。その頃、金子先生の盛名は既に俳壇に知れわたっていましたね。とにかくその「森林集」には、当時の若手が勇んで駆けつけたことだけは間違いない。列記すればきりがないが、例えば、後に「海程」で活躍する奥山甲子男、佃悦夫、武田伸一、中村ヨシオ、塩野谷仁、谷佳紀などがいました。今思えば、当時の俳壇の熱気の縮図ともいえるかもしれない。そんな中、金子兜太選は厳選で人気がありました。当時の自分の句〈踏絵図に遠い記憶の青松毬〉というのは今でも覚えています。

それから、金子兜太先生に会ったのは私が大学三年の昭和三十（一九五五）年で、金子先生の神戸時代。つまり福島から神戸に移って、日銀神戸支店に勤務する時でした。当時金子先生は加藤楸邨の「寒雷」同人であるとともに、沢木欣一の「風」の同人でもありました。たまたま「風」の句会が京都であって、金子先生が神戸から参加していて、そこで初めて金子先生と対面したわけです。

その頃の「風」は社会性俳句を標榜していて、私はこれからの俳句は社会性がなければ駄目だと思っていました。そして、その後しばらくは「風」が中心になって、社会性俳句の風潮をリードしていました。ただ、のちに沢木欣一は伝統派に行っちゃったけれども。

句会が終わってから、私は金子先生に短冊をお願いして、〈意志ある温き手梅雨河ひととこ白波立つ〉の句を書いていただいた。先生の作品の中でもごく初期の作品で、誰も先生の短冊を持っていない頃の作品じゃないかと思います。これだけはちょっと自慢です。〈意志ある温き手〉まで一気に書いたあと、スペースが足りなくなって、慌てて次から二行に分けて書かれた時の先生の困った顔を今でも思い出します。

この「風」の句会で金子先生に会って、先生の論旨が明快なことと、よく分からないんだけども、指摘されるのがいちいちごもっともだっていう感じで、それに感心して、この人についていこうと思いました。

金子兜太に蹤いていこうと思ったもう一つの理由

翌昭和三十一（一九五六）年、渋谷の東急文化会館で「寒雷」の全国大会が開催され、金子兜太が「新しい俳句」の演題で講演をされました。その頃、私は京都の立命館大学の四回生で、東京にある秋田県人会の寮に高校の同級生がいるので、彼のところに泊まり込んで、次の日に「寒雷」の全国大会に参加したんです。

兜太の講演の半ばで、来賓として演壇のすぐ下に陣取っていた中村草田男がやおら手を上げ、立ち上がって、兜太に文句を言うわけです。そうしたら兜太が壇上からそれに応答。その中身については全然覚えていないんだが、ともかく新しい俳句と伝統俳句のぶつかり合いだったと思います。その頃はまだ俳人協会ができていない時だけども、草田男は伝統派の一方の旗頭でしょう。それで兜太は新しい社会性勢力の代表格で、草田男は兜太の言うことが気に入らないわけです。その点で全く二人とも自己主張というか、自説を曲げなかったね。二人は侃々諤々やって、見事な対決でした。そのやりとりが強烈な印象となって残っています。いわば歴史的な一場面というのかな、とにかくすごい場面に立ち会いました。後年、兜太は、俳句の上では中村草田男が好きだが、人間的には加藤楸邨の方が好きだと言って、つまり兜太は草田男の作品に惚れつつも、結局楸邨と歩みを共にするわけなんだけどね。

そして、「寒雷」大会の次の日は三浦半島への吟行でした。その時「寒雷」の大会の記事が載った号のグラビアに、金子兜太が舟の上で何か大きな声で叫んでいる写真があるんです。俳句文学館に行けば見つかると思います。

それで、若き闘将・金子兜太――この人に蹤いていこうと決心しました。このように、「風」の京都句会、そして「寒雷」の兜太選句欄「森林集」を経て、「海程」創刊への参加に繋がったと思います。

昭和30年「風」の京都句会にて、兜太に揮毫をお願いした〈意志ある温き手梅雨河ひととこ白波立つ〉

「海程」創刊後、印象的だったこと

昭和三十七（一九六二）年四月に「海程」が創刊されました。その後間もない八月に、私がよく交流していた青森の俳誌「暖鳥」の主催により、青森県俳句大会が竜飛崎のちょっと手前にある漁村小泊村で一泊の吟行会があって、私も秋田から参加したのです。その村は太宰治の乳母の出身地です。そこで句会をやりました。その時に、「海程」の創刊号を持ってきている人がいました。ま、金子兜太と言えば一種の教祖みたいな感じで、「あ、ここにも金子兜太を師とする同志がいるんだな」って非常に感激した覚えがあります。その人の名前は徳差青良で、私よりちょっと年上の、現代詩も書く人だったけどね。のちに徳才子に姓を変えて、亡くなるまでずっと「海程」で活躍していました。この旅は非常に印象に残ってるんだけどね。当時、金子先生はよく青森に来ていたし、来る度に私も青森に行っては交流したものです。

秋田県現代俳句大会

昭和三十九（一九六四）年六月七日から九日に、「秋田県現代俳句大会」を開催し、金子先生、皆子夫人、原子公平氏を秋田に招きました。大会の後、手代木啞々子さんと舘岡誠二さんらと一緒に先生たちを男鹿半島へ案内しました。その時、金子先生は〈とび翔つは俺の背広か潟ひとひら〉という句を作っています。この旅のことを金子先生は次のように日記に書いています。

寝台車にて秋田着。県労働会館で「秋田県現代俳句大会」に出席。午前講演。小生「現代俳句について」、原子「定型の精神」。昼、橋本風車、丸山一彦氏訪ねてくれる。丸山氏、碧梧桐再検討を仄めかす。大切なことなり。席題、小生「曇り」。あと講評。質問に応じて回答。

翌日、軽い二日酔だが定時に男鹿へ。野呂田君と喋りながら歩く。彼、造型論を越えるものを書くのは大変と云ってくれる。入道崎で作句。男鹿温泉白龍館へ。句会。類型の問題と言葉の問題。「狭いところをつつきまわしていてはいけない」ということだ。

三日目、ゆっくり起き、朝食。風呂。バスで寒風山へ。風強く眺望見事。句を草原に寝そべって作る。虚子、さかえ、碧梧桐の衰弱した理由を話し合う。

〈人体冷えて東北白い花盛り〉句の誕生に立ち会う

昭和四十二（一九六七）年五月、青森県八戸在住の豊山千蔭が現代俳句協会賞を受賞しました。千蔭は「寒雷」の同人でもあったから、金子先生は受賞祝いに堀葦男と青森まで行ってるんです。そのときに成田千空に案内されて、北津軽を一緒に歩きました。私も同行して、十三潟に一泊しました。夕食の後、地元の三人の若い青年が小鼓を持って、軽く叩きながら「十三の砂山」を唄い、踊りました。それで金子先生は地元の素朴な踊りにすごく感激したことを覚えています。

翌日、秋田へ向う列車の中で作られた〈人体冷えて東北白い花盛り〉の句は十三潟あたりの印象です。同じ時期に千空さんは〈野は北へ牛ほどの藁焼き焦がし〉の句を作っているんです。

そのあと、弘前を経由して秋田に来て、第二回秋田県現代俳句大会に参加しました。当時、金子兜太の名声は結構広まっていたので、大会の投句者は百二十人位いましたね。大会のあと、先生たちは市内観光して、私は堀葦男夫妻を案内して田沢湖の奥の乳頭温泉郷へ行ってきました。この度の旅行も『金子兜太戦後俳句日記』に書いています。

五月三日（水）晴
青森駅近く、津軽半島の上に、霞を下に、白い山が幻のように浮かぶ。京武の出迎えを受け、宿屋で小憩。昼、豊山千蔭の現俳協賞受賞記念会。終り頃、堀夫妻と徳差が来る。
五所川原で成田千空と落ち合い十三湊へ。約二時間、ガタガタ道を走る。夕陽と砂丘。大白鳥の来る十三湖、風に堪えて錆びはてた家々。広い道、広い空間、うぐいの酢押しなど海の珍味で飲み、句会。一時半まで。

鹿のかたちの流木空に水の流れ　兜太
磯臭くなり果て朱盤の落日掘る　兜太

五月四日（木）晴

バスで五所川原。そして弘前へ。かつて一揆の村、車力村は耕運機が動き出している。やはり白い花盛り。泥田に半分漬ったというこの辺も土地改良が進んでいる。

人体冷えて東北白い花盛り　兜太

弘前城は散りぎわの桜。大樹名木の林立は、豪華静謐なり。秋田へ。夕方から句会。野呂田と記念号のことで大いにやり合う。

整序さびし一望の田に北空晴れ　兜太

五月五日（金）晴

食堂で気の合わない話。堀対高柳、金子対沢木。午前講演会。「感銘と定型」について駄弁る。あと堀氏、講話風に。午後講評。三時半散会し、堀一行は田沢湖へ。小生たち残留組は丁度今日開館の平野政吉美術館へ。藤田嗣治を戦時中世話した高利留一。藤田の絵六、七十点はあろう。顔凄惨。秋田の祭の絵の顔、大すさまじい。

実社会の中の三恩人

昭和四十八年、私は父の跡を継いでいた建設業の経営に失敗して、半分夜逃げのように離郷しました。生まれて六ヶ月の子を含め、家族五人が雨露を凌ぐため社宅のある就職先を探したんです。新聞広告で、最初社宅のある運送会社など二、三ヶ所当たったんですけど、多分大卒というのが邪魔になって駄目だったのです。それで東京湾岸にある市川の鉄鋼会社の面接試験を受けた時、大卒というのを隠して、高卒ということでやったら、オーケーだった。そしてしばらく、大卒は隠して、三交替職場の職工みたいなのをやっていた。これが意外にもその後の私の俳句生活を幸いにしたんですね。

そうして二、三年後に本社の社内報で英語の「do」

というテーマで、原稿依頼があり、たまたま市川の工場に来たのが「do」の中の〈学ぶ〉という題でした。担当に頼まれ、夜勤の仕事の合間にさっさっと書いて渡した。父親を反面教師とした文章が、全社を対象とする社内報に載りました。それを読んだ人事課長が、

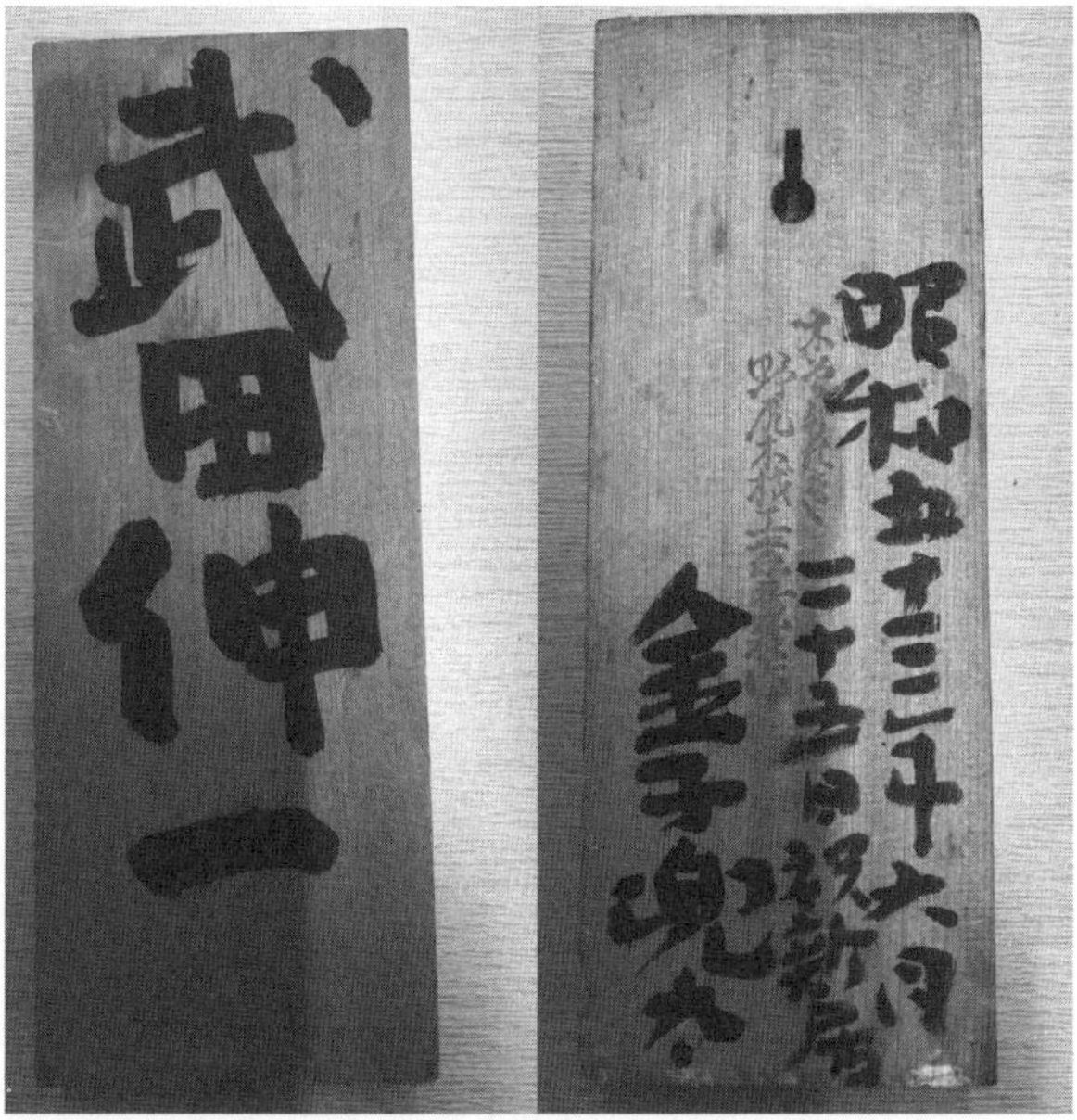

昭和53年新居祝いに頂いた金子兜太直筆の表札

これは普通の文章とは違うと驚き、「ちょっと来い」と呼ばれて、「お前は本当に高校卒か」とか言われて、「いや、実は大学の文学部を出ている」とか言って、学歴詐称がバレてしまいました。それから工場の社内報作りを任されました。

　前にも言ったように、高校の文芸部の時に、顧問の先生に雑誌の作り方を教わっていました。一行は何文字で、全部で何行になるかという基本から、雑誌作りを習って、それがまた社会に出てからすごく役に立った。で、職場で雑誌が作れるということで、また重宝されたというのかな。

　もちろんそれまでにも社内報があったんだけど、担当者がみんな素人で、出入りの印刷所の力を借りて、必要最小限のお知らせ的なものでした。担当を任されてやった企画が「窓を開けよう、心に風を」というタイトルで、もっと職場の中の風通しを良くしようということで、会社が現場の五、六人の優秀な人を集めて座談会をやって、好評でした。そんなんで、現場に置いておくにはもったいないから、企画系に変わらないかと言われました。でもこっち三交替勤務から外れた

ら、夜勤手当などが無くなるから、今のままで結構ですと言ったんだけど、課長がいろいろと考えてくれて、現場から企画系に移る試験を受けさせてもらいました。企画系の事務職に替わってからも、給料もまあまあ普通の生活ができるようになったのです。

だから、雑誌作りの面では高校の文芸部の先生、仕事の面では工場の人事課長。それから俳句の面では金子先生にとってもよくしていただいて、この三人がいわば実社会での恩人です。

昭和四十九年六月に「海程」の事務を担当

私が田舎から出てきて一年ほどだった頃に「海程」の事務を引き受けるようになりました。前任者が「海程」の事務局で発送とかしていたんだけど、引き受けて半年もしないうちにすぐ辞めちゃった。それで後やる人がいなくて、金子先生が困っていたと思うんだけど。こっちは三交替勤務だから時間がたっぷりあるわけです。一勤、二勤、三勤と勤務時間帯が三つに分かれていて、一勤というと、七時半から三時半まで、二勤は三時半から夜の十一時ぐらいまで、三勤の夜勤は夜の十一時から翌朝の六時ぐらいまでです。ともかく、一勤を五日やれば二日休み、次は二勤を五日やってまた一日休み、そういう勤務体制だから、その時間帯だけ工場に出ていればいいわけです。仕事ってそんな難儀な肉体労働でもないし、ほとんど機械がやっていて、機械の見張りみたいなことをしていました。例えば一勤の時は、会社が終わって家に帰って、五時から十時までアルバイトしていた。オイルショックのちょっと前ぐらいだから、仕事は結構ある時代でした。会社へ行って帰ってはアルバイトで仕事して、会社が夜勤のときは朝帰ってきて、飯を食ってまた昼の間アルバイトしていました。そうやって二人分働いて田舎での借金返済の足しにしていました。

話は戻りますが、前任者が発送実務から身を引いた後、次にやる人がいないみたいだから、金子先生に発送ぐらいならできるよと伝え、私が発送を引き受けることになりました。俳誌の発送というと、封筒の表に、十センチ×六センチくらいのちっちゃな謄写版式の宛名カードで封筒に印刷して送っていました。

その頃「海程」は長野で印刷して、都内まで届けていました。私は千葉県だから届けてもらえなくて、自転車で三十分ほどかかる江戸川区一之江に住む市原正直さんの所に宛名を印刷した封筒を持ってゆき、そこで「海程」の封筒詰め作業をしました。発送作業は市原さんのほか、彼のお母様がよく手伝ってくれました。両親が書道教室をやっていて、封筒詰めの場所があるのも好都合でした。そこで袋詰めして、市原さんの軽自動車を借りて、最初の三回は江戸川区から杉並区の郵便局まで持っていくわけです。なぜなら封筒には杉並局別納の消印が印刷済みで、その封筒を使わないともったいないからです。封筒を使い切るまでの三回は杉並局へ通っていました。

その後は、市原さんのもっと近くにある江戸川区の小松川局に封筒を運んでいました。発送実務をやったのは三交替勤務からいわゆる昼の勤務の事務系に変わるまでの十年ぐらいです。昼の勤務に変わり、仕事に追われ、時間が取れなくなったから、その後は小林まさるさんたちの群馬グループにお願いして発送してもらうようになりました。

武田の現代俳句協会賞受賞祝いの席にて　金子先生と　1999年

「海程」の編集長になって

「海程」はいろんな人に助けられて発行されていまし

た。当初、編集も短期間で担当が変わっています。初代編集長は酒井弘司さん、当時はまだ大学生だったと思う。その次は大井雅人さん。短い四カ月くらいだけだった。それから大山天津也で、優秀な方だったけど、交通事故で亡くなった。細川義男（文章号）、阿部完市（安西篤）、大石雄介（守屋利）、桜井英一、武田伸一という順番になっています。

桜井英一が編集長になる前は大石雄介さんでした。すごく優秀な人で、東大でインド哲学をやっていたが、金子先生に惹かれて「海程」の編集を手伝った。本当に熱心で真面目な人でした。東京大学に残ればいずれ教授になっていたであろう人材です。

ところが、昭和六〇（一九八五）年、「海程」の名古屋全国大会で、阿部完市さんが「海程」を金子兜太の主宰誌にするという緊急提案を出して、さんざん揉めた末に、それが通りました。趣旨が自分の考えと違うからと、大石雄介、谷佳紀、猪鼻治男、大沼正明などの若い人たちが一斉に「海程」を辞めました。そのあと、「朝日ソノラマ」から桜井英一が来て、新しい編集長になりました。私も大会では反対意見を出したんだが、「海程」をやめられなかった。その代わりにしばらく干されたというか、全然「海程」に呼んでくれない時期があった。文章は書かせてもらえなかったし、作品だけは出すのは駄目だと言えないから、載せてもらったんだけどね。桜井さんの時代の途中から、だんだんこっちにも声を掛けてもらえて、復活しました。

平成七（一九九五）年一月、桜井編集長が体調不良のため辞任。桜井さんは昭和五十八（一九八三）年四月号から、平成七年二、三月合併号までの十二年間。主宰制に移行してからの誌面の刷新、方向付けに大きな功績を残された。ちょうど私が定年退職したときなので、その後任として「やってくれないか」と金子先生から言われました。私は一月から「海程」の編集を担当しましたが、誌面では四月号からということになります。それからずっと平成三十（二〇一八）年の終刊までの二十三年間、「海程」の編集に没頭しました。

毎月一回市川からマイカーで熊谷へ行って、先生のところで仕事をする。例えば同人作品は〈海原集〉〈海人集〉〈海花集〉〈海童集〉に分ける。これは鈴木孝信さん、篠田悦子さんが区分して、私は雑詠の「海程集」の欄を整理する。作業が終わると、鈴木、篠田のお二人が帰って、私は雑詠欄の句の束を持って熊谷のホテルに泊まって、一応武田なりの順位をつけて、翌朝金子先生のところに持っていく。最初のうちは先生がちゃんと見て、好作三十句とか選んでくれたんだけど、途中からだんだんそれをやらなくなって、ほとんど私がやっていました。それでもやっぱり武田だけじゃ心細いと思うでしょうから、「海程集」は金子兜太、武田伸一共選にして、最後なんか先生がほとんどタッチしなかったんだけども、それでも金子兜太の名前がないと駄目だと思ったんじゃないかな。だから最後まで共選という形を貫きましたね。私はそれに異議もないし、「海程」継続のためにはそれでいいんだと思っていました。金子先生には自分がいないと「海程」は駄目だということが見えていて、名目だけでも金子兜太、武田伸一共選として、自分も選に関わっているんだよということをみんなに示しておきたかったんだ、今はそれで良かったんだと思っています。

高野山　普賢院にて
海程新人賞受賞の月野ぽぽなを囲んで
右　金子兜太、左　武田伸一　2008年5月17日

第二句集『出羽諸人』上梓に寄せる皆子先生の暖かい配慮

昭和五十四（一九七九）年、離郷から六年後、第一句集『武田伸一句集』（海程文庫）が上梓され、生活再建の道も見え始めました。句集の代表作として〈蛇の腹

纏きつきて家野となりぬ〉があります。この句集刊行の二年前に第十三回「海程賞」を受けたことも忘れられません。

第一句集から二十四年後（二〇〇三）、第二句集『出羽諸人』（角川書店）を出版しました。平成七（一九九五）年、定年退職を迎えるに際し、第二句集の刊行を考えていました。しかし、その時は、思いもしなかった「海程」の編集担当という大役に任じられ、自分の句集どころではなくなりました。以来、句集の刊行は半ば諦めていた。その間、久しぶりでお会いした成田千空氏に、「俳人なら句集を出さねばまいいね」と言われたこともありました。さらに、この年の春、金子皆子夫人からは「私は句集を出す準備をしているが、『海程』の編集で苦労しているあなたを差し置いては出せないから、早く句集を」と強く慫慂《しょうよう》され、忙しいことを言い訳にぐずぐずしてはいられなくなりました。普段の作品整理が悪いものだから、句帳などから拾い出すことにも難渋し、結局「海程」に発表したものを中心に、三百三十二句を抽き出した。この句数が多いのか少ないのかは自分では判断しがたいですが、作句歴五十数年で、二つの句集への収録作品は五百あまり、削らざるを得なかった作品には申し訳なく思っています。

しかし、この句集は皆子夫人の暖かいお心遣いがなければ、日の目を見なかったものです。さらに遡れば、太平洋戦争直後、墨で塗りつぶした国語の教科書のかわりに、島崎藤村の〈椰子の実〉の詩を板書きし、朗読させ、韻律の心地よさを体感させてくれた小学校（国民学校）六年次の担任の先生、さらには、私に俳句を教え、地域の句会にて指導してくれた新制中学、高校の文芸部の顧問の先生にも感謝しています。

兜太句碑建立のお陰で全国を歩いた

若い頃の金子先生は、句碑なんか嫌いだ、絶対作るもんかとか言っていましたが、だんだん周りの人に煽り立てられて、反対しなくなるようになりました。

昭和六十一（一九八六）年十一月、岐阜県飛騨市古川町に作られた〈斑雪嶺の紅顔とあり飛騨の国〉というのが一番最初の句碑です。この句は『両神』に所収されています。句碑は飛騨の山を背景にしていて、ものすごいでかい石に刻まれている。除幕式には金子先生ご夫妻と共に海程の有志が参列しています。その後、秩父をはじめ、全国各地で多くの句碑が建立され、その除幕式には、金子先生のお供で参列する栄誉に多く恵まれたことも「海程」編集担当だったからこそと有難く思っています。

「谷間谷間に満作が咲く荒凡夫」除幕式の後で
前列左から２人目　金子兜太　４人目　武田伸一　2016年11月３日

平成元（一九八九）年七月八日、金子先生の紫綬褒章受章を祝して長瀞の総持寺の境内に〈ぎらぎらの朝日子照らす自然かな〉の句碑が建立されました。

平成七（一九九五）年八月、青森県の東北町歴史民俗資料館に先生の〈日本中央とあり大手毬小手毬〉の句碑が出来た時に、熊澤さとしさんの生家に立ち寄って、私は〈あめつちや林檎の芯に蜜充たし〉という句を得ました。自分の代表句の一つだと思っているから、熊澤さんのことを忘れられません。

平成十（一九九九）年六月七日、北海道鹿追町然別湖畔に〈初夏の月放ちてくちびる山幼し〉の句碑を建立。北海道内に句碑を立てたいと思っていた兜太は、鹿追町を訪問した際、当時の岡野町長が「是非わが町に句碑を」とのお話があり、建立が実現したもの。除幕式には金子先生や多くの海程の同人たちが参列しました。

平成十六（二〇〇四）年十一月に皆野町の水潜寺（秩父観音霊場・札所三十四番）に〈曼珠沙華どれも腹出し秩

父の子〉の句碑が建立。「これは郷里秩父の子供たちに対する親しみから、思わずそれこそ湧くように出来た句。大学の休暇で秩父に帰った時、腹を丸出しにした子供たちが曼珠沙華のいっぱいに咲く畑道を走ってゆくのに出合った。その時の句で、小さい頃の自分の姿を思い出したのか、と言ってくれる人がいるが、そこまでは言っていない。しかし、子供の頃の自分ととっさに重なったことは間違いなく、ああ秩父だなと、思ったことに間違いはない」と後日述べています。

(『金子兜太自選自解99句』より)。

平成二十八(二〇一六)年三月、熊谷市誕生十周年記念事業の一つとして、熊谷市中央公園に金子先生の〈利根川と荒川の間雷遊ぶ〉を建立しました。

この句は利根川と荒川という二つの大きな河川に挟まれている熊谷の特徴を描き、その狭間にて鳴り響く夏の雷を捉えている。二つの大河の跨ぐ熊谷は川の恩恵を受け、時には川の脅威と向き合いながら、地域の特色を育んできた。夏の夕暮れになれば、上州と北武蔵の風土を象徴する雷が到来し、熊谷に多くの雷鳴と雨をもたらす。二つの河川の存在がここに住まう人々の感性や精神に大きな影響を与え、長い時を経ながら熊谷の景観を形成してきた。雷鳴の躍動感と共に、熊谷に息づく自然の景観と夏の風景を強く表現している。(建立記念チラシより)。

現役時代、金子先生にくっついて中国、スペイン、モロッコ、トルコなどの外国を巡っていた人たちを羨ましく思ったときもありましたが、定年後、「海程」の編集をやるようになってから、金子先生の句碑建立と講演依頼のお陰で、先生にくっついて、日本を北から南までいろんなところを歩いた幸せを今しみじみと思っています。

おわりに

武田伸一氏には市川教育会館でお話を伺った。ここは氏が主宰する京葉句会の会場で、私はコロナ禍になるまで何度か一緒に句会へ参加させて頂いた。

氏は「海程」創刊と同時に入会。のちに「海程」の重鎮として活躍された。また、定年退職なさった一九九五年から、「海程」終刊の二〇一八年まで、二十三年の長きに亘って編集長を務められた。そのため、私の中では、武田伸一即ち「海程」編集長というイメージが未だに濃厚に残っている。

今回のお話では、氏が「海程」の編集をやるようになってから、「海程」の全国大会や兜太句碑建立、講演依頼等のイベントを中心に、先生と共に日本を北から南までいろいろなところを歩いたことを紹介して下さった。また、先生の晩年に「海程集」は金子兜太、武田伸一共選という形を貫いたが、実際は武田氏の選で、「名目だけ」の共選であったとしても、金子先生から武田氏への信頼の思いが氏の選に乗り移っていたに違いない。

董振華

武田伸一の兜太20句選

曼珠沙華どれも腹出し秩父の子　『少年』
水脈《みお》の果て炎天の墓碑を置きて去る　『〃』
暗闇の下山くちびるをぶ厚くし　『〃』
彎曲し火傷し爆心地のマラソン　『金子兜太句集』
粉屋が哭く山を駈けおりてきた俺に　『〃』
果樹園がシヤツ一枚の俺の孤島　『〃』
どれも口美し晩夏のジヤズ一団　『蜿蜿』
霧の村石を投《ほう》らば父母散らん　『〃』
三日月がめそめそといる米の飯　『〃』
人体冷えて東北白い花盛り　『〃』

暗黒や関東平野に火事一つ　『暗緑地誌』
霧に白鳥白鳥に霧というべきか　『旅次抄録』
梅咲いて庭中に青鮫が来ている　『遊牧集』
若狭乙女美し美しと鳴く冬の鳥　『詩經國風』
牛蛙ぐわぐわ鳴くよぐわぐわ　『皆之』
夏の山国母いてわれを与《よ》太《た》と言う　『〃』
冬眠の蝮のほかは寝息なし　『〃』
長生きの朧のなかの眼玉かな　『両神』
春落日しかし日暮れを急がない　『〃』
梅雨の家老女を赤松が照らす　『〃』

武田伸一（たけだ　しんいち）略年譜

昭和10（一九三五）　一月八日秋田県能代市に生れる。

昭和25（一九五〇）　「氷原帯」入会。以後「青年俳句」「風」「寒雷」などを遍歴。

昭和28（一九五三）　能代高校卒業、同年より「合歓」会員を経て同人。

昭和32（一九五七）　立命館大学文学部卒業後、家業の建設業を継ぐ。

昭和37（一九六二）　金子兜太創刊の「海程」に参加。

昭和41（一九六六）　現代俳句協会会員。

昭和48（一九七三）　倒産、離郷。その後、鉄鋼会社に職を得て、定年まで勤務。

昭和52（一九七七）　第十三回「海程賞」受賞。

昭和54（一九七九）　第一句集『武田伸一句集』〈俳句文庫7〉（海程新社）刊。

平成7（一九九五）　「海程」編集長（二〇一八年九月迄）、朝日カルチャーセンター（新宿）講師などを歴任。

平成11（一九九九）　第五十四回現代俳句協会賞受賞。

平成15（二〇〇三）　第二句集『出羽諸人』（角川書店）刊。

平成30（二〇一八）　「海程」の後継誌「海原」発行人。

第3章

塩野谷仁

はじめに

一九九六年、私は慶応大学に留学した時、個人学習で金子先生ご夫妻から俳句の手ほどきを受けた。同年五月、金子先生が句集『両神』により第11回詩歌文学館賞を受賞され、先生ご夫妻のご厚意で、「海程」同人十数人と授賞式に同席できた。その時、塩野谷仁氏と初めてお目にかかり、翌日の吟行に氏の車に便乗させていただいた。温和で礼儀正しく、美男子で俳優のようである印象を受けた。それからの一年間と二〇〇五年四月から早稲田大学の修士課程で勉強した二年間は、「海童会」で毎月のようにお会いできて、いつも丁寧に俳句を見てくださった。そして、二〇〇九年十一月、氏は句集『全景』を出版。翌年二月二十日、新宿のサンルートホテルで、海童会参加者各々から集中十句選をお祝いとして氏に渡したことも良い思い出だ。更に、二〇二〇年から、氏のお誘いもあり、「遊牧」の同人にも参加させていただいている。

董振華

(二〇二二年四月二日十二時　中野にて)

「海程」に入会し、金子兜太に師事する

「海程」の創刊は昭和三十七(一九六二)年四月でした。実は、金子先生とはその前に縁がありまして、と申しますのもその頃俳壇の大結社として「寒雷」があったのですが、その「寒雷」には加藤楸邨の「寒雷集」のほかに主力同人による選句欄があったんです。前年の三十六年は金子兜太選の「森林集」でした。金子先生の選句は独特でして、選評は「採らなかった句、採れなかった句」が中心なのです。普通なら逆ですよね。それが、採った句を大いに褒めて掲載する。それが、なぜ採れなかったか、を誌上で克明に説明しています。それが、初学者には全く斬新でしたね。そんな訳で一年間、「森林集」に投句し続けたのです。

そんな縁からでしょうか、「海程」創刊前にハガキの連絡があって、同人誌「海程」が創刊されるという、それで勇んで入会したんです。当初一年半位は金子兜太先生の「海程集」で専ら選を受けていました。

「海程」創刊の時代背景

昭和三十七（一九六二）年頃というのは、俳壇にとって非常に画期的な年回りだったと思いますね。前年昭和三十六年の十一月には、現代俳句協会から俳人協会が分離独立しました。ご承知の通り、当時の言葉で云えば「前衛俳句」と「伝統俳句」の対立の果ての決裂だったのだろうと思います。その時、その、前衛俳句を護る意図をもって金子先生は「海程」を創刊したんだろうと推測します。つまり、前衛俳句の「橋頭堡」として、ですね。「海程」には当時の若手俳人がどっと流れ込んできたような感じがします。若い人は、斬新なもの、刺激的なものがどうしても好きですからね。先の「森林集」からもいろんな人が入会しています。後にわたしの評論集『兜太往還』（平成十九年「邑書林」）にも書いておいたんですけど、名前を挙げさせてもらえば、例えば、奥山甲子男・佃悦男・武田伸一・中村ヨシオ・中嶋秀子・桜井博道・大和洋正・谷佳紀・そして某、そして私。みんな後に俳壇で名を成した人達でした。いま考えると、みんな若かったな。

当時は俳壇のみならず、社会的にも変革の時期だったような気がします。朝鮮動乱のお蔭で日本の軽工業が復興し、昭和三十九年のオリンピックに向けて経済が活発化し始め、いわゆる後の高度成長期の入口に入り始めていた。あの激しかった安保闘争も次第に沈静化し、世の中が安定化して平和になってくる。そうすると、どうしても人々の考え方が守りになる。伝統回帰は時代の要請でしょうね。そんなこんなで「前衛俳句」が下火になってきたわけなんだ。だが、金子先生の場合は世の前衛派とは少し違っていた。金子先生はあくまで「前衛俳句」ではなく「俳句前衛」の立場だった。つまりは新奇なものを求めるだけの「前衛俳句」と違って、それも認めつつ、「俳句」の「前衛」を求める人だったので、それらの人々を糾合する必要があった。それが「海程」の創刊だったと思いますね。

「海程」とともに歩んできた道程

私に俳句開眼らしきものがあったとすれば、「秩父俳句道場」を挙げたいと思います。昭和五十四年十一月だと思いますね、「俳句道場」の始まりは。当時の勤務先横浜から、着の身着のままで電車を乗り継ぎ、最終的には秩父駅から秩父山腹の「民宿きりしま」までタクシーで乗りつけたのを記憶しています。金子先生の思いには、「海程」創刊から十七年くらい経って世代間の改善の必要もあり、この際「海程」の若手を集めて鍛え直そうという意図があったと思うんです。それとは別に、私にとっても画期的な出来事でもあったんです。と言うのも、前年昭和五十三年に第一句集『円鐶』（昭和五十三年「花の会」）を出したんですが、ほんの少ししか評判を得なかったんです。ですから俳句から少し気持ちが遠のきつつあった時だったんですね。そんな時、金子先生から直に薫陶を受けられる道場は誠に貴重な時間だったのです。当初、道場はキビシイものでしたね。二泊三日の日程で、前夜は真夜中まで句会を開き、翌日朝の句会までに新作十句提出というのがルールでした。だからオチオチ寝ている暇もない。句会後、皆で飲み会でもすると寝ぼけ眼で作句するしかない。枕元の電球に半分覆いを掛けて必死に句作をしている人もいたもんです。そんな道場でしたね。よく鍛えられました。金子先生は一人一人に、今日の君の句は駄目だったとか、これこれの句はここが良かったとか、徹底的に指摘してくれました。素晴らしい道場でしたね。

二年目に入った頃、嬉しい出来事がありました。道場が開催されるたび、私の作品がドンドン金子先生の選に入って来るんです。おまけに特選の部にね。それで、いま書いている方向・世界が、間違っていないんだと確信できたのでした。有難かったですね。一種の俳句開眼といっていいでしょうね。

道場に通いつめた成果か、昭和五十七年に「海程賞」を受賞したのですが、その後も道場には通い続けました。初回から多分五十六回目まで（三年目位から年二回開催）、足掛け二十年くらい無欠勤だったのは私だけかも知れません。この間、大阪勤務時代も新幹線を使って道場通いを続けました。この道場で金子先生に斧正を受けたのがわたしの俳句開眼だったと思います。

俳句道場のある朝、金子先生とただ二人、峠の道を散策する機会がありました。とりとめのない会話を交わしていたんですが、そのうちに「なぁ、君ぃ、俳句はなんたって人間だよ。人間!!」それから「やっぱり俳句は個性だよ。個性!!」。その時の言葉が、今でもその言い回しと共に忘れないで耳底に残っていますね。

兜太句集「両神」により詩歌文学館賞受賞を祝う吟行にて
塩野谷仁と董振華　1996年5月27日

その「俳句道場」の作品を主に集めたものが、『独唱楽譜』（昭和六十三年「東京四季出版」）という句集でした。

「海程」が同人誌から主宰誌へ

昭和五十八年、金子先生が現代俳句協会の会長に就任した時も、「海程」はまだ同人誌でした。主宰誌に移行したのは、昭和六十年の「海程名古屋全国大会」の席上です。言い出しっぺは阿部完市さんです。同人総会の席上、緊急動議ということで阿部さんが主宰誌への移行を提案したわけです。ところが喧々諤々、二百人くらい集まる大会議室で意見交換していたわけですが、いつまでたっても意見が纏まらない。ホテルの支配人からは、時間も真夜中になったので場所を変えてくれと言われ、小部屋に移って賛否両論延々と戦わせた。反対派の言い分は主に、文学理念の上、上下関係があるのはおかしい、というようなものだったような記憶が残っている。その時、金子先生が偉大だと思ったのは、そんな反対派の意見にも反論せず、腕組みして黙って聞いている姿でした。その姿を横目で眺めつつ、この先生はほんとうに腹が据わっている御仁だと実感しましたね。最終的には多数決で決めようということになり、賛成多数の拍手でもって結社誌移行が決定したわけです。わたしは当時、阿部さんから事前にこのことを打診されていたので、勿論賛成者のひとりでした。

この頃、この主宰誌への移行も若干関係あるのですが、それまで「海程」の運営面で中心的な任務を果たしてきた大石雄介さん、谷佳紀さん、原満三寿さん等数名が脱会するという出来事がありました。前年にわたしは「海程賞」を受賞していた関係で、武田伸一さんと堀之内長一さんと計らってその任務を引き受けることになりました。それがのちに「海程会」という組織に発展していくのだが、それから二十数年、良くやってきたという自負はありますね。というのも、個人的には三十六歳から六十歳近くまで、某証券会社の支店長を務めながら海程の運営に関わってきましたね。行事が入って休暇を取らなければならない時は、いつも「法事」ということで休暇を取っていた。皆にバレてはいたようだけど（笑）。

こんなこともありましたね。さっき言ったように、「俳句道場」には大阪からも参加していました。勤務で大阪在住の約三年間（平成三年から六年二月まで）、大阪から秩父まで、正確には大阪東京間ですが、新幹線を利用していました。毎回、帰宅は日曜日の真夜中。翌日は眠い眼を擦りつつ勤務に就きました。俳句に夢中だった時代の思い出ですね。

兜太から学んだこと

金子先生から学んだことは絶大だったですね。俳句は勿論、人間つまり生き方も教わりました。先生は人心掌握に長けたお人でしたね。一度会ったら離れられない、そういう人だったと思います。言葉が悪いのですが、いい意味での人誑《たら》しですね。そういう意味で摩訶不思議な魅力の持ち主でもありました。

俳論で言うと、いちばん私の性に合っているのは「平明で重いものを」という小論です。金子先生には多数の名著・名言はありますが、その中で自分に一番ぴったりだと思うのは、この「平明でおもいものを」

という小論です。勿論、金子先生のもろもろの俳論は承知していまして、それらは小著『兜太往還』（平成十九年・邑書林刊）で触れておりますが、この小論が一番気に入っています。

兜太句碑を訪ねて（北海道、然別湖）
前列右1武田伸一・右2塩野谷仁・右4若森京子
二列目右2山中葛子・右4金子兜太
三列目右2伊藤淳子・右4安西篤　1998年6月7日

昭和四十四年（一九六九年）「海程」一月号の文章ですが（後に『定型の詩法』所収）、勤務で大阪在住の時、奈良を渉猟していた時分ですが、この文章を読み返していて今更ながら、「あっ、これだ」と思いました。俳句は、内容の濃いものを平明に書きなさい、ということです。内容が濃いものでも「重くれ」で書くと難解に陥りますね。内容の軽いものを平明に書いてはいけない「ただごと」。また、内容の薄いものを重く書けば書けているようだが中身は「軽薄」。あくまで「平明で重いものを」ということ。後にわたしは「姿情一如」と言うことを主張していますが、根は一緒です。「姿」は「定型」「情」は「自己表現」。つまり「定型」でもって「自己表現」を果たすこと。わたしの方がより「定型」を重んじていますが、根は同じことですね。

「遊牧」創刊の経緯

なぜ、「遊牧」を出したかっていう話だよね。大阪在住時代、奈良つまり飛鳥中心に渉猟していまして、大袈裟な言い方をすれば日本文化の根っこに触れようと意気込んでいました。その成果と呼べるかどうか分かりませんが、『東炎』（平成六年「海程新社」）という句集を出しまして自分なりに一つの答えみたいなものを抱いていました。

丁度六十歳、いわゆる勤務先を定年退職する段にあたって、今後どうすればいいか金子先生に相談する機会があったのです。新宿の住友ビルまで行ったんだな。当時金子先生、新宿の住友ビルの四十八階だったかな、そこで朝日カルチャーの俳句講座を開講していた。終了後、近くの喫茶店で会話したことを覚えている。「そうか、お前もう定年か」。「もうそんな年です」。「だけど、まだ六十歳か。六十なら俳壇的にはまだ間に合うかな。お前だけには特別にね、雑誌を出してはどうかな」。「じゃあ、先生、雑誌を出していいんですね。人選その他、決まったら相談します」。そんな遣り取りがあって「遊牧」は創刊されました。勿論、遊牧が世に出たからとてわたしが「海程」を退会する理由は何もない。なぜならわたしの師は金子先生ただ一人だからで、「海程」終刊まで同人のままでした。

ただ、「遊牧」創刊三年後あたりから「遊牧」への風当たりが強くなってきましてね。「海程」から出て雑誌を出せたのは私一人だけだった上に、一つには「遊牧」の紙質・内容が良かったもんだから人がどんどん集まってきた。一号毎に同人が増加する。それを見てますます同人が増加する。そして、内容が充実していく。そんなこんなで、どうもジェラシーの集中砲火を浴びてしまったようなんだな。いろいろ悪口を云う人がいたようでね。その中にはありもしないことを言う人もあったりして。困り果てましたね。そう、こんなこともありました。困り果てた末、金子先生と膝を突き合わせて相談の上、先生の俳句講座の人達を泣く泣く「遊牧」から離脱して貰うという事件もありました。全部名前を挙げるわけにはいきませんが、創刊同人の伊藤淳子・田口満代子・遠山郁好・児玉悦子さんら八、九名でした。いちばん辛かった時代です。

その後の「遊牧」のことにも触れますと、「遊牧」はその後も海程外からの同人参加者が順調に増え続け、おまけに一度も遅刊することもなく、現在で（令和四年四月）創刊二十三年目、百三十八号を数えました。

話を戻しますと、先の伊藤淳子さんら一度「遊牧」を去った人たちも、金子先生逝去後は「遊牧」に同人復帰しておりますね。

そんな時代の荒波の中、平成十九年、句集『荒髪』（沖積社刊）と評論集『兜太往還』（邑書林）を出したあたりで第六十二回「現代俳句協会賞」を受賞したことは意義深いことでもありました。

ついでに言うとね、「遊牧」のモットーは「兜太俳句の真髄を継ぐ」ことなんだが、「師系を継ぐ」ということは、師の成し遂げたことを継承するだけでは不十分ですよね。巷間《こうかん》よく言われているように、「師の成し得なかったことを探し求めてそれを実践する」のが師系を継ぐ本当のことでしょう。先生は博識で多方面に亘っていろいろのことを言っていますが、その言い分の本質は、突き詰めて言えば、俳句は「五七五調の三句体の最短定型詩」ということで、その「詩の本質は叙情にあり」、ということだったような気がしています。勿論その「叙情」は、軽い「情感」程度のものではなくて「存在に裏打ちされた詩の本質としての叙情」のことだったんですが、終生、先生はそれを追い求めていたように感じられますね。

金子先生のシカダ賞受賞を祝う会
左１塩野谷仁・左３金子兜太　2005年10月23日

人生の求道者であった兜太

やっぱり俳句だけではなく、人間的にも一番影響さ

海童会の後の二次会にて
左から　塩野谷仁・董振華・一ノ瀬タカ子・芹沢愛子
2006年8月1日

れた人は誰かというと、やはり金子兜太という人に突き当たりますね。たくさんの会社関係の人達また俳句仲間たちともいろいろな交流もありましたが、先に述べたように金子先生が一番「人間」が大きかったね。

何がどうと具体的に言い表せないのが残念ですが、人を包み込む度量が大きかった。つまり、本能的に、人心掌握術に長けていたということになりますかな。「海程」の事業に関わっていたときは、この人の為ならなんでもやってやろう、という気にさせられたね。

話が飛ぶんだけど、大昔、金子先生と二人で話す機会があったとき、秩父俳句道場の時かな、二人で峠道を歩きながら、戯れに、「先生がもしも俳句をやらないで日銀にそのまま勤めていたら今頃は総裁まで行ったでしょうか、それとも市中の銀行の頭取にでもなってたでしょうね」と話しかけたら、ニヤと笑って返事がなかった。まんざらの話でもなかったのかも知れない。

ともかく金子先生は野太い人だった。それしか言いようがないかな。私なんかいつも会社で何事かあると、こんなとき先生はどう処理するのかな、などと考えたものだったね。それくらい私には影響がありました。

私が本格的に俳句にのめり込むようになったきっかけは、三十六歳くらいになるときだったかな。ある時、先生の文章を読んでいて、丁度先生も同じような年頃

海程創刊45周年記念大会　グランドホテル太陽にて
前列左１塩野谷仁・左３相原左義長・左４金子兜太
2007年5月27日

に「俳句専念」を決意したという項目に出会って頭が殴られたような感動を覚えたことがあります。俳句専念――先生の言葉で言えば、勤務は給料ぶんだけ、余った時間は俳句に没頭――。あ!!、この線で行こうと思いました。私の勤務先を考え合わせると、丁度部店長クラスだと、上司からも部下からも仕事上であまりプレッシャーが掛かってこない。おまけにこちらの都合で時間もかなり自由になる。つまり、二足の草鞋を履くには割合に都合が良かった。そのため、俗に言う出世路線には乗りそこなってしまったようですがね。まあ、生き方からしてこの選択が結果的には良かったと、今は思っています。

金子先生の思い出を話せばキリがないのですが、やはり先生は一人の俳人というよりも求道者でしたね。それも凄い人生の求道者。それから、当然のことですけど、すごい勉強家でした。先生の著書を一目瞭然ですけど、記憶力抜群の上に何事にも興味をもってとり組んで行く。陰ながら真似をして猛勉強しましたが、ついに足元にも及ばなかった気がします。いま考えると金子先生に出会えたことが幸せでしたね。こういった出会いを、僥倖というのでしょうね。

おわりに

塩野谷仁氏は「海程」創刊の年から参加しており、金子先生の愛弟子として、先生から「やっぱり俳句は個性だよ。個性!!」との示唆と、先生の書かれた「平明で重いものを」という詩法のエッセイの影響を受けて、句作に励んでこられた。

一九九九年、定年退職に伴い、金子先生の許可を得て「遊牧」を創刊・主宰。二〇〇七年、『兜太往還』(邑書林刊)を刊行し、「師系を継ぐ」の意味を「師の成し遂げたことを継承するだけではなく、師の成し得なかったことを探し求めて、それを実践する」ことを強調された。更に先生の「平明で重いものを」を踏まえて、「姿情一如」の作句法を唱えられた。

特に「師の成し遂げたことを探し求めて、それを実践する」という氏の言葉は、兜太亡き後、私も噛みしめて、実践していかなければならないと深く首肯した。

董振華

塩野谷仁の兜太20句選

曼珠沙華どれも腹出し秩父の子　『少年』
白い人影はるばる田をゆく消えぬために　〃
果樹園がシャツ一枚の俺の孤島　『金子兜太句集』
どれも口美し晩夏のジャズ一団　『蜿蜿』
霧の村石を投《ほう》らば父母散らん　〃
三日月がめそめそといる米の飯　〃
人体冷えて東北白い花盛り　〃
涙なし蝶かんかんと触れ合いて　『暗緑地誌』
夕狩の野の水たまりこそ黒《くろ》瞳《め》　〃
霧に白鳥白鳥に霧というべきか　『旅次抄録』
梅咲いて庭中に青鮫が来ている　『遊牧抄』
遊牧のごとし十二輌編成列車　〃
流るるは求むるなりと悠《おも》う悠《おも》う　『詩經國風』
桐の花河口に眠りまた目覚めて　〃
唯今二一五〇羽の白鳥と妻居り　『皆之』
毛《もう》越《つう》寺飯《いい》に蠅くる嬉しさよ　『両神』
春落日しかし日暮れを急がない　〃
おおかみに螢が一つ付いていた　『東国抄』
今日までジュゴン明日は虎ふぐのわれか　『日常』
河より掛け声さすらいの終るその日　『百年』

塩野谷仁（しおのや　じん）略年譜

昭和14（一九三九）　栃木県生まれ。

昭和37（一九六二）　「海程」創刊と共に金子兜太に師事。

昭和51（一九七六）　句集『円環』刊。

昭和54（一九七九）　七月秩父俳句道場開始。

昭和57（一九八二）　第十八回「海程賞」受賞。

昭和58（一九八三）　十二月、金子兜太現俳協会長就任。

昭和59（一九八四）　『塩野谷仁句集』（海程新社）刊。

昭和60（一九八五）　六月二十二日　海程全国大会、於・名古屋にて主宰制移行。

昭和63（一九八八）　句集『独唱楽譜』刊。

平成６（一九九四）　句集『東炎』刊。

平成11（一九九九）　「遊牧」創刊・代表。

平成13（二〇〇一）　句集『荒髪』刊。

平成15（二〇〇三）　現代俳句協会図書部長（幹事）就任、以後、副幹事長兼研修部長を経て監査役現在参与、現代俳句協会賞選考委員。

平成19（二〇〇七）　評論集『兜太往還』、同年、第六十二回「現代俳句協会賞」受賞。

平成21（二〇〇九）　句集『全景』刊。

平成24（二〇一二）　共著『現代俳句を歩く』刊。

平成26（二〇一四）　句集『私雨』刊。同年、千葉県俳句作家協会副会長就任、現在顧問。

平成28（二〇一六）　共著『現代俳句を探る』刊。

平成30（二〇一八）　句集『夢祝』刊。

令和２（二〇二〇）　共著『現代俳句を語る』刊。

令和３（二〇二一）　『塩野谷仁句集』（ふらんす堂）刊。

第4章 若森京子

（二〇二二年四月八日十三時　若森氏宅にて）

はじめに

若森京子氏と初めて会った年月を私自身はっきりと覚えていないのだが、「海程」誌上ではよく若森氏の俳句作品と文章を読んでいた。

二〇一四年句集『簞笥』をいただいたのが直接の交流のきっかけだと思う。その後、お互いに作品集を送ったり、年賀状を送ったりして、だんだんと親しくなった。

今回のインタビューにあたり、三田市のご自宅に伺い、貴重な話を聞かせていただいたうえ、日本料理をご馳走になった。

取材をきっかけに、私が毎週インターネットを使って開催している「聊楽句会」のゲスト選者として、二十回ほど応援していただいた。

董振華

「水鳥」「渦」「花」を経て

昭和四十四（一九六九）年、主人が神戸大学から医師として三田市の市民病院に赴任しました。当時の三田は、まだ人口三万五千人ぐらいの田舎町でした。住む官舎は大きな池の側の屋敷町で静かな環境やったけど、友達も知人も居なかったのです。俳句をやっている近所の方が一人いて、その方に誘われて「水鳥」という神戸の人間諷詠の結社に入ったわけです。

私の父が伝統派の後藤夜半主宰の「諷詠」の同人だった関係もあり、やはり影響を受けたと思うのよ。人間諷詠を掲げた「水鳥」に六年間いまして、新鋭賞までいただいて、良かったけれども、主宰の人格に少し問題があり、公私混同というか、そんな先生が多いとよく耳にしてましたけど、嫌になっちゃったんです。

そんな時、「渦」の赤尾兜子の作品にすごく惹かれていました。京都大学の中国文学科出身で漢字が素晴らしく、当時「第三のイメージ」と言われていた。その先生の俳句の中の漢字に色彩を感じて、すごく憧れていました。

ちょうど兵庫県の俳句大会で、私の句〈髪熱くなるやきしきし萱の家〉を赤尾先生が特選に採って下さって、色紙が送られてきました。嬉しくて礼状を出しましたら、電話がかかってきて、「渦」に入れ入れと強く勧められました。そうしたら「水鳥」で一緒だった高橋たねを氏に相談した結果、「水鳥」を退会して、「渦」に入会しました。二年間程いて渦の佳作賞をいただきました。

赤尾先生は昭和五十五（一九八〇）年、毎日新聞を退職して、現代俳句協会賞も兵庫県文化賞も受賞しておられましたが、精神的な病いがあったようで、昭和五十六（一九八一）年三月十七日、〈大雷雨鬱王と会う朝の夢〉の句を遺して、阪急電車御影駅近くで投身自殺されたんです。

私が「渦」に入会した二年の間にもいろいろと変化があって、伝統回帰っていう事になったんで、自分の思いとちょっと違うわと思いました。当時、まだ若かったので、ずいぶん自分の居場所を探し迷っていたのです。そんな時、高橋たねを氏が所属していた、八木三日女の主宰する「花」に入会しました。そこには当時、塩野谷仁、山中葛子さん達がおられましたね。

金子兜太先生とお目にかかって「海程」に入会

「海程」に参加しようと思った理由がいくつかありました。

一つは、昭和五十一（一九七六）年、神戸で「海程」と「花」の同人である若井越路氏の第一句集『沖天』の出版記念会があって、そこに金子兜太先生が来られたのです。既に海程人だった高橋たねを氏に初めて金子先生を紹介してもらったのです。ちょうど俳句を始めて七年目で、八木三日女の「花」に入会した時でした。「よお！」って、すごくおおらかで、素手で掴み取るような言葉の自然さに、「今までの先生とは全然違うわ」と思いましたね。

出版記念会の司会が大橋嶺夫氏で、関西の作家達の華やぎと兜太先生のオーラに魅せられた楽しい時間だった。金子先生に「海程」にいらっしゃいといわれ、その時、心が動きましたね。

二つ目は、実は同じ頃、同じ関西人の鈴木六林男氏からも「火曜」の本がどっさり送られて入会を誘われていたんです。しかし、金子先生の本当に今迄と違った、自然体で闊達な男らしさを感じ、この先生がいいなと直感しました。私の性格も男っぽいところがあって、ねちねちする男性があまり好きじゃないのですね。それに、「海程」には堀葦男、林田紀音夫先生もおられましたしね。

林田先生は、一九六八年、高柳重信氏が「俳句研究」を出していて、そこには「六人の会」というのがありまして、つまり林田紀音夫、赤尾兜子、高柳重信、鈴木六林男、佐藤鬼房、三橋敏雄の六人の選者に三十句を応募するというのがあったんです。林田先生はいつも私の句を高点で採ってくれはって、一度佳作賞迄いったことがあります。それでやはり「海程」に魅力を感じていました。

三つ目は、その頃、高柳重信氏から「神戸の兜から東京の兜に行ったら損だよ」と言われた言葉が今でも耳に残っているけど、その意味が分からへんかったわね。重信氏からは五十句競作を出すように、添削してあげるからと言われ、三回ほど見て貰ったのかな、あれって何か裏があるのでしょうね。俳句界ってこういうものかな、と少し不信感を持っている時に、金子先生に出会った。その頃、現代俳句協会には対立があると思ったものね。高柳氏なんか「俳句研究」に金子先生の事をあまり良く書いていなかった。その反発心もあったし、高橋たねを氏がいつも相談相手になってくれて、自分の居場所探しにすごく助けてもらったのです。

以上述べた三つの理由で、「海程」に入ることにしました。そして「海程」に入ってから金子先生の句を沢山知りました。〈彎曲し火傷し爆心地のマラソン〉はピカソの「ゲルニカ」を思ったし、言語から来る重層的な句の拡がり、また平和を常に心した日常など、いっぺんに先生の句と人柄に惹かれてしまったのです(笑)。

秩父俳句道場に参加

「海程」に入ってから、秩父俳句道場(昭和五十四年二月開始）というのがあることを知りました。というよりも、私が「海程」に入った翌年から始まったんですね。関西からちょっと遠いので、しばらくは参加しなかったのですが、昭和五十六（一九八一）年七月に初めて高橋たねを氏、毛呂篤氏と一緒に参加しました。その頃の秩父駅は蚕の機織の機械がたくさん置いてある暗い印象でしたね。マイクロバスに皆んなが乗って、桑畑や険しい山道を通りぬけて、最後に「民宿きりしま」にたどり着きました。ここが伝説の俳句道場かと思いました。秩父連峰が一望できて、マンサク、アブラチャンなどの木に囲まれた別世界の様でした。早朝の霧深い山をよく散策したものです。

「海程」全国同人総会　大阪にて
左から　八木三日女・林唯夫・堀葦男・金子兜太・小山清峯
若森京子　1984年

道場は毎年三月と十一月の二回だったけど、すごく厳しかったです。夕食後の句会は夜遅くまで続いて、翌朝又十句、寝ても覚めてもずっと頭の中は五七五のことでいっぱいやったわ。

最初の頃は男性が多かったですね。道場からすぐ上に先生ご夫妻の別荘があります。道場主でもある先生をよく呼びに行かされました。一番驚いたのは、先生も我々と同じ立場で、一緒にという感じでガンガンやられてはった。先生の作品にも忌憚なく批評が交わされました。当時、先生は五十代後半だったと思うけど、必至になって反論される姿が今も思い出しますわ。「結社誌」から来た私には考えられない光景ですものね。驚きましたわ。先生の句〈海流ついに見えねど海流と暮らす〉の額の裏にその日の私の特選句「〈谷底にめしつぶ怒声して百軒〉昭和五十七年十一月七日道場兜太書」と墨で書いて下さり、今も大切にしています。道場は私にとってユートピア的試練の場でした。本当に感激しましたよ。

兜太先生の偉いのは反対して激しく言っても必ず少しフォローしはんのね。それで私が思うのに、初めての人にも絶対に句を貶さない、良い所を見つけてそこを伝え、自分に引き付けはるなと思うの。選句の懐が実に広いし、絶対「駄目だよ」とは言わへん。必ず褒めて「いい感覚だね」とか、「いいもの持ってるんだよ」とか言って褒めてはる。だから、私なんか叱られた事は一度もないなあ。「あんたは自由に書きなさい」と言われた言葉が今も脳裏に焼き付いています。皆んなも同じだったと思うわ。他の結社には色々制約が多かったからね、「海程」って本当に自由って感じだった。それで十年間道場に関西から通いました。皆子先生にキウイと黒い田舎饅頭を貰って、帰りの新幹線の中で疲労困憊した私はお饅頭を食べるのが楽しみだったのよ。

私が「海程」に入った頃の編集長は、兜太先生の東京大学の後輩の大石雄介さんでした。私が初めて秀句として掲載して貰った句が〈ブランコ捩じれひかり粗衣粗食〉の句でした。大石さんもこの句を認めてくれて、第一句集『繍』（ぬいとり）の序文に解説をつけてくれはったのです。句会では不評だったのに。その時、俳句って面白いなと思って、いっそうやる気が出たのです。

のちに道場は「民宿きりしま」から長瀞の「養浩亭」へ移りました。初めの頃は参加したんやけど、だんだん家業も忙しくなるし、三田市文化協会副会長になったり三田市俳句協会長を二十五年もしていて、行事が重なる時が多かったので、後になって参加回数がだんだん少なくなりました。二〇一一年十一月に久しぶり行った時、ちょうど高野ムツオさんがゲストとして来てはって、昔「海程」で一緒だったんで「三十年振りやね」と言って旧交を温めました。

海程賞の授賞式は「海程」革命の夜に

昭和五十三（一九七八）年に「海程」に入って、八年目の昭和六十（一九八五）年の名古屋大会で同人誌最後の「海程賞」を頂いたんですよ。サンプラザの二階の畳の大広間で総会の後、授賞式があって、中北綾子さんと私の受賞の喜びの挨拶が終わるや否や、突然阿部完市さんが立ち上がって、「海程の仲間うちの金子兜太でなく、大衆の俳壇の先生であるべき」という旨の弁を述べられ驚きました。堀葦男さん、あと数人も賛同しました。

もちろん反論もありましたよ。大石さんも反対しました。大石氏の崇拝者の谷佳紀、遠藤煌、原満三寿たち大勢が反対しました。高橋たねをさんも迷っていましたね。私も彼の紹介で「海程」に入ったので、彼が退会したらどうしようかと思いましたが、私は彼に「やっぱり金子先生がいい、残った方がいいんじゃない」って言ったんです。そうしたら残りました。まさに「海程」革命の夜を目の当たりにしたって感じでしたね。その結果、大石編集長をはじめ、多くの誌友と別れる寂しい思いも味わいました。しかしその後小田原の大石さんの会にも何度か参加し、谷さん、原さん達と一緒に句会を楽しみました。のちに谷さんは「ゴ

上海・魯迅故居にて
左から　若森京子・大牧よし子・金子兜太・清澤貞子・児玉悦子
1987年10月

リラ」っていう俳誌を出して、大石さんも自分だけの「包」（パオ）というのを出して送って貰いました。奥さんの和子さんとも親しかったしね。

金子先生はものすごく大石さんを信頼してはったし、編集会議など昔は日銀の地下の喫茶店で待ってて、そこでしはって一心同体の感じだったから、先生もショックだったと淋しい思いをされたと思います。谷さんは大会の時いつも大きなリュックを背に裏方で走り回っていた。大金が入っているんだよと。

昭和六十一（一九八六）年「海程」が主宰誌になって初めての鎌倉大会が予想を上回る参加者を得ての大盛況。当日はお寺の本堂に雑魚寝だったのです。第一次句会は若手同人、私も初めての選者になり、質疑応答があり、開かれた「海程」の波を感じました。第二次句会では金子主宰に聞くという形だった。主宰は従来の「海程」の在り方にプラス季語など文化遺産を包含する姿勢を改めて打ち出され、基本は自分の作りたいものを作る姿勢を失うなと強調されました。

やはり結社誌になると同人誌と違うと思います。その後、昭和六十二（一九八七）年、兜太先生は朝日俳壇選者になり、まもなく足跡は俳壇を超えて、平和運動にも伸ばします。一方、その頃から一茶の研究をされ、「ふたりごころ」「生きもの感覚」「存在者」「定住漂泊」「アニミズム」「荒凡夫」などといった言葉がどんどん打ち出されました。

同人誌最終号の「熊猫荘寸景」に、先生は「〈秩父道場〉〈みちのく勉強会〉と続いて十一月も終わる。みちのくでは藤村多加夫の虚実皮膜の間をゆききする台詞につられ、芭蕉の歩いた伊達信夫の里をうろついて実に楽しかった」と書かれている。私はあの旅で先生達が素裸で露天風呂に降りて行くおおらかな光景を今でも懐かしく思い出します。

昭和五十年代の「海程」と私

昭和五十三年（一九七八年）に入会して二、三月号に初めて新同人として作品が掲載され、その年の京都嵐山の同人総会で阿部完市氏の司会で初めて私の名前を紹介されました。翌年の五十四年四月号の兜太選の秀句に〈ブランコ捩じれひかり粗衣粗食〉が選ばれ、その時の喜びがずっと海程人としての原点のような気がします。その頃の関西は、戦前の第一期新興俳句運動、つづいて第二期の昭和三十年代のいわゆる前衛盛り上がりがあり、そのきっかけが関西中心に尼崎、神戸、

トルコ吟行にて
前列左から　阿保恭子・若森京子　後列左から　金子皆子・金子兜太
1992年5月

大阪にありました。金子先生も神戸に居られた時代だったと思います。その名残りは第三期の頃でした。この土壌にいて私には眩惑の連続でしたが、自由な空気は大変魅力的でしたね。八木三日女、大橋嶺夫、竹内義聿、門田誠一たちの少し文学的意識の高い南大阪句会、対照的に阪神電車の騒音のひびく戎神社での尼崎句会は酒臭漂う喧喧諤諤の雰囲気に始めは恐れをなしたが、次第に嵌ってゆく磁場のような気がしました。堀葦男、林田紀音夫、稲葉直、毛呂篤、小山清峰、立岩利夫、兼近久子、中北綾子、澁谷道、島津亮、干場立光、中島不二男、福田基、水島洋一、高橋たねを、これら作家の鬩ぎ合いの中で右往左往していた様に思います。金子先生もしばしば来阪され、昭和五十年、六十年代は関西の一番輝いた頃でしたね。

そして昭和五十八年十一月二十六日私の第一句集『繡』を出版、八木三日女氏発起人で神戸のホテルで出版記念会を催してくださいました。この日丁度現代俳句協会前会長横山白虹氏の葬儀が九州でありましたので、金子先生が弔いに行かれたわけです。その帰りに出版記念会に寄って下さり、祝辞を述べてください

「海程」同人隠岐の吟行にて
前列右から　福富建男・加藤青女・若森京子・矢野千代子
金子兜太・篠田悦子　2000年

ました。金子先生の祝辞の中で、「この十一月二十六日という日は、昭和前期新興俳句運動の代表作家の一人である横山白虹の葬儀の日でした。彼の第一句集『海堡』（一九三八年、沙羅書房）は歴史に残る句集だと思うのですが、そして同じ日に若森京子という新興俳句の第三世代の若き女流の句集出版記念会が奇しくも同じ日に重なった。因縁めいて面白い」と緩やかに述べられました。あの日金子先生と共に葬儀から関西の鈴木六林男、和田悟朗、阿部完市氏達も共に駆けつけてくださったわけですね。今この人達はみな鬼籍の人となられましたが、写真には若き日の坪内稔典、久保純夫氏達が写っています。現在の祭りの後の様な関西の静けさは大変淋しい。一方、新しい芽吹きの気配が広がりつつある関西に期待が膨らむような気もします。

十年間の比叡山勉強会

平成十三（二〇〇一）年から十年間比叡山勉強会がありました。金子先生のお好きだった遊行上人、踊念仏の一遍上人とお誕生日が同じ九月二十三日で、勉強会が同じ日の時は夕食時に、おめでとうの乾杯をしたものです。琵琶湖を一望する風光明媚の宿坊に一泊し、夜は普段お目にかかれない「兜太先生をしゃぶる会」のような雰囲気だった。雲上の聖域にての勉強会を先生は大変気に入っておられ、宿坊が改修工事の時は麓の三井寺と坂本の西教寺で二度勉強会をしました。

　早朝の六時半のお勤めにも、朝霧の中、根本中堂へと足を運んでおられました。八十歳を過ぎておられたのではと思いますが、金子先生は、

　比叡の僧霧に鹿呼ぶ仕草して
　あけびの実最澄に似た人の手に

など沢山の作品を書いておられる。最後の年は体調不良で来られなくなり、残念でしたが、後から選評が送られて来たのです。

比叡山勉強会（10年間）にて
左から　若森京子・金子兜太・矢野千代子　2009年

兜太先生と「海程」のおかげで今の私がある

　金子先生の「海程」で勉強したおかげで、二〇一六年私の第六句集『篳篥』が出版され、第四十回海隆賞を受賞しました。また関西現代俳句協会の副会長も二期六年間しました。二〇二〇年十二月に第七句集『朧梅』を金子先生への鎮魂の気持で出版しました。二〇二一年からは三田市俳句協会顧問を、現在は関西の毎日新聞兵庫文芸俳句選者をしています。赤尾先生が昔毎日新聞の記者だったんで、毎日新聞の文芸欄で俳句欄を作って、最初の選者だったのです。その次に

「海程」全国大会in広島（ANAクラウンプラザホテル広島）
兜太と若森　2011年5月21日

「渦」の和田悟朗先生が九十三歳までやってはって、和田先生は入院先から電話で「関西は虚子系の伝統派が多いので、若森さんは僕の後、現代俳句で頑張ってほしい」と頼まれ、何か因縁めいたものを感じつつ、二〇一四年から選者をやっています、今年で八年目かな。

　金子先生と長い年月、身近にいて驚いた事は記憶力の素晴らしさが第一、又自然に身についた事は、まず自由なものの考え方、個性を尊重すること、俳句をはじめ全ての物の見方、考え方、いわゆる私の生き方に大変影響を受けたような気がします。また、大会、勉強会の後には必ずハガキを一枚いただきました。「志摩大会御苦労さんでした。相変わらずの〈若さ〉を貴女に覚える。その時忘れていたことを思い出した副会長就任のこと、よかった。嬉しいと一と言いま遅ればせ乍ら。六月七日」と、これは二〇〇九年の志摩大会ののちのハガキでしたが、この優しさに励まされ、現在の八十歳余りまで元気で、俳句と共に人生を歩んで来られた様な気がします（笑）。

「海程」全国大会in熊谷・秩父の海隆賞受賞式にて
金子兜太と若森京子　2016年5月21日

おわりに

若森京子氏から「おしとやか、いよいよ充実、いよいよ円熟」という印象を受けた。関西弁たっぷりの氏のお話は、その場に身を置きながら直に伺い、真に生き生きと起伏に富み楽しい、という充足感のうちに終了した。また、組版までの文字起こし原稿の修正は四回くらいスマートレターで繰り返された。細心の点検が尽くされていて感激を新たにする。

若森氏は一九七六年若井越路第一句集『沖天』の神戸出版記念会で、「海程」同人の高橋たねを氏から金子先生を紹介してもらった。先生に対する第一印象は「おおらかで、素手で摑み取るような言葉の自然さ」であった。そして「海程」に入会された後、先生の句を多く知った。特に〈彎曲し火傷し爆心地のマラソン〉の句はまるでピカソの「ゲルニカ」のようで、言語から来る重層的な句の拡がり、また平和を常に心した日常等から先生の人柄に惹かれて大好きになった、と振り返った。心に残る言葉だった。

董振華

若森京子の兜太20句選

白梅や老子無心の旅に住む　『生長』
曼珠沙華どれも腹出し秩父の子　『〃』
水《み》脈《お》の果て炎天の墓碑を置きて去る　『少年』
原爆許すまじ蟹かつかつと瓦礫歩む　『〃』
青年鹿を愛せり嵐の斜面にて　『金子兜太句集』
彎曲し火傷し爆心地のマラソン　『〃』
果樹園がシヤツ一枚の俺の孤島　『〃』
どれも口美し晩夏のジヤズ一団　『蜿蜿』
無神の旅あかつき岬をマツチで燃し　『〃』
夕狩の野の水たまりこそ黒《くろ》瞳《め》　『暗緑地誌』

暗黒や関東平野に火事一つ　『暗緑地誌』
梅咲いて庭中に青鮫が来ている　『遊牧集』
谷間谷間に万作が咲く荒凡夫　『〃』
抱けば熟れいて夭夭の桃肩に昴　『詩經國風』
漓江どこまでも春の細《ほそ》路《みち》を連れて　『皆之』
夏の山国母いてわれを与《よ》太《た》と言う　『〃』
酒止めようかどの本能と遊ぼうか　『両神』
おおかみに螢が一つ付いていた　『東国抄』
狼生く無時間を生きて咆哮　『〃』
今日までジュゴン明日は虎ふぐのわれか　『日常』

若森京子（わかもり　きょうこ）略年譜

昭和12（一九三七）　京城に生れる。

昭和32（一九五七）　関西学院大学英文科短期学部卒業。

昭和34（一九五九）　関西学院大学産業研究所、経営学者池内信行教授の秘書を二年間務める。

昭和35（一九六〇）　医師若森一雄と結婚。

昭和44（一九六九）　加藤拝星子主宰の「水鳥」に入会、新鋭賞受賞。

昭和50（一九七五）　赤尾兜子主宰の「渦」に入会。

昭和52（一九七七）　八木三日女代表の「花」に入会。

昭和53（一九七八）　金子兜太主宰の「海程」に入会。

昭和58（一九八三）　第一句集『繡』刊。

昭和60（一九八五）　第二十一回海程賞受賞。

平成1（一九八九）　第二句集『山繭』刊。

平成2（一九九〇）　坪内稔典代表の「船団」に入会。

平成3（一九九一）　「花」一〇〇号記念、花賞受賞。

平成6（一九九四）　オーストラリアのオーブリー市カソリック系学校（六〇〇名）の学校に国際交流協会の会社から派遣され、俳句・茶華道・日本舞踊・習字・その他日本生活文化を教えた（四ヶ月間）。生徒たちはその前から俳句を知っていて、授業を聞いてさらに俳句に興味を持ったようだった。

平成9（一九九七）　第三句集『藍游』刊。アメリカのシアトル・キツタス郡（三田市姉妹提携）の現地の画家（フェアバンクス氏）、切り絵（米谷氏）と私の俳句に俳画と英訳を描いて、額八点で当地の美術館で一週間クロス個展を開催した。当地の大学に一点寄贈した。

平成14（二〇〇二）　第四句集『韓藍』刊、さつき賞受賞（三田市文化賞）。

平成21（二〇〇九）　第五句集『藍衣』刊、兵庫県芸術文化団体「半どんの会」受賞。

平成26（二〇一四）　第六句集『簞笥』刊、第四十回海隆賞受賞。同年より毎日新聞兵庫文芸俳句選者。

平成30（二〇一八）　九月「海原」同人。

令和2（二〇二〇）　第七句集『蠟梅』刊。

令和3（二〇二一）　三田市俳句協会顧問。

令和4（二〇二二）　現代俳句協会関西地区顧問。

第5章

伊藤淳子

（二〇二三年四月四日十二時　伊藤氏宅にて）

はじめに

金子先生が句集『両神』により詩歌文学館賞を受賞された一九九六年五月、先生ご夫妻のご厚意に甘えて、お祝いに同行することができた。先生ご夫妻が用事で私と別行動されたとき、「董君のことをよろしく」と私を伊藤淳子氏に預けた。

その後「海童会」では、伊藤氏はいつも私を隣席に座らせ、二次会でも「ここはいいわよ」と言って私の分を持ってくださった。感激するとともに親愛の念を抱くようになった。私が慶応大学での留学が終わって北京の職場に復帰した後は、海童句会への欠席投句をいつも国際ＦＡＸで伊藤氏宅へ送らせてもらった。句会終了後、選者を赤に、作者を青に色分けして記した句稿と手紙を毎月のように北京まで届けてくださった。

更に、私が出張で来日するたびに、必ずどこかでご馳走になる。四半世紀にわたる付き合いだが、本当に歳の離れた日本のお姉さんのような存在である。

董振華

俳句を始めたきっかけ

私は昭和五十三（一九七八）年、新宿の朝日カルチャー俳句教室に通い始めたんです。そのときは四十代だったんですが、それまで俳句を作ったことがなくて、都内に住む普通の専業主婦でした。娘が大学生になって、これから自分のための時間を持ちたいと思ったわけ。それで友達とカルチャー教室へ何かを習いに行きましょうということで、新宿の朝日カルチャーセンターを訪ねたわけです。そこで俳句を申し込んだんですが、講師が何人もいて、誰がいいか分からなくて、うちは朝日新聞を取ってるから、朝日新聞の俳句欄の選者で名前を知ってた加藤楸邨さんにそんなに深い考えはないまま申し込んだんです。でも全然満員で、補欠を申し込みますかって言われて、言われるままに補欠を申し込んで、友達と帰って行ったんですね。

そうして、キャンセル待ちをしていたところ、カルチャーセンターの担当者から電話があったんですよ。それは、「楸邨先生のカルチャーの俳句を申し込んでいらっしゃるようですが、まだ当分待っても駄目だから、金子兜太先生という方が今度俳句の講座を始めるけど、いかがでしょうか」って、カルチャーから勧誘があったんです。

それで、私は「その方はどういう方ですか」と聞いたんです。だってその時、金子先生のお名前を初めて聞いたのよ。そうしたら、「楸邨先生のお弟子さんで、楸邨先生よりずっと若いですよ。俳句はやっぱり現代俳句です。考えていらっしゃる先生とちょっと違うかもしれないけど、でも本当にお若くて素敵な先生だし熱心だから、いかがでしょう」って、今でも忘れられないんですが、担当の二階さんが熱心に勧誘してくださったの。そして、「海程」っていう雑誌を主宰していらっしゃいますっていうから、「その『海程』っていう雑誌はどこで拝見できるんですか」って聞いたら、「新宿の紀伊國屋にあるから、どうぞ」って、カルチャーの人が言ったんですよ（笑）。

そこで、すぐ新宿の紀伊國屋に行ってみました。昭和五十三年の「海程」は、それまで俳句をやったことのある人だって難しい俳句だと思うのに、ましてややったことがない私たちにとってはなおさら難しくて、全く分からないので、「えっ」と思ったんですよ。でも、今考えても不思議ですが、そこで全くこれは駄目だと思わなかったんですね。それに友達とも週に一回カルチャーで会えるじゃないですか。友達も「いいじゃないですか、週にいっぺんお茶を飲んだり、お昼を食べたりできるわね」っていうので、結局、「それじゃ、そうしましょうか」って言って申し込んだんです。それでも楸邨さんのところに補欠が順番で回ってきたら、楸邨さんのところに変わろうと待ってたんですよ。

金子先生と初めてお目にかかる

ちょっと待ってと思ってたら四月が来て、金子先生の初回の講座が始まったんですね。そのとき始めて金子兜太先生に私はお目にかかったのよ。教室に二人の男性が現れて、私が二人のうちのどちらが金子兜太先生か分からないまま、ご紹介が始まったんです。先生は腕まくりした真っ白のワイシャツ姿で、自己紹介とご挨拶をなさいました。そのとき、先生は現代俳句協会賞を受賞なさって、社会性、前衛俳句の論客として名を馳せていらっしゃったんですが、私は教科書で学んだ芭蕉や一茶しか知らなかったんです。現代俳句協会の会長や朝日俳壇の選者になられたのは、もっと後になってからですから。

朝日カルチャー俳句教室の講師になられてから、皆子先生が先生の身の廻りのことをいろいろ気配りしてくださったそうです。私たちと一緒にいるとき、先生に「素敵ですね」って言ったら、先生が「そうか、皆子の趣味だよ」っておっしゃって、そして「カルチャーに行くようになってからだよ」ともおっしゃっていました。

カルチャー俳句教室で最初の講義

最初の講義の時は男女半々で十五人ぐらい居たのかしら。もっといたかもしれないですね。朝日カルチャーの講義は月に四回ありました。講義では受講生が事前に提出した兼題二句と自由作のうち、兼題の二句がコピーされ、教材として無記名で配られた後、それについて先生が一句一句について批評して下さり、自由作は秀逸の句を黒板に発表して下さったんです。その時の用紙を私はすべてノートに張り付けて大事に保管してありますよ。

先生はみんなの句の出来具合に「◎⊙○P✓」と評価を付けた上で、必要に応じて一口コメントを添えて下さいました。先生は受講生一人ひとりの感性を大事にしてくださったのだと思います。当初は毎週金曜日の午前十時半から二時間の講座で、前半の一時間は受講生が事前に提出した句の批評で、後半は俳句にかかわるテーマに基づいた講義でしたね。

金子先生にとってのカルチャー俳句教室の受講生

先生はカルチャーをすごく認めてくださったんです。先生自身も『語る 兜太』（岩波書店）の中でも当時の教室の雰囲気をこういうふうに語っておられますね。

中流階級の主婦が多い。それぞれに知的好奇心が旺盛で、みんなきらきらしてましたよ。爽快でしたな。（略）ここで私が「感覚でやってください」と言ったものだから、女性には支持されたけれど、男性はみな面くらってしまった。

また、昭和六十二年九月、海程二十五周年記念に、先生を囲んでの古い方たちの座談会があったんですが、そのとき、先生は「受講者に接して驚いたんだが、海程の集まりで接しているひとたちのかなりの部分よりも知的水準が高いひとたちが結構いるんだな。中高、初老の女性方の中にね。それでおっと思った。（略）カルチャーに接していてやっと衆の姿が見えてきた。それも良質の衆だね。表現というものを正しく求めることが出来る衆というものがわかってきた」（「海程」昭和六二年十二月号）とおっしゃっていました。

そして、先生が「僕は今まで一般の知的関心のある女性がこれだけいるとは思わなかった。僕はカルチャーで一般の人にどういうふうに接したらいいかっていうのを、逆に勉強させてもらったんだよ」とおっしゃっていました。この話をされたのは、先生がカルチャーを始めて十年ぐらい経った時だったのかしら。

先生にとっては、私達は初めてのカルチャーの生徒だったんですね。先生の自然な態度、その存在感すべてが素晴らしかったんだと思います。毎週金曜日十時半から十二時半までの二時間。毎週毎週っていうと、もう大学の講義なんかも問題じゃないわねって、うちの娘が言ったぐらいです。「海程」でも先生がカルチャーの人と言って、気を使ってくださったんだと思うの。私たちもだんだん「海程」に馴染んでいったと思います。

新宿カルチャー俳句教室の普通の講義は十時から十二時の二時間ですけれども、先生は熊谷に住んでいるから、遠いでしょう。だから、私たちだけは十時半から十二時半までの二時間でした。

その当時は、今も同じですけど、結局男の人はわりとちょっとどっかで俳句をやったような人がいましたね。だけど私の周りの女性は、少なくとも私と私のママ友の小林さんとカルチャーで知り合った佐野清子さん、この三人は本当の俳句の初心者だったんです。だから先生はいろいろと講義のことを考えてくださったと思います。生徒が十何人しかいないから、俳句だけじゃ二時間は大変な時間ですよ。だから最初の一時間は俳句全般のお講義で、そのあとは我々が出した俳句の批評感想だったんですね。

昼食は先生とサンドイッチやお寿司

金子先生がカルチャーにいらして、十二時半に授業が終わった後、最初の頃は先生は海程同人の松本まさ子さんとお昼をサンドイッチとか召し上がってたんです。ある時から松本まさ子さんが、「先生が少しみんなのことを知りたいって言ってるから、お茶をご一緒にどうですか」って言って誘って下さったんです。それで先生とお茶をするようになって、お昼は新宿住友ビルのレストラン街の店で、先生と一緒にサンドイッチを。その後いつの頃からか、阿保さん、児玉さん、田口さん、遠山さんたち五、六人でお寿司屋さんでの昼食になりました。お寿司屋さんは十三時になるとちょっと空いているわけでしょう、少しゆっくり出来たんです。結局五、六人で先生と何十年もずっとお昼はお寿司屋さんだったんです(笑)。

我々は先生と昼食をしながらのいろいろな雑談の時間がありがたかったんですね。先生とご一緒にお昼を食べながら、先生も俳壇のこととか、いろんなお話をしてくださるし、我々もちょっと分からないこととかそこで聞けるし、やっぱりみんな俳句が好きで熱心でした。

それが何年も何年も続いているから、何を話した、何をやったっていうのではなくて。時には俳句の話、時には時事の話など、本当にそれは恵まれた時間でした。我々も先生に俳句のことを聞き出そうという気もないし、先生もそういうのがお好きじゃなくて、君たちと雑談するのが一番楽しいんだよっておっしゃってました。

アンソロジー『新遊羽』の出版

カルチャーが始まって二年ほど経って、受講生も次第に増え、先生も教室の雰囲気もほぐれてきた頃、一期生の三十二人の受講生たちにアンソロジーを出しなさいって先生がおっしゃったんです。それで『新遊《しゅ》羽《う》』という万葉仮名からの凝った素敵な句集名を考えてくださり、アンソロジーを出しました。一人十句でした。

そこに先生が序文を書いてくださったんです。「受講生の人たちに恵まれ（略）、思いもかけない秀作、珍作の数々に包囲攻撃され、かつ護衛されて、今日に至りました」と、ユーモアたっぷりの温かいものでした。この話は「海程」五四四号に載っています。

先生が担当するカルチャーの講座は、三年目からは月三回の入門科のほか、三年目を迎えた受講生が通う月一回の研究科が設けられたんですよ。そのあと、先生の人気に支えられて、多い時には研究科は教室いっぱいの七、八十人の受講生が集まるまでになりました。すごいですよ。

秩父俳句道場体験と「海程」入会

新宿カルチャー俳句教室に通ってしばらく経ってから、金子先生から俳句道場っていうのをやってるっていう話を聞きました。そのときはまだ「海程」に入会する前です。「海程」の句はまだ前衛の頃だったんで、私たちは本当に理解できなくて、みんなの句もまだよく分からない。先生が「もうそろそろ『海程』に投句するかい」とおっしゃるので、いや、まだとてもできませんって応えてた時なんです。「じゃ、秩父道場っていうのがあるから、参加するかい」と、私と佐野さんに言ってくださったんです。「いいですか」って聞いたら、「いいよ、大石に頼んどくから、おいで」って言ってくださって、初めて秩父俳句道場に参加しました。私は佐野さんと仲良しだったんですね。その後、阿保恭子さんも参加を希望して、それで三人で見学に行ったんですよ。そしたら、本当に道場そのもので私語は一切駄目、トイレに行きたくてもいけないとかで、すごい厳しかったのよ。それでも心臓でわれわれはそこに残ったんです。だからその時は、暇なおばさんたちが来たと、「海程」の人から見られたと思う（笑）。私達は秩父道場に一泊体験に行って、それでよければ、「海程」に入るかっていうはずだったのに、まだおっかなくて入らなかったのです。

それから、先生が「海程」の初心者のための俳句教室というのを海程誌上に作ってくださったんですね。そこを創ったから投句しなさいっていうことなんです。それでも私達はそこにもなかなか投句しなかった。そしたら先生がカルチャー教室で「あそこを君たちのために創ったのに、どうしてだい。初心者のためってわざわざ言ってるだろう」と先生が言ってくださって、それで初めてそこに投句したんですね。その初心者のための俳句教室っていうのに、投句していたら、佐野さんが新人賞をもらったの。新人賞をもらった人はすぐ同人になるでしょ。そしたら、我々も芋蔓で一緒に同人にさせられたのね（笑）。「海程」にそのうちには入るかなと思っているうちに、あっという間に入ることになったの。昭和五十九年でした。そして私たちが「海程」に入ってからその欄がすぐ無くなったんです。

本屋さんに「海程」誌を持ってゆく

カルチャー俳句教室が始まって十二年。俳句にも「海程」にもすっかり馴れた頃、武田伸一編集長から、お話があって、都内の本屋さんに「海程」を届ける仕事を引き受けることになったんです。毎月発行の「海程」を五冊ずつ、神田の東京堂、新宿の紀伊國屋に届けていた小林一枝さんからのバトンタッチです。我々の時から、八重洲ブックセンターにも置いていただけるようになって、都内三軒の本屋さんを廻ることになりました。金子先生が「伊藤君一人で心細いだろうから阿保君もついてくれ」っておっしゃって、阿保恭子さんと本屋さん廻りをしました。午前中に八重洲ブックセンターと東京堂へ。新宿に着く頃はちょうどお昼休みなので、我々も昼食を取り、紀伊國屋の地下二階仕入部へと行ってたんです。このお仕事は十一年間。雨が降っても雪が降っても毎月なので、阿保さんとも気心が通じるようになりましたね。お互いに理解し合えたと思います。それから平成十二（二〇〇〇）年九月、「海程」三六六号（十月号）をもって、本屋さんへのお仕事は終わりとなったんです。世の中がパソコンの時代となり、パソコンを開いて「海程」を検索すると、どんな情報も得られるし、俳句を見ることも出来るので、本が売れなくなってしまったから、ということでした（笑）。

第一句集『春の葉っぱ』と第二句集『夏白波』

さっきも言いましたけど、昭和五十三（一九七八）年朝日カルチャーに行って俳句を始めたでしょう、私の性格にもよるでしょうけど、ほんとにゼロから出発して、最初の一年位は俳句に親しむ期間だったと思うの。楽しくて遊びごころのまま、カルチャーに通っていましたね。次の週までに必ず宿題が出るんですよ。でも私はその日出す俳句をその日にまだ考えたりしていましたけど。でも楽しかったわよ。

その後少し慣れてきて、すっかりまじめに俳句を作るようになり、それから、十年ぐらい経った平成元年にそれまで作った句を一冊に纏めて、句集「春の葉っぱ」を上梓しました。金子先生が序文を書いてくださいました。新宿朝日カルチャーセンターの金子教室一期生として、恵まれた出発でした。また、一期生とはカルチャーの始まりから、二、三年の間に定着した人々のことを指していたと思います。

それから、『春の葉っぱ』を上梓してから十五年後、第二句集『夏白波』を出版することになりました。金子先生が身に余る序文の中で「伊藤淳子という人とこの人の俳句との二十五年に及ぶ付き合いを思い返していた。通りことばでいえば、長いようで短い、短いようで長い。私が初めて東京は新宿の朝日カルチャーで俳句講座を担当するようになったときの、いわば一期生の一人なのだが、この人の俳句もその時に始まっているはずである。四十代からの出発で、むしろ遅蒔きということかもしれない。そして以来二十五年。第一句集『春の葉っぱ』がある。初期の十年間の作品をまとめて平成元年に上梓した。それから十五年たって、この第二句集『夏白波』が編まれたわけだが、第一句集は題名からも受け取れるように、日常感覚の初々しさ自由さが主調だった。しかしこの句集では、初々しい中年の作から充実を確かなものとした壮年への展開が如実に承知できるのである。日常感覚の内奥に、内なる広がりが厚く加わってきたといいかえてもよい。（後略）」と、お書きくださったんです。前にも言いましたが、朝日カルチャーの俳句講座が私の俳句の始まりなんです。そして、カルチャーの仲間とともに、いつの間にかカルチャーの枠を越えて、「俳句」と関わるようになり、互いに学び合いながら、歩みを重ねてきたんですね。俳句と共に旅なども随分ご一緒してきました。思わず過ぎて来た歳月を思うと本当に感慨無量です。しかも、ごく自然に「俳句」に向き合うことができたのは、何だったのでしょう。

もちろん一つは金子先生の大きな深いご指導によるものです。もう一つは初心の頃、金子皆子先生の俳句に対するお考えや、その作品に触れることができたことだと思います。第二句集名『夏白波』は平成十五（二〇〇三）年の五月に「海程全国大会」が愛知県の伊良湖で開催された時、金子先生から頂いた風炉先小屏風に書かれたものからです。その時の伊良湖岬は、弓なりに続く海岸線に打ち寄せる大きな白波と太平洋の響きに包まれていました。季節外れの台風が海の彼方に生まれていると聞いていましたが、流れ着く椰子の実もなく、その余波の飛沫がどこか心地良かったのです。美しい汀の砂の上に立っていると、遥かより訪れるもの——まだ見ぬ何かを待っている心がぼんやりと感じられました。

金子先生と海外吟行の旅

カルチャーや「海程」で学びながら、金子先生を団長に何回も海外への吟行の旅をご一緒してきました。

昭和六十年三月十日〜十三日、「海程」同人・会友による「中国吟行の旅」が金子先生を団長に初めて実現され、香港経由で広州へ、その後桂林に前泊しての漓江下りでした。皆子先生は勿論ですが、阿部完市、原満三寿、上田都史などの方々も参加なさったんです。その時金子先生の俳句に〈漓江どこまでも春の細路を連れて〉〈大根の花に水牛の往き来〉があります。

昭和六十二年七月五日〜十一日。現代俳句協会創立四十周年記念のため、金子先生を団長に「中国吟行の旅」には、参加者が五十人以上もいて、多かったですね。北京では、故宮、天安門広場、万里の長城、明の十三陵。西安では、小雁塔、大雁塔、碑林、秦始皇帝陵、兵馬俑博物館、華清池、阿倍仲麻呂記念碑、古典劇など。先生の句〈美女蹌踉の絵とあり白蓮《びゃくれん》の西安〉。

その後、飛行機で上海へ向かいました。機上から揚子江の雄大な流れを目にしつつ、上海から蘇州へ移動しました。蘇州は夕暮れで、運河に映る景色がとても素敵でした。翌日、寒山寺、蘇州刺繍研究所、越劇を観劇した後、上海へ。帰りは大阪空港で降りて、そこで句会をしました。

平成二年十一月二十五日〜十二月七日。朝日俳壇モロッコ・スペイン吟行の旅。成田から直行便が無いので、ロンドン、リスボンを経由して、カサブランカへ。

八達嶺にて　現代俳句協会四十周年記念訪中団
右兜太・皆子・左伊藤　1987年

私たちがラバトの市内観光の間、金子先生は日本大使館へ表敬訪問なさいました。観光地はフェズの旧市街、ムーレイ・イドリスなど、どこも素敵でした。そして、ジブラルタル海峡を船でスペインへ。洋上に大きな虹がかかっていたのもいい思い出ですね。その後、空路でマドリードへ行って、王宮、スペイン広場、芸術センター、ピカソの「ゲルニカ」を見る。そしてガウディの「聖家族教会」のスケールを目の前にし、夜は第三回スペイン日本文化祭のパーティーに参加しました。十二月五日はまた空路でオランダのアムステルダムへ行き、ホテルオークラでオランダ在住の俳人の方々と句会を開きました。その日はセントニコラスの日で、オランダには日本の朝日俳壇の投句者がいて、楽しい時間でした。旅には皆子先生をはじめ、当時の「海程」の編集長桜井英一さん他、上林裕、黒川憲三、阿保恭子、佐野清子、児玉悦子、田口満代子、新間絢子さん他の親しい方々の参加がありました。

帰国して金子先生は「モロッコ・オランダ俳句の旅」と題して朝日新聞に一文を載せられ、「アラビアの詩の伝統の深さを痛感」「欧州在住日本人の句作に

トルコにて
後列左２から　伊藤・阿保・皆子・兜太　1992年5月17日

暮らしの活気を見た」と書かれていたんです。この旅の金子先生の句にモロッコ旅吟二句〈ときに耕馬を空に映して大地あり〉〈はぐれ山羊朝の遍路に囲まれる〉、スペイン旅吟・グラナダ三句〈冬の猫たち旧王宮に妾二百〉〈斬りおとされし聖なる右手天人花〉〈風邪の人多しユダの木のまわり〉、トレド一句〈トレド寒し小麦畑を白馬走り〉、バルセロナ一句〈われら異を好むなりガウディと街に〉がそれぞれあります。

平成四年五月十二日〜二十一日、朝日俳壇トルコ吟行の旅が企画され、トルコ航空で出発。アヤソフィア、地下宮殿（古代貯水池）、トプカプ宮殿等を見学したあと、フェリーでダーダネルス海峡を渡りトロイへ向かいました。トロイの木馬はさすがのスケールで、金子先生がカメラで写してくださったのを頂いています。ペルガモンのアクロポリス劇場は、目も眩む急斜面でした。ヒッタイト博物館、アタチュル廟のあと、塩分三十八・九パーセントというツズ湖へ。見はるかす真っ白な塩の湖はすごかったですよ。その後、カッパドキア、そしてヒッタイト。ヤズカヤ遺跡は標高千四百米。様々な岩の連なりは壮観そのもの。それからイスタンブールに戻ったんですが、金子先生が体調を崩されて入院なさったんです。でも私たちは心配しながらも、グランバザールや民族舞踊など、旅のスケジュールに合わせてたんですね。先生はその後、様態が回復なさって、ご一緒に帰国できて本当に良かったです。この旅に金子先生は〈鸛鶴《こうづる》来て夏なり塩の湖遠《とお》白《じろ》〉〈雛罌粟に老羊買飼仁王立ち〉〈トロイなり糞ころがしは退屈らしい〉〈夏野に風悪女はいつの世にも艶《えん》〉の四句を書いています。

平成六年九月十六日〜二十六日、現代俳句協会、日独俳句大会ヨーロッパ旅行で、日独俳句シンポジウムがあり、日本から金子先生、黒田杏子さん、夏石番矢さん。それとバチカン大使の荒木忠男さんなどの方々が参加され、現代俳句について、国際的な議論の舞台となりました。ケルンの日本文化会館で華やかに歓迎レセプションがありました。十九日アムステルダム市内観光の後、空路でミラノへ飛びます。ミラノの市内観光〈ピサの斜塔等〉の後、フィレンツェへ。続いてローマ観光の後、バチカン大使館へ荒木忠男氏を表敬訪問。ローマでは金子先生の誕生日祝いパーティーをしたことなど、思い出が尽きないです。この旅に金子先生は北イタリア旅吟五句〈コラムニスを青鷺覗く秋思かな〉〈赤葡萄酒白楊林《どろのきばやし》は銀の葉裏〉〈秋爽の聖アッシジの街に鋭声《とごえ》〉〈清貧童貞服従の黒衣水草紅葉〉〈小鳥あつまる聖者の壁画冷《すさ》まじとも〉があります。

イタリア　コロッセオ　1994年
左から伊藤淳子・阿保恭子・新間絢子

平成八年九月三日〜十日、北京で初の俳句、漢俳交流会が金子先生を団長に、現代俳句協会、日本伝統俳句協会の代表団、合わせて五十二名が訪中。人民大会堂で歓迎パーティーが開催されました。四日、五日は中国の詩人と交流し、分科会では林林氏を囲んで有意義な時間を過ごすことができ、相互理解を深めることができました。その後は、万里の長城、十三陵を観光し、杭州の西湖、霊隠寺、六和塔、朱家角と、魅力がいっぱい素晴らしい旅でした。九月十日にお別れ会が

第十一回詩歌文学館賞受賞式レセプションにて
右から伊藤淳子・篠弘・金子兜太・董振華
1996年5月26日

あって、忘れがたい交流会でした。

平成九年六月十日～二十日、朝日サンツアーズ山峡下りと三国志絵巻の旅が実行され、この長江下りの旅は、金子先生は途中から乗船されて、俳句の講演と句会をなさり、翌日荊州古城などご一緒したあと、また途中で下船なさって帰国されました。奥山甲子男、福富健男、加藤一郎、阿保恭子、新間絢子、下山田禮子さんなど、私たち海程の仲間は旅をつづけました。

平成十一年八月二十五日～九月四日、ベルリンで開催された「ベルリン日独俳句大会」に参加するため、ベルリン、プラハ、ウィーンを訪問（金子先生は八月二十五日から三十日まで）。壇上には〈猪が来て空気を食べる春の峠〉の掛け軸がかけられ、金子先生は大会で講演を行ったあと、参会者がそれぞれ自作を朗読。金子先生は〈菩提樹黄ばみ初む月明のベルリン〉〈満月の首都ベルリンの愛の時間〉の二句を発表なさいました。日本からの大会参加者は金子先生のほかに、宗田安正、夏石番矢さん。そして「海程」からは福富建男さん、阿保恭子、児玉悦子、新間絢子、田口満代子、三井絹枝、下山田禮子さんと私でした。大会の後、私たちは朝日俳壇主催の「ベルリン・プラハ・ウィーン三都の旅」を申し込んでいたので、プラハからウィーンへ出かけました。金子先生はご子息の眞土さんが同行されていたので、この度はベルリンだけで、三十日に先に日本へお帰りになりました。ベルリンの街角で横断歩道を渡っていたら、向こうから渡ってくる眞土さんとぱったり出会ったのも、良き思い出です。

朱家角　古い町
左から　伊藤・兜太・皆子　1996年9月9日

カルチャー教室一期生は今になって私だけ

平成に入ってからは、金子先生ご自身の多忙のこともあって、だんだんと講座数が少なくなり、最終的に残ったのは私が通う月に一回の研究科だけだったんです。その研究科も平成二十三年（二〇一一年）九月に金子先生が胆管がんの手術をなさって講座休止を知らせる封書が受講生に突然届いてから、二度と開かれることはなく、こうして三十三年間に及ぶ俳句教室の歴史は幕を閉じました。

私が今、一期生で最後まで通い続けた唯一の受講生になりましたね。そういう意味で、私にとってカルチャー俳句教室で接した先生の存在は、言葉に尽くせぬほど大きかったと今あらためて思っています。なんといっても、先生は俳句の先生という枠にとどまらず、みんなに平等で飾らない自然体の人間そのままの大きさがとても魅力的でした。私が「海程」に入会した後も、しばらくはカルチャー俳句教室の受講生出身であることから、いろいろと気を遣って下さったことと非

チャーター山峡下りと三国志の旅　荊州古城にて
左から　伊藤・新間・兜太・加藤・阿保　1997年6月16日

常に有難く感謝の気持ちでいっぱいです。

　その後、平成十八年頃だったかしら、「海程会」に入れて頂いて、海程会賞の選考など、海程の先輩方のお仲間に入れて頂き、今までとはまた違った俳句との関わりを持つことができました。

　また、カルチャーの枠を越えて、金子先生がごく晩年の平成二十年に、女性だけの句会を提案なさって、立ち上げてくださったんです。メンバーは中原梓、山中葛子、篠田悦子、阿保恭子、児玉悦子、茂里美絵、長谷川順子、遠山郁好、伊藤淳子でした。一回目は浦和のホテルでやって、金子先生のご出句〈古代なり令法《りょうぶ》の花に熊ん蜂〉から言葉を頂いて「令法の会」と名付けました。二回目からは篠田さんのお宅をお借りして開きました。しかし残念ながら、中原さんの体調や先生のご都合で、長くは続きませんでしたが、とても有意義で、有難い経験でした。

　なお、平成二十四年、金子先生が『金子兜太自選自解99句』の本を企画なさった時に、私が先生の一句一句について、その句を作った時の背景、経緯などを含めての質問をする役割として、微力ながら協力させて頂きました。

　こうして、今回のインタビューで振り返ってみると、金子先生とご一緒した数えきれないほどの思い出は、私にとって、掛け替えのない宝物です。

金子皆子夫人追悼会
パレスホテル東京にて　左から、董振華・佐藤祥子・伊藤淳子
2006年6月19日

おわりに

伊藤淳子氏は一九七八年四月七日に開講された金子先生の新宿朝日カルチャー俳句教室の一期生であった。爾来、三十三年間、一度も欠席せず通い続けて来られた。一九八九年以降、先生自身のご多忙のため、徐々に講座数が減り、最終的に残ったのは伊藤氏の通う研究科だけであったが、二〇一一年九月、先生の胆管がんの手術のあと、講座休止を知らせる封書が受講生に突然届いたまま、研究科も二度と開かれることなく、俳句教室の歴史は幕を閉じた。今では伊藤氏が一期生で最後まで通い続けた唯一の受講生になっている。

「特に俳句がうまくなろうなどと思わなかったが、先生の魅力に次第に引き込まれて毎週通うことがリズムになっていた」とゆっくりと振り返られている伊藤氏の懐かしげな表情は、金子先生に対する限りない敬愛の情を実感でき、胸を熱くした。氏は終始に清々しい表情、品格のある美しい話し言葉であった。聞きほれるとは、こういう時間をいうのだと思った。

董振華

伊藤淳子の兜太20句選

曼珠沙華どれも腹出し秩父の子　『少年』
朝日煙る手中の蚕妻に示す　〃
原爆許すまじ蟹かつかつと瓦礫歩む　〃
青年鹿を愛せり嵐の斜面にて　『金子兜太句集』
果樹園がシャツ一枚の俺の孤島　〃
霧の村石を投《ほう》らば父母散らん　『蜿蜿』
林間を人ごうごうと過ぎゆけり　『暗緑地誌』
梅咲いて庭中に青鮫が来ている　『遊牧集』
麒麟の脚のごとき恵みよ夏の人　『詩經國風』
漓江どこまでも春の細路《ほそみち》を連れて　『皆之』

夏の山国母いてわれを与太《よた》と言う　『皆之』
長生きの朧のなかの眼玉かな　『両神』
春落日しかし日暮れを急がない　〃
おおかみに螢が一つ付いていた　『東国抄』
小鳥来て巨岩に一粒のことば　〃
古代なり令法の花に熊ん蜂　『日常』
合歓の花君と別れてうろつくよ　〃
三月十日も十一日も鳥帰る　『百年』
（朝日賞を受く）
炎天の墓碑まざとあり生きてきし　〃
河より掛け声さすらいの終るその日　〃

伊藤淳子（いとう　じゅんこ）略年譜

昭和7（一九三二）　東京都に生れる。
昭和53（一九七八）　新宿カルチャー俳句教室にて金子兜太に師事。
昭和59（一九八四）　「海程」同人。
昭和63（一九八八）　現代俳句協会会員。
平成1（一九八九）　第一句集『春のはっぱ』（牧羊社）刊。
平成4（一九九二）　海程賞受賞。
平成10（一九九八）　「吟遊」創刊同人。
平成11（一九九九）　「遊牧」創刊同人。
平成15（二〇〇三）　第二句集『夏白波』（富士見書房）刊。
平成30（二〇一八）　「海原」同人。

第6章

堀之内長一

（二〇二二年五月十一日十時　中野にて）

はじめに

堀之内長一氏と初めて会ったのは、一九九六年六月の海童会だ。同年十一月秩父高原の「民宿きりしま」で開催された俳句道場の時には、武田伸一氏と三人で同じ部屋だった。いつも満面の笑みで接してくれて、どこか不思議な爽やかさに惹かれる。

私がまだ中国で仕事していた時、堀之内氏が一時期体調不良で入院されたと聞いて大変心配したが、今はすっかり元気に快復された。コロナ禍が始まる前までは毎月の海童会でお会いし、二次会もご一緒させていただいた。

そして、昨年は私がやっている「聊楽句会」のゲスト選者として、五回ほど選評していただき、簡潔明瞭な選評は参加者から大変喜ばれた。

董振華

「海程」の句会に初参加

一九七四年、大学を卒業した後、私は千代田区平河町にある小さな出版社に就職し、人事労務関連の雑誌の編集に携わりました。そして、最初に配属された社員教育関係の雑誌の編集後記に、毎号俳句が掲載されていることに気がつきました。その俳句を作っている方が編集長の村上友子さんでしたね。村上さんは「海程」の同人で、すでに俳句のキャリアを積んでいた方です（結社賞である「海程新人賞」「海程賞」を受賞）。

私が俳句に興味を示したのでしょう。興味があるなら、句会があるので一緒に行きましょうと誘われたのです。「海程」の東京例会は、月初の土曜日に、新宿の家庭クラブ会館で開かれていました。現在は建て替えられて立派な会館になっていますが、当時は改築前で、句会場は二階の広い畳敷きの和室でした。昭和五十三（一九七八）年十一月五日、村上友子さんに連れられて、初めて東京例会に参加したのが私にとって俳句にのめり込むスタートとなったわけです。

参加者は三十四、五名ほどで、ほとんど男性だった記憶があります。あの頃の「海程」は男性社会で、女性が少なかった。山中葛子さん、村上友子さんなど数人です。今振り返ると隔世の感があります。

海程会賞選考会　金子家の庭にて
左から山中葛子・佃悦夫・堀之内長一・武田伸一・金子兜太先生
塩野谷仁・伊藤淳子・森田緑郎
2012年9月1日

私にとって記念すべき、当日出句の作品は〈廃屋冷ゆはろばろと降る水の掟か〉、そして、翌十二月三日の句会には事前投句の〈朝の皮膚藍凍てる空触れんとす〉〈つひのごと橋上疾駆冬列車〉、この三句がすべて兜太選に入った。いわゆるビギナーズラックですね。今見るとけっこうがんばって作っている感じがしますが、当時、兜太選の意味が分かっていないほどウブでしたので、こんな自分の書いた拙い俳句らしきものを分かってくれる人がいるんだなあと不思議に思ったほどでした。

自句自解をするのもおこがましいですが、〈廃屋冷ゆ〉の句には、当時の心境が反映されていたのでしょう。会社勤めを始めた年の初冬に、寝たきりの父を看病していた母が倒れてしまい、介護のために実家のある山形へ何度も帰郷しました。幸い母は回復しましたが、父は翌年五十八歳で亡くなり、母が上京してきました。廃屋という言葉には、故郷の陋屋が静かにゆるやかに朽ち果ててゆく像が結ばれていたのに違いありません。〈冬列車〉のぶっきらぼうな句も、何度往復したかしれない奥羽本線の夜行列車を彷彿とさせるようです。俳句がだんだんと私の救いのようになってきたとも言えます。

当時、私は二十七歳。金子先生は日銀（昭和四十九年）を退職して、群馬県にある上武大学の先生だったころです。

私が出席した二回目の例会の日は、ちょうど師走でしたので、句会の後、忘年会らしきものが始まりました。缶ビールやかわきもの、ピーナッツなどが和室の机に並べられて、金子先生を囲んで談笑が始まりました。畳の上にあぐらをかいて、侃々諤々俳句の話をしているわけです。末席にいて、今でも忘れられない光景です。

そういう意味で、村上友子さんが私の最初の先生になります。その後、やはり村上さんに誘われて、会社の仕事が終わってから、千葉県市川市で毎月開催されている「京葉句会」に参加するようになりました。「京葉句会」は現在までずっと続いていますが、当時のメンバーは、いわば「海程」の中枢の方々でした。武田伸一、塩野谷仁、山中葛子、村上友子、土田武人、高桑弘夫・婦美子夫妻、小林一枝、加藤青女、山崎愛子など、錚々たるメンバーです。

俳句というものに熱い思いを抱いている方々が周りにたくさんいたおかげで、どんどん「海程」に深入りしていきました。東京例会に初参加してから三年後、昭和五十六（一九八一）年に初めて「海程」に投句しましたが、実際に私が海程人となったのは、「海程」が同人誌から主宰誌になった昭和六十年（一九八五）からで、いわば主宰制第一期の弟子と自負しているわけです。

「海程」新人賞と海程賞を受賞

先ほど触れましたが、「海程」が同人誌から主宰誌になったのは昭和六十年（一九八五）に名古屋で開かれた全国大会の時です。同じときに海程新人賞をいただきましたので、私も参加して、その一部始終を見届けることになりました。当日午後の幹事会で、阿部完市さんから「同人誌『海程』を金子兜太の主宰誌『海程』に改めたい」との提言があり、総会で率直な意見を相互交換しあうことになりました。賛否両方の意見

秩父俳句道場
左から、河原珠美・堀之内長一・金子兜太先生・伊藤淳子・室田洋子　2013年11月9日

が交わり合う中、「これまでも実質的には金子兜太主宰誌」であって、「金子師の指導を信頼する」という賛成意見が多かったのに対して、「これまでの歴史を変えるのはどうか」「創作は個人個人の問題」だとする反対意見も出ました。さらには慎重論もあって、侃々諤々な議論が飛び交ったわけですが、その夜遅くまで議論した結果、「海程」を金子主宰制へ移行することが決まりました。

海程新人賞を受賞した同じ年の師走に母が亡くなりました。その時期、私は〈雑木林に古い外套無頼という〉〈はつなつよひろがる空洞家具売場〉〈はらはらとまぶたを鳴らせ冬の鳩〉などの句を書いています。感覚とか感性を大事にしていた結果ですが、都会的な感性とも言われていたようです。

そもそも感性が都会風になるのは自然な成り行きでした。すでに日本という社会そのものが急激に都会風になっていました。文学は感性であり、自分の表現の根拠です。それは自明の出発点でしたから、俳句に都会風の感性が持ち込まれたのではなく、事態は逆なのです。デラシネのように漂う都会風に見える日常的感性が、むしろ俳句という韻律を無意識に呼び寄せていたのだと思います。

金子先生は「俳句の五七五の韻律は日本語の土」と言いました。土は大地、韻律は垂直にそこに突き刺さる錘のようなものと言えないでしょうか。都会風の感性や、それと対置されるような田舎風の実存がそう単純に存在するわけではなく、ふわふわとビルの谷間を所在なげに漂っている言葉が、韻律の中に、この一本の錘を得て一つの表現となったのです。大げさに言えば、あらゆる思想のごときものが埋め込まれていると言ってもいいのではないでしょうか。金子兜太先生は、いつも感覚の大切さを強調されましたが、俳諧自由、その自由とは私にとってそのようなものとしてありますね。

だから、金子先生は主宰制以後の私の先生です。といっても、金子先生に直接お目にかかるのは、定例句会や全国大会などの時だけです。その四年後の平成元年（一九八九）、さらに思いがけなく海程賞をいただきました。その時の句に〈父母若しこの辻の原でありしころ〉〈牛飼いのひとみこわれて青桐に〉〈山羊とあり私のなかの冬の地方〉などがあります。このころから、押しも押されもせぬ「海程」同人になりましたね（笑）。

「海程」に関わる あらゆるイベントを企画・運営

「海程」が主宰制になったあとから、私も「海程」のさまざまな運営に深くかかわるようになりました。もともと運営の中心になって活動していた武田伸一さん、塩野谷仁さんのそばにいたこともあり、知らず知らずのうちに駆り出されるようになりました。いま振り返ると、ほとんどの企画やイベントの裏方として、この三人がかかわり、支えてきたことがわかります。

主宰誌以降の全国大会や勉強会、毎月の東京例会、秩父俳句道場（当初は年三回・一泊二日、後に年二回・二泊三日）などです。私は直接の担当ではありませんでしたが、「秩父両神句会」、「比叡山勉強会」もありました。地方で全国大会を開催する場合は、その地区の同人・会友が運営を担ってくれます。運営に馴れない地区の場合は、先ほどの三人で下見をかねて事前の打ち合わせに出かけたことも何度かありました。

海童会の発足

「海程」が主宰制に移行した背景や主旨については、

第17回海程会賞選考会　金子宅にて
後列左から　山中葛子・武田伸一・塩野谷仁・宮崎斗士・伊藤淳子・堀之内長一
前列左から　安西篤・金子兜太先生・森田緑郎　2016年9月5日

金子先生と阿部完市さんとの対談「海程の方向――主宰としてのあり方」（「海程」二一六号）、あるいは金子先生の全国主要同人への書簡に詳しく書かれています。

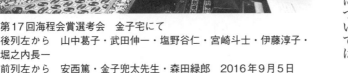

要するに、海程は昭和三十年代の、いわゆる「前衛」の橋頭堡として出発しましたが、個々の俳人は成熟期に入り、海程もそろそろ代がわりの時がやってきました。同人誌ではその作句の自由だけを堪能し、勝手な句づくりをして、よい資質を活かしていない。牽引指導の力がないと同人誌の自由は詠い文句となって、作家集団としての実を失うということです。主宰誌といっても旧来の主宰誌ではなくて、「俳諧自由」に基づく新しい時代の主宰誌、金子先生の言葉を借りると、「主宰制同人誌」ということになります。

そうした背景のもと、金子先生の発案で、比較的若手の会員（「海程」の海童集に属する同人など）を集めて「海童会」が結成されました。会の趣意書には「互いに研鑽し合い、真に実力を涵養して、「海程」に新風を巻き起こす」とその意気込みが書かれています。発会式は一九八六年（昭和六十一年）三月二十三日、熊谷の金子先生の自宅に集まって行いました。塩野谷仁さんの著書『兜太往還』にも詳しく書かれていますが、その中の言葉を借りると、「この種の会合を主宰宅で持つということが不遜なら、それを受け入れる主宰もまた豪胆と言えるだろう」という感じでした。

「海程」同人有志と金子兜太先生
「グリーンフォレストビレッジ熊谷」にて　2017年12月15日

その日はちょうど春の彼岸で、東京地方は朝から雪が降りました。金子先生の庭の木々もすっかり雪化粧。参加者十一名が先生ご夫妻を囲んで、句会をやりました。各自嘱目即吟二句。披講者の読み上げによって好きな句に挙手をする方式で、今となってはなつかしい思い出です。

海童会は今もその精神を大事にして継続しています。

「海程」は自由で居心地が良い場所

「海程」の良さは、もちろん金子兜太先生の人間的魅力につきるわけですが、基本的に自由であることです。さらに、主宰誌になったのを機に、先生は伝達性を大事にしようと主張されます。もうひとつは季語に対する考え方です。

昭和六十一年（一九八六年）五月、「海程」が主宰誌になって初めての勉強会が鎌倉で開かれました。参加者は予想を上回る一〇三名。その夜の句会の講評で、金子先生はとくに〈季〉について触れて、『海程』は人間に偏重して季を無視した時期もあったが、五七五定型として三句体の内在律を大切に、季語の活用、それに諧謔を加えた三本立てでいきたい」と述べられました。ただし、無季や前衛的作品も認めたうえでのことですが、より「開かれた海程」へと踏み出しました。

海童会の後の二次会・新宿「うまや」にて
右奥より伊藤淳子・堀之内長一
左奥より竹田昭江・董振華・鳥山由貴子　2019年6月18日

その頃、金子先生は俳句専念の意志を固めます。新宿朝日カルチャーセンターの講師を務め、八十七年には朝日俳壇の選者になり、どんどん一般の方々と触れ合う場面が増えてきます。初期の頃の「海程」は、いわばエリートの俳句でした。それが俳句ブームに乗って一般大衆に開かれていきます。その功罪は当然あるわけですが、私はちょうどそのころから作句を始めているので、季語についても深く考えず、自由に俳句を作っていました。勉強するにつれて、だんだんと先生の言葉が身にしみてきました。それでも、金子先生の俳諧自由の精神に導かれてここまで来られたのではないかと考えています。

「海程」が疾風怒涛の時代を経て、いわば安定期に入った時代を一生懸命走ってきました。晩年に向かうにつれて、金子兜太先生の活躍はますます華やかになったことはすでにご承知のところでしょう。

唯一、今でも残念だったと思うのは、現役で働き盛りのころでしたから、平日に行われる行事、先生と同行する各種の海外旅行などにいけなかったことですね。長江のほとりを先生と歩いてみたかったです。

あるとき、こんな質問をしてきた外部の俳人の方がいました。「最初から『海程』で、ずーっと『海程』というのはどういう感じなのだろう」。どういう感じと言われても困ってしまいますが、こういう設問がありうることに、むしろ新鮮な思いがしました。どこに属して俳句を作るかというのは、偶然としかいいようがありませんし、それ以外になかったとも言えます。その場がなければ「私の俳句」も存在しないだろうし、「どこにも所属していない」場所に、「私の俳句」はあり得たのか、そんなことに思いを馳せたりしています。海程に在籍して四十年、その始まりに向かってさかのぼり、この度の「兜太を語る」インタビューを機に、改めてこのようなことを再確認できました。

〈資料〉主宰制以後の「海程」全国大会・勉強会等

一九八五年　海程全国大会（名古屋サンプラザ）
一九八六年　鎌倉錬句の会（かいひん荘鎌倉・建長寺宿坊）
一九八七年　「海程」創刊二十五周年記念集い（九段会館）
一九八八年　海程・奥飛騨勉強会（平湯温泉）
一九八九年　海程・瀬戸大橋勉強会（香川県ホテルソールト）
　金子主宰紫綬褒章受章並びに句碑建立記念集い（マロウドイン熊谷）
一九九〇年　海程・十和田錬句の会（十和田ブルレイクホテル・蔦温泉）
一九九一年　海程・琵琶湖勉強会（近江八幡国民休暇村）
一九九二年　三十周年記念・海程の集い（ホテルグランドパレス及び九段会館・湯河原厚生年金会館）
一九九三年　海程・松山錬句の会（ホテル奥道後）
一九九四年　海程・福井勉強会（神明苑・北潟湖畔荘）
一九九五年　海程・全国勉強会・山形（山形厚生年金休暇センター）
一九九六年　海程・全国勉強会・蓼科（蓼科国際ホテル村ユーセブン）
一九九七年　創刊三十五周年の集い・伊勢（三重厚生年金休暇センター）
一九九八年　「海程」全国大会in富山（富山観光ホテル・立山高原ホテル）
一九九九年　「海程」全国大会in宮崎（青島グランドホテル）
二〇〇〇年　「海程」全国大会in関西（マイカルボーレ三田・神戸市）
二〇〇一年　「海程」全国大会in秋田（秋田キャッスルホテ

ル）
二〇〇二年　創刊四十周年大会東京・秩父（京王プラザホテル・養浩亭）
二〇〇三年　「海程」全国大会in伊良湖（伊良湖ビューホテル）
二〇〇四年　「海程」全国大会in蘆原・三国（蘆原温泉グランティア芳泉）
二〇〇五年　「海程」全国大会in今治・松山（今治国際ホテル・道後館）
二〇〇六年　「海程」全国大会in松島（ホテル壮観・松島町）
二〇〇七年　創刊四十五周年記念大会東京・白浜（ホテルグランドパレス・グランドホテル太陽）
二〇〇八年　「海程」全国大会in高野山（普賢院・宿坊）
二〇〇九年　「海程」全国大会in諏訪湖（ホテル紅や）
二〇一〇年　「海程」全国大会in志摩（アクアヴィラ伊勢志摩）
二〇一一年　「海程」全国大会in広島（ＡＮＡクラウンプラザホテル広島）
二〇一二年　創刊五十周年記念大会東京・会津若松（京王プラザホテル・ホテルニューパレス）
二〇一三年　「海程」全国大会in長崎（ＡＮＡクラウンプラザホテル長崎グラバーヒル）
二〇一四年　「海程」全国大会in箱根（箱根湯本温泉・ホテルおかだ）
二〇一五年　「海程」全国大会in熊谷（ホテル・ヘリテイジ）
二〇一六年　「海程」全国大会in熊谷・秩父（ホテル・ヘリテイジ・農園ホテル）
二〇一七年　「海程」全国大会in熊谷（ホテル・ヘリテイジ）
二〇一八年　「海程」全国大会in秩父（農園ホテル・長生館・長瀞町）

おわりに

「海程」入会後、終刊まですべての行事の参画にかかわり、現在「海原」の編集長を務められる堀之内長一氏は金子先生の愛弟子として、大変可愛がられた。氏を題に詠まれた先生の俳句に〈堀之内長一たんぽぽまみれかな〉がある。

今回の取材に当たって、堀之内氏から貴重な「海程」史料を多く頂いただけでなく、先生の膝元で謦咳に接した事などを克明に紹介してくださった。特に、一九八五年「海程」が同人誌から金子兜太主宰誌に移行し、その主宰制第一期の弟子であると氏は自負している。また、「海程」の良さについて、もちろん金子先生の人間的魅力につきるわけだが、基本的に自由であることだ。さらに、「海程」は兜太主宰誌になったのを機に、先生は伝達性を大事にしようと主張された。と、海程に在籍して四十年余り、その始まりに向けてさかのぼり、本書の企画を機に、改めて「海程」の良さを再確認できたと語った時の誇らしい表情が印象的で、込み上げるものがあった。

董振華

堀之内長一の兜太20句選

霧の夜の吾が身に近く馬歩む　『少年』
犬は海を少年はマンゴーの森を見る　『〃』
きよお!と喚いてこの汽車はゆく新緑の夜中　『〃』
彎曲し火傷し爆心地のマラソン　『金子兜太句集』
海に出て眠る書物とかがやく指　『〃』
どれも口美し晩夏のジャズ一団　『蜿蜿』
鶴の本読むヒマラヤ杉にシャツを干し　『〃』
人体冷えて東北白い花盛り　『〃』
夕狩の野の水たまりこそ黒瞳《くろめ》　『暗緑地誌』
谷に鯉もみ合う夜の歓喜かな　『〃』

霧に白鳥白鳥に霧というべきか　『旅次抄録』
梅咲いて庭中に青鮫が来ている　『遊牧集』
初夏長江鱶などはぼうふらより小さい　『〃』
麒麟の脚のごとき恵みよ夏の人　『詩經國風』
牛蛙ぐわぐわ鳴くよぐわぐわ　『皆之』
すぐ仰向けになる亀虫と朝ごはん　『両神』
蛇来たるかなりのスピードであつた　『〃』
秋の馬われの無言を過ぎゆきぬ　『〃』
おおかみに螢が一つ付いていた　『東国抄』
小鳥来て巨岩に一粒の言葉　『〃』

堀之内長一（ほりのうち　ちょういち）略年譜

昭和26（一九五一）　山形県生まれ。

昭和49（一九七四）　法政大学社会部卒業。同年、産労総合研究所（千代田区平河町）入社、人事労務関連の雑誌編集に携わる。

昭和56（一九八一）　「海程」に投句、金子兜太に師事。

昭和60（一九八五）　海程新人賞受賞。

平成1（一九八九）　海程賞受賞。

平成9（一九九七）　句集『海程新鋭集（第一集）』（海程新社）刊。

平成11（一九九九）　「遊牧」創刊同人。

平成16（二〇〇四）　『現代の俳人101』（共著・新書館）刊。

平成17（二〇〇五）　『新版　俳句用語辞典』（共著・飯塚書店）刊。

平成30（二〇一八）　九月「海原」編集長。

令和3（二〇二一）　四月、新宿朝日カルチャーセンター俳句講師。


現在、現代俳句協会参与、俳誌「遊牧」同人。

第7章

水野真由美

（二〇二二年十一月十一日十四時　金子先生宅にて）

はじめに

この度、松本勇二、石川青狼両氏に兜太を語っていただいた時、話の中で水野真由美氏の名前が出てきた。どういう方だろうとインターネットで検索してみたところ、山猫館書房を背景に映った短髪の女性の写真を発見した。それを見たとたん、金子先生の納骨時、長生館で開催された昼食会で、泣き声をあげつつ挨拶なさった方のことを思い出した。名前は分からなかったが、その時の印象は強く残っていた。

二〇二二年九月二十一日（秋の彼岸頃）、眞土さんご夫妻と共に、金子先生のお墓参りに行った折、眞土さんから「兜太と群馬県との関りについて、水野真由美さんから話を聞いた方がいいよ」と勧められた。その場ですぐに水野氏に電話を入れて、要旨を説明した。そして、十一月十一日、金子先生宅で話を聞くことができた。

董振華

よみうり高崎カルチャー俳句講座が面白くて、「海程」に投句

俳句を書き始めたのは一九八四年頃なのかな。病気がちだった父が友人たちから句会に誘われ、お供というか付き添いというか、それに付き合ったんです。父からは三谷昭の『現代の秀句』（大和書房）を渡されました。俳句が面白くなった。たった十七音の短い言葉に詩が生まれる俳句って不思議だなあと思いました。だから書き方よりも読み方を知りたかった。古書組合の先輩の「書肆いいだや」さんで句集を買ったりしました。で、書肆いいだやさんから紹介された芹沢愛子さんが高崎市に金子兜太の俳句講座があると教えてくれたんです。『言語空間の探検』（現代文学の発見・第13巻）や『現代俳句の世界14』で読んだ俳人がどんな話をするんだろうと見学に行きました。

そうですか、一九八五年十二月十九日ですか。私は三十数年分の俳句ノートも、その間の写真も整理してなくて、自宅の本の山のどの地層に埋もれてるのか、わからない状態のままです。十二月なら、見学に

行った日の宴会は忘年会だったんだ。

とにかく金子兜太の俳句講座が面白いと思ったのは受講者の提出作品に対する具体的で明快な選評です。それに課題の季語やキーワードの例句をあげて作者を語る言葉が生き生きとしてました。課題が「鷹」の時には寺田京子を紹介しています。それまでたまに拾い読みしてた新聞の俳壇なんかは読めば分かる作品を言い直してるだけじゃないかという印象だったけど全然ちがう。「いいじゃん。この人なら俳句の読み方を教えてくれるぞ！」と思いました。

講座は後になると事前に投句をプリントして互選、披講、一句ごとに合評で先生が締めて、最後に誰も選句しなかった作品を講評という句会になったけど、私が受講し始めた頃は、当日投句でした。つまり今日の講義でやる句を今日出すんですよ。

会場は高崎駅の上のホテルメトロポリタンです。ちょっとしたパーティーが出来るような感じの部屋で机と椅子は教室みたいに配置されてました。ホワイトボードの前に先生用の机があって、そこに兼題二句と自由題一句を書いた句稿を提出します。そうすると、あの頃、生徒は二十人くらいだと思いますが、その束をめくりながら金子先生が赤ペンで添削や秀逸とか優秀とかの印をパパーッと入れていきます。講義が終わるとその束がまた机に置かれて、各自で自分の句稿をもらってきます。

今回、福島県の宇川啓子さんに講座から句会に切り替わった時期を教えてもらいましたが、彼女は高崎から福島へ引っ越しても新幹線で通ってきた人で、「先生が赤ペンで書き込んでくれた句稿は宝物だよね。全部とってあるよ」と言ってました。

その頃の先生は二時間立ったまま講義をしていました。そして、入選作までだったかな、ホワイトボードの端から端まで評価が高い順に先生がダーッと板書します。それを私たちは書き写して一句ずつの評を聞きます。ここに情感があるとか、季語からもっと飛躍させなきゃとか、こりゃ報告だなとか、上五と下五を引っくり返せば秀逸になるとかです。俳句を具体的に読む面白さが詰まっていました。

先生の講座と同じ頃に、朝日文庫の「現代俳句の世界」（朝日新聞社）を少しずつ読み始めました。全十六巻で第十四巻が金子兜太と高柳重信です。このシリーズは嬉しかった。近現代の俳句を手軽に読める本があまりない頃だったから。高校時代に戦後の詩や短歌を読み始めた時には詩なら思潮社の現代詩文庫、短歌なら国文社の現代歌人文庫があって、高校生でも買える値段で読めたのに、俳句には、そういうシリーズがなかった。中村草田男や西東三鬼なんかの文庫も絶版でした。だから「現代俳句の世界」に飛びついたんです。編集は齋藤愼爾で、全巻の解説は三橋敏雄です。それぞれの俳人について詩人や評論家なんかが書いていて、たとえば金子兜太を桶谷秀昭、高柳重信を磯田光一という評論家が書いてるのは新鮮でした。三橋さんの解説は本当にバランスの良い丁寧なものでした。今まで思っていた俳句とは違う、もっと広い俳句の世界があると知ったけれど、やっぱり読み方が難しい。なんか良いなと思うけど、なんでいいのかを探し当てられない。だから金子先生のすごく具体的で明晰な話に、この人だったら俳句の読み方を教えてもらえると思った。ワクワクしました。私は俳句を書きたかったというよりも、たった十七音で一つの世界がそこに生まれる俳句の不思議さが面白かったんです。もう一つの理由は先生の人柄です。当時は、よみうりカルチャーの俳句講座ですが、みんな仲良かったですね。私が上下関係を感じにくい体質なのかもしれないけど、いやちがうな、先輩たちも珈琲を飲みながら「先生、この間ね」って気軽に話しかけてましたから。みんな先生を好きだし尊敬しているけど、畏まったり恐れ入ったりしないのが高崎の持ち味だったんじゃないかな。

その日も見学だけのつもりだった私の句〈海冷えて誰かが燃やす花柘榴〉が「冷やしたり燃やしたり忙しいな」と評されて、でも最後に「秀逸にしておくか」ってなって思わずガッツポーズしたら、みんな大笑い。そのまま当日の忘年会に誘ってくれました。にぎやかに飲んで話して歌って、金子先生も一緒にみんなで肩を組んで、「人生劇場」を三番まで歌って（笑）。いったい金子兜太というのはどういう人なんだろうと「相撲をとりませんか」って言ってみました。なぜか分からないけど大学生の頃から、この人はどういう人なんだろうと思う人に会うと、そう言ってました。卒業生なのに毎日、大学に来て映画を撮ったりしてる先輩に渡り廊下で「相撲を取りませんか」って言って投げられたりしてました。

そんな感じで、先生に言ったら「おう、やるか」って立ち上がったんです。お互いのベルトをつかんで四つに組んで、腰を低くして左右に振ってみたけど、どっしりしてて揺さぶることが出来なかった。いささか頑張ってみて、また飲みながら「お強いですね」って言ったら、「むう、柔道やってたからな」って。先生は六十代でこっちが二十代の終わり、初対面で、だけど冷やかす感じも気取りもテレもなくて、普通に四つに組んでくれた。その日から弟子になったのかなあ。一年ぐらいしてから「海程」を購読して、そのうちに投句も始めたような気がします。あの日は頭の上から落ちてきた、大きくて美味しい西瓜をガバッと両手で受け止めたようなうれしい日でした。

湯田中温泉にて　兜太の後ろは水野　右は下山田禮子

「海程」でも都はるみ

それから四年後の一九八九年に、やっと東京例会へ出席しました。初参加の私を武田伸一さんが編集長の桜井英一さんに「群馬から来た水野真由美さん」って紹介してくれて、「初めまして」と挨拶をして顔を上げたんだけど、桜井さんがなんにも言わない。武田さんが笑いながら「ああ、編集長が驚いちゃった」って

2006年　撮影 遠藤秀子氏

言ったら、「いや、お名前は分かります。作品もわかります。ただ、あの知的で臈《ろう》長《た》けた女性をイメージしていたんで」と（笑）。桜井さんはすっごい真面目な人だったんですね。本当におかしくて、そして楽しかったです（笑）。

その頃、「海程集」への投句のこともよく分かってなかった。カルチャーで出した句は、もう先生が見たんだから、投句する必要はなくて、新作を出さなきゃいけないんだと思ってました。ある時、金子先生に「なんでカルチャーに出した句を投句して来ないんだ」と言われてびっくりでした。

一九九四年、海程新人賞をもらって同人になりました。授賞式の大会は福井県で石川青狼さんと二人の新人賞です。賞品の先生の色紙が、青狼さんは狼の句なのに私には大燕の句で、先生に「あっちのほうがいい」とブーたれたら「なに言ってるんだっ」って叱られました。そのせいか懇親会が始まると高崎の宴会で毎回、お銚子をマイク代わりにしてやってた都はるみの物まねを大宴会場の舞台でやらされました。

松本勇二さんと知り合ったのもこの時かな。同人になってからの「海程」の仕事が現在につながっていると改めて思います。それは俳句と評論が支え合う大切さを知ったということです。

ひとつは「共鳴二十句」です。作品を選び、それを短い文章で読み解く「二句鑑賞」では集中力の大切さを教えられました。現在、朝日新聞の群馬県版でやっている選句と選評の出発点と言えます。もう一つは評論です。書評や追悼も書きましたが「風土を喪った風土俳句――武田伸一句集試論」は武田作品をたどることで、「社会性俳句」が「風土俳句」を包含することの意味を体で感じることができました。

高崎兜太句会、忘年会（ホテルメトロポリタン）

　そして特集の「座談会　いま、林田紀音夫を読み直す」のテープ起こしです。初めての作業でした。現場の息遣いを残しつつ言いかけた言葉や論旨の取りにくい発言を何度も聞き返し、前後の流れから発言に自然な整合性を持たせようとしました、あれはしんどかった。一般的には座談のテープの言葉を文字にしても読めるような文章にはなりませんから。とはいっても金子先生は別です。後に「鬣ＴＡＴＥＧＡＭＩ」（鬣の会）でやった共同インタビューのテープ起こしをした時は論旨の取りやすさと発言の自在さが共存しているゆえ、原稿にしやすいとさえ思いましたね。こっちは組織名とか細部を調べるぐらいで先生の校正箇所もほとんどなかったんじゃないかな。
　一九八五年に入会してから、二〇一七年に終刊するまでの「海程」の三十数年は、私にとって俳句を書くことが俳句を読むことであり、同時に俳句を考えることだと学んだ時間です。終刊から五年経った今でも、まだ終刊を実感出来てないかもしれない。振り返るには早すぎるのかな。

とにかく雑誌は生き物です。時代を呼吸して企画や誌面は変化する。さらに関わっている一人一人も変化してゆく。あるいは入れ替わって生き続けていきます。生きているのだから終りがあるのだとも思うけれど、それでも二〇一七年「海程」五十五周年熊谷大会で終刊を告げた金子先生の言葉は身に応えましたね。会場を出て煙草を吸いはじめたら涙が出てきて、びっくりしました。

「高崎兜太句会」で学んだこと、そして「水脈《みお》の会」へ

さっきちょっと話したように、一九八九年四月に「よみうりカルチャーセンター」が撤退します。それでもみんなが続けたいと言うので、ホテルと金子先生にお願いして、自主運営句会という形で立ち上げたのが「高崎兜太句会」です。小柳義春さんが取りまとめをしてくれました。会場は、ずっとメトロポリタンホテルの六階でした。名簿を作って、カルチャーと同じように前期・後期ごとに会費を徴収し、謝礼・会場費・先生のお茶代などをまかなって、会場の予約、会計、句稿作成、司会、披講などを皆で分担する運営方法でした。会計報告などをちゃんとやりましたね。のちに下山田禮子さんが代表兼連絡係を務めて、私は遊軍として手が足りないところをやってたような気がします。会費が少し溜まった時に、金子先生に題字を書いてもらってアンソロジーも作りました。十九人で始まったのが一九九五年には二十六人に増えていたと前述の宇川さんから聞きました。参加者は、東京、福島、長野など県外からも来ていました。「海程」の句会と違うのは、カルチャーが母体だから、地元の結社に入っている人も、どこにも入っていない人もいます。また俳句にはそれほど興味がなくて、ただ月に一度、金子先生の顔を見るのが楽しみというファンもいました。俳句の質問も世間話も同じようにしてましたね。とにかく全体として窮屈な感じはありませんでした。

当時のことで良かったなと思うのは、高崎に、いい書き手がいたということです。「海程」の先輩で阿部娘子さんと高橋碧さんがいました。阿部さんは私が講

座に入った後に、前橋市で超結社の「諾の会」に参加したら、その会場が阿部さんのご自宅でした。寒雷系の「石人」の人たちや「海程」の木田柊三郎さん、その頃、「未定」だった林桂さんもいたし、どこにも所

「兜太の会」忘年会、ホテルメトロポリタン高崎にて
前列右2水野・右4兜太　2010年

属していない人や大学生も参加していた句会です。阿部さんの作品ですぐ思い出すのは〈川べりをほおずきいろの仏たち〉です。金子先生が講座で「土俗感と漂泊感を兼ね備えた秀作」と評したことを覚えています。高橋碧さんの作品については〈体内の血がゆるやかに藤の豆〉の「藤の豆」を先生は「大人の女性の良き情感」と評しました。そういう先輩が何人かいらしたってことは大きかったと思いますね。

そういえばカルチャーの時期に途中で講師が阿部完市さんに代わったことがあります。半年ぐらいだったのかな。すぐまた金子先生に戻りました。それからずっと金子先生です。阿部完市さんの話で面白かったのは「俳句って自分で書けているかどうか分からない、何を書けたか分からないことがある」と言ったことです。それを読んでくれるのが金子先生だと。〈葉のかたちのトーストいちまい青森にて〉という作品は自分で何を書いたかよく分からないんで投句したが、それを金子先生が取ってくれたと話していました。俳句は自分が分かったことを書いたり、書いたことが分かるというものだけじゃないというのが面白かった。

こうやって話していると金子先生が読んでくれるうれしさを思い出します。〈青嵐たとえば舟を曳く真昼〉っていう作品の選評で「この句は、青嵐だから夏だよね、舟を曳くんだから、舟が上流に向かっていく時です。舟は川が浅くなる上流には行けなくなる。舟から降りて歩いて上流に向かっていくっていう。そういう人間の姿が見えてくるな」と話してくれました。自分ではどこまで書けているか、まだわかんなかった。先生の評で本当に青々とした山の間が狭くなって、源流へ向かう川と人間の体が見えてくるんです。すげえと思った。そういう経験を先生に作品を読んでもらったそれぞれがしたんじゃないかな。

「えっ」と思ったもう一句は〈どの道も家路ではなし花杏〉です。高崎駅の改札口の近くで「水野、今日の句は自分でも書けたって分かるだろ」と言われました。本当は「あ、書けた」って思ったのに「はい」って言えなかった。なんか照れちゃったのかな。ごまかしちゃったような返事しか出来なかった気がするけど「はい」って言ったら先生はどう返してくれたのかなと思います。そんなふうに、声をかけてもらった人は、いっぱいいるんじゃないかな。私が思うようなことは、日本中の弟子が思っていることですから。

高崎の人たちもそうだったと思います。金子先生の評って、ちょっと易者みたいなところがあって、最近どうも疲れてるんじゃないかとか、忙しすぎて句がイマイチになってるだろうとか言うと、当たってるんだそうです。金子兜太だけは自分のことを分かってくれると思っている人がたくさんいると思います。

そして金子先生は二〇一七年の夏ごろから休みがちになります。またそれ以前から体調を崩した下山田禮子さんの欠席が続き、私が連絡係などをやっていたと思います。先生がもう高崎に来ないとみんなに発表したのが十一月で、その場で退会した人たちもいました。残ったメンバーで話し合い、後期の最終回となる二〇一八年三月まで続けることにして、ここから句稿係・連絡係・句評のまとめなどを私がやることになります。会計係は伊藤巌さんが最後まで引き受けてくれました。そして繰越金の使い道をみんなで話し合い、参加年数に応じて返金することも提案しましたが、全員の意向として金子先生の入院などがあったときに「高崎兜太句会」としてお見舞いをし、また今後も句会を続けるならば、その会で使うという結論でした。解散した「高崎兜太句会」が先生のご葬儀や納骨などにお包みをしたり、「水脈の会」が始まったのはこんなわけです。

そして先生から高崎には行けないが句会をやりたいという話があり、熊谷で「森の句会」を立ち上げました。「兜太句会」は先生が来なければ、維持できません。で、会場費の高いホテルから「カフェあすなろ」の二階に移ったのが「水脈句会」です。

先生のリクエストによる「森の句会」は二〇一七年十月九日に立ち上げ、毎月第一木曜日の午後一時半から三時まで、集合場所は秩父鉄道のひろせ野鳥の森駅にしました。先生からは篠田悦子さんと相談するようにと連絡があり、篠田さんへの信頼の厚さを感じましたが、結局、参加したのは「高崎兜太句会」の希望者でした。

十一月二日に一回目を「グリーンフォレストビレッジ」桜ガーデンのパーティールームで行い、参加者は八名。十二月七日（木）に二回目で、一月は例年通りに休講して、二月二十日に先生が亡くなったため、実際にやれたのは二回ですね。

先生のお宅でご家族を交えて相談をした上で始めた句会ですが、その前から先生の調子に波があると感じていました。句会当日、始まる前は横にいる人が誰なのかが分からないようでした。ところが句会が始まると先生の体からエンジンのかかる音が聞こえてくるような感じです。声に元気が出てきて選句も選評も兜太らしいものでした。「森の句会」をやれて良かったと思います。

「水脈の会」は今でも続いています。金子先生の〈水脈の果て炎天の墓碑を置きて去る〉から取った名前です。続けている理由は「俳句の自由」です。

ある時、経営者たちのモーニングセミナーみたいなところに呼ばれて、山頭火とか、金子兜太とか、いろんな俳人の作品について話しました。終わってから参加者の一人に「あんたは、あういうのが俳句だと思ってるのか」って言われたんです。山頭火の自由律とか、金子兜太の無季作品とかが気に入らなかったんでしょう。「ええ、思っていますよ」と返事して、同時に

「そうか、金子兜太はずっとこういう状況と向き合ってきたんだ」と感じました。兜太一人の営みではないけれども、有季定型が俳句の絶対条件じゃないっていうことを戦前から論、作ともに多くの人がやってきて、それでもまだこうなんだってすごく思った。だから「水脈句会」をやろうと決めたのも、どんなにちっちゃくても自由な句会を残したいからです。俳句は季語が絶対ではなく、また何をどう書いてもいい、俳句の本質は三句体の定型感と切れなんだという表現の場です。金子先生は定型も九音までは伸ばせると考えていたから、平たく言えば、三句体を生かした詩ってことですね。抒情と切れが大切だってよく言ってました。

いま柄でもないのにカルチャーの講師をやったり、いくつかの句会をやってるのも「俳句はこうあるべし」という妙な通念を押し返していくためです。もちろん押し返すって、一回で済むことじゃなくて、ずっと続けなきゃならないと思います。

兜太と群馬は縁が深い

金子兜太と群馬には深い関わりがあります。一九七四年、日銀を退職してから上武大学の教授を一九七九年三月までしていました。声をかけたのは上武大学の教授をしていた前橋在住の相葉有流さんでした。仏教学者で、「石人」の主宰者で、金子先生にとって「寒雷」の先輩に当たります。この時のことを先生は感謝していたようで、有流さんが亡くなった後の「石人」を有流さんのためにも残してほしいと話したことがあります。

もう一つは赤城山麓の宮城村、大胡町（現・前橋市）を拠点とした「樹の会」とのつき合いです。上野丑之助、小堀葵、足利屋篤、浜芳女さんなど「海程」の大先輩たちです。昭和四十年初頭から金子兜太をひたすら応援した人たちで、先生が赤城山に何度も来ているのは「樹の会」があったからでしょう。大胡には小林まさるさんが大村屋というお蕎麦屋さんをやっていました。〈紅葉原野やってきました大村屋〉です。そこで句会をやったり、「海程」の発送も一時期、山崎子甲さんのお宅でやっていたと聞いています。店内には金子先生の直筆の作品がぐわあっと並んでいました。

　そして一九九八年、群馬県立土屋文明記念文学館で「金子兜太・高柳重信」展が開催されました。企画担当の学芸員は林政美、すなわち俳人の林桂です。

　林さんは加藤楸邨の「寒雷」に投句していた時期があり、金子兜太の後輩といえるかもしれません。一九七七年高柳重信選の「俳句研究」50句競作で注目され、二〇二二年、句集『百花控帖』で現代俳句協会賞を受賞しています。文学館で現存の文学者の企画展をやる例がそう多くはない時期だったと思います。図録の「あとがき」に林さんは「戦後俳句」が金子兜太と高柳重信という「二つの異質の言葉を持った意味は大きいだろう。永く俳壇的に異端視されてきた兜太と重信だが、むしろ、大方の戦後俳句の仕事は、この二人の異質の言葉の範囲の内にまるまる収まるという考え方も可能だろう。」と記しています。林さんならではの多面的で奥行きのある仕事でした。この「金子兜太・高柳重信」展は『金子兜太集』全四巻が筑摩書房から刊行される契機にもなりました。林さんは筑摩書房に同世代の代表的な歌人たちの全集があるのに俳人にはまだない。今こそ金子兜太全集を出すべきだと手紙を書いたそうです。その後、金子先生から林さんに秩父ワインと色紙が送られてきたと聞きました。今回、インタビューのために改めて当時のことを林さんに聞いて驚いたんだけど、筑摩書房がいいと言ったのは私だったそうです。まるっきり覚えてなかった。ちくま文庫とか明治文學全集、梶井基次郎や森茉莉の全集があったからかなあ。創業者古田晃の評伝を読んだせい

「鬣TATEGAMI」第49号　2013年

なのか、覚えてません。

　また金子兜太は、この文明記念文学館で当時の館長、詩人の伊藤信吉さんからの提案で二〇〇一年六月に企画展とはまったく別の講演をしています。「太平洋戦争における海軍の戦略」です。先生は「実は、講演で私の戦争体験を語れと言われたことはないんです。初めての体験です」と語り出しました。このテーマを伊藤さんが依頼したことに同じ時代を共に生きた兜太への眼差しの深さを感じます。

　話がずれますが、いま私は「海程」の後継誌の「海原」と同人誌「鬣ＴＡＴＥＧＡＭＩ」の両方に参加しています。「鬣ＴＡＴＥＧＡＭＩ」創刊のきっかけは伊藤信吉さんです。私と林さんとはさっき話した地元の超結社句会で一緒でした。ある日、伊藤信吉さんが林さんに、「雑誌をやったら？　僕も同人になるよ」と言ったひと言で、二〇〇一年十月の創刊にこぎつけました。後に林さんから聞いた話ですが、創刊の前に講演に来た金子先生に水野を編集人に雑誌を始めますと挨拶したら、「水野をよろしく」と言われて驚いたそうです。「水野によろしく」って言ったのかと思ったら違ったと言ってました。

　その「鬣ＴＡＴＥＧＡＭＩ」が二〇一三年七月九日、創刊十周年の企画として、金子兜太に前橋文学館で共同インタビュー「金子兜太に聞く戦後」を行いました。林桂、中島敏之、堀込学が質問者で私は司会でした。事前に戦争体験、俳句弾圧、山本健吉、中村草田男、大岡信との論争などについての質問を送りましたが、当日は戦前と現在の国家予算の相似、東日本大震災、反原発、憲法九条などについても話してくれました。朝日新聞群馬版は「金子兜太さん『戦後』を語る」の見出しで、「人間を書き、社会を書くという基本命題をずっと追ってきた」などの言葉に約百人が耳を傾けたとしています。上毛新聞では「基本は人間と社会」の見出しで質問と回答を紹介し「私自身も意識的に複数の報道に触れ、既成概念にとらわれない生の現実をつかもうと努力している。」と先生の言葉で結んでいます。

　そうだこの時、堀込学さんの車でご自宅へ迎えに行ったら、車中のおしゃべりで「タクシーは気を遣うからな」と言ったのが先生らしかった。黙って後ろでふんぞり返っていられる人じゃないから運転手さんと世間話をしようとするだろうし、といって話をする仕事の前にずっと話してるのも疲れちゃうという、その配分、按配に気を遣うということかなと思いました。

それから時期が前後しますが、私が一緒に「上州風」という雑誌の仕事をした上毛新聞社の田中幸彦さんから二〇〇五年、「金子兜太先生に世界遺産登録をめざしている富岡製糸場での講演をお願いしたいので紹介してほしい」と連絡がありました。田中さんが言うには明治五年にできた煉瓦倉庫の太い梁と柱と煉瓦の壁に似合うのは金子兜太さんしかいないと思ったそうです。その頃は近代の産業遺産で世界遺産をめざすのは前例が少なかったんじゃないかかな。そのために上毛新聞がやってる「シルクカントリーキャンペーン」の一環として、ぜひ来てほしいっていう話だった。先生に伝えると「俺は、その話、引き受けないけどな、でもカルチャーの後に会うぐらいはいいよ」という返事でした。そしたら田中さんとやはり上毛新聞の藤井浩さんと話しているうちに何がどうなったんだか、その後、引き受けるってことになって、ただ、一人でずっとしゃべる講演は、ちょっとしんどいから、水野を聞き役にして俺がしゃべるのはどうだって言い出した。こっちは「えっー」って思ったけど、どうせやるなら少しでも面白くしようと製糸場近くの商店でスタンプを集めたら投句できる「絹の国俳句ラリー」を考えて、トークショー「東国自由人の風土」との二本立て。選者は金子兜太、林桂に水野。俳句大会のやり方とか当日の実務は林さんがめちゃくちゃ助けてくれました。それで先生には当日、富岡の町の雰囲気を知ってもらうために、お肉屋さんの揚げたてコロッケを二人で道端で食べたり、七味唐辛子屋さんに行ったりして面白かったなあ。

トークショーは細かい打ち合わせはしなかったと思います。先生に秩父事件とかを含めた明治という社会への思いを話してもらえればいいなと思いました。そして、すっごく兜太だなあと思ったのは富岡製糸場を案内されたときです。あそこの煉瓦は煉瓦というものを見たことがない人たちが作ったものです。近在の瓦職人たちです。煉瓦の中には、その職人たちの屋号が入っているものもあると説明されました。案内の人が

金子兜太が語る「東国自由人の風土」

蚕と親しんだ記憶

▶師弟によるテンポのいい会話が聴衆を楽しませた

水野　確かに先生は蚕とか機織りの句を折に触れて作ってきましたよね。

金子　結婚した時、おかみさんと親せきの農家に行って蚕が桑を食べるところを見せて「朝日煙る手中の蚕妻に示す」を作った。この句だけは中村草田男がほめてくれた。富岡製糸場は秩父の農家の人たちから見れば、夢の城。別格の感じだった。見に行ってきたという人がみんなに自慢話していたのを覚えている。今でいう松島を見物に行くような名所だった。おれたちが作った繭を立派な糸にしてくれる大工場ということで大変な自慢だった。五、六人で一人が自慢話をすると、必ず一人くらいは見て来た人がいて、黙って聞いていて話が半ばまでいったところになって「おまえの話はここが違っている」と言ったりする。それが子供心に面白かった。

水野　先生の本にはそんなおじさんたちが出てきますよね。

金子　養蚕農家では女性たちが立って作業をしていた。腰が疲れてくると義太夫を掛け合いでやるんですよ。「三つ違いの兄さんと言うて暮らしているうちに」なんてずっとやっている。おばの家では繭の仲買人たちが義太夫を練習して発表会も開いていた。もう一つ印象に残っているのは、おならです。女性たちがのべつまくなし、お蚕さんの世話をしながら平気でやっていた。何とも言えないのどかな風景だった。

水野　「東国自由人」が変な方向に行ってしまいましたが、秩父事件も自由とかかわっていますね。

金子　秩父事件は十一月一日に三千人くらい集まって決起した事件。その決起を早めたのが、上州の小柏常次郎だった。上に立った井上伝蔵ら知識人は関東一円で一斉蜂起しなければ勝ち目はないと踏んで、待て待てといっていたのに、農民の声を受けた小柏は早くやれという立場だった。結局、小柏の意見が通ったんですね。小柏の発想は農家の人たちの声を聞いて、そのままやろうじゃないかというもの。結果は別にして群馬の人はそういう意味で自由人だった。

水野　先生にはいろいろな蚕の句がある。働く現場の句もあるし、命の象徴、文学の象徴としてとらえた蚕もある。

金子　私にとって蚕は生きものの中の生きもの。女房はいも虫が嫌いだが、私は大好き。なぜならお蚕さんと同じような形をしているので、とても親しみを感じる。

水野　座繰りをやる友達から、蚕のさなぎを食べさせてもらったことがある。先生はどうですか。

金子　さなぎは食べた。おやつというより時々、夕食に出てきた。あの味は香ばしくて格別だったね。

水野　私が小さいころ、前橋には製糸工場があっていつも繭のにおいがしていた。それも既になくなってしまった。

金子　秩父には十二月三日に秩父夜祭りがあるが、これは繭市の翌日に行われた。市でお金が入った後に祭りがあって、男女の出会いがあるというように繭は生活そのものでしたね。そんな秩父から見た当時の富岡製糸場は偶像であり、宮崎アニメ（「天空の城ラピュタ」）のラピュタの城という感じだったのではないか。

水野　それほど暮らしに深くかかわってきた養蚕があっという間に姿を消したのは不思議です。

金子　農家の人も侠客肌だから金がもうかると使い方も荒い。横浜との繭取引では、景気のいいときは詰んでいった繭くらいの金を持ち帰ったといわれた。その金をみんな使ってしまう。だから歌舞伎や人形芝居、ばくち、そして俳句も盛んになる。

水野　新俳句の流れでいえば、富岡は早かったようだ。ラピュタの城だという製糸場があるからこそ、新しい文学運動が始まった。

金子　秩父と富岡あたりでは地理的条件が似ている。秩父や群馬の山すそに定着して養蚕を始めたのは、高句麗系の人たちだ。彼らは養蚕だけでなく山を掘る技術も持っていた。秩父には奈良時代に銅が出てそれを献上して和同開珎が作られた。関東には帰化人の作った文化があり、その中心が養蚕と採鉱技術だった。

水野　古代から文明、文化が生まれたわけですね。お蚕があるから群馬にはキリスト教が入るのも早かった。

金子　上州には独特の文化があって、文学者も優れた人がたくさん出ている。農村賭博がはやって侠客が多かった場所だし、萩原朔太郎も侠客肌だった。そんな考えを持っている人はいないし、あの人が侠客肌だという見方はユニークでしょう。

水野　群馬には詩人や俳人は多いですよね。

金子　養蚕、採鉱技術を中心とした文化の伝統がある。開明的な文化に長いものは育たない。上州人は侠客肌だから短編に向いていて、その分野で優秀な作家が出ている。

聞き手
水野真由美さん

みずの・まゆみ　1957年、前橋市生まれ。俳句を金子兜太さんに師事。俳句空間新人賞準賞、海程新人賞など受賞。現在、「海程」同人、現代俳句協会会員、俳誌「鬣TATEGAMI」編集人。同市内で古書店「山猫館書房」を営む。同市。

Silk Country 21 Gunma

官民あげて進む富岡市の街づくり

世界遺産登録　後押し

「製糸場と街の関係にストーリーを持たせた方がいい」「周辺の自然環境も考えてみよう」—。今月八日に国史跡・旧官営富岡製糸場のブリュナ館で開かれた「歴史的文化遺産を継承する街並み・まちづくり検討会」。富岡市のこれからの街づくりをめぐり委員の市民や学識経験者から活発な意見が飛び交った。地域住民とのワークショップを重ね、市が作成した官民あげての計画案は実現に向け、いよいよ最終段階に入っている。

検討会は、製糸場の世界遺産登録を目指す同市の歴史的文化遺産を生かした街並み形成について、市民や国、学識経験者の意見を集めるため設置された。ワークショップの意見を集約してできた計画案をたたき台に実施計画を作ろうとしている。

中心市街地の土地区画整理事業を含む街づくり計画の見直しが提案されたのは今年の市議会三月定例会。今井清二郎市長は遺産保護のため周囲の土地利用を制限するバッファゾーン（緩衝地帯）の確保に向け、街並みを残したい考えを示した。

世界遺産の周囲は、遺産保護のために利用を制限する緩衝地帯の整備が求められる。同製糸場とともに周辺を保護することも登録の前提条件とされ、方針転換を図った。

計画案作成に向け、市は住民とのコンセンサスを得るため、ワークショップを開催。区画整理事業の対象地区住民に参加を呼び掛け、意見集約の場を重ねてきた。

「明治の雰囲気が漂う街並みはどうだろう」「歩いて楽しめる道路を」。さまざまな意見を参考にまとめた計画案は歴史を生かした街並みの景観形成、歴史的建造物の保全活用などが盛り込まれた。

本年度内を目標に計画書を作成、国や県との協議を踏まえて計画づくりの手続きを完了させる予定だ。設置された検討会はこれをサポートする役割を担う。

市は中心市街地の街づくり手法の観点とともに、文化財行政の視点からみても今回が先進事例になると考えている。住民との合意形成によって生まれる街並みが世界遺産登録をバックアップする布石になる。

古い街並みが残る富岡製糸場周辺を散策する金子さん（左）と水野さん

上毛新聞　2005年11月22日付

「これがそうなんですよ」と指差したら金子兜太は「お前さんはそういう煉瓦なのか、そうか、そうか」って、本当に友だちの肩を「ご苦労さん、ご苦労さん」って叩くみたいに煉瓦を何度もポンポンと叩きました。ね、すっごく兜太だよね。ものを触って感じる兜太って本当にいいいな。

煉瓦倉庫のステージで金子先生は養蚕、製糸場、さらに村歌舞伎、困民党、渡世人、萩原朔太郎などを語りました。これは上毛新聞が富岡市とやったすごい企画でした。十一月二十二日付の上毛新聞は全面四版で富岡製糸場の世界遺産登録へ向けた「絹の国俳句ラリー」とトーク「東国自由人の風土」の大特集でした。

このときに「えっ」と思ったのが、高崎のメンバーは来なかったけど、ずっと遠い大胡から「樹の会」がどどっと来てくれたことです。とにかく兜太を応援すると決めた人たちはすごいなって思った。

金子先生はその他にも群馬県内で多くの講演を行っているけど、最後になったのは二〇一六年の「伊勢崎多喜二祭」だと思います。金子先生と小林多喜二は同じ命日になったんだよね。

私の感じた人間兜太

金子先生はすごく話しやすくて面白い。誰にとっても、そうじゃないかな。俳句の話は無論だけど、何でも話せば、ちゃんと応えてくれる。本を読んで、これが面白いって言ったら、「おう、そっか」とか「あれは、こうだな」ってなる。林達夫（1896–1984）っていう思想家の本を読んで、すごく面白かった。で、「先生、林達夫は面白いですね」って、マチスのデッサンとか、鶏を飼った話から、文化論とか社会論に行くのが面白くて、物事を捉える距離が長いって話したら「お、なつかしいな。俺も学生の頃、読んだよ。学生たちはリンデンプって呼んでたな」って当時の学生にとって、どういう存在だったかを話してくれる。

また、「ゆきゆきて神軍」（原一男監督）という上官の戦争犯罪を追及し続ける奥崎謙三のドキュメンタリー映画を見て話したら、「俺も見たよ」って言った。「先生、あれ見たんですか」って驚くと「当たり前じゃないか」と言われた。中村吉右衛門がやったドラマ「鬼平犯科帳」の話をしたり、そういう意味で、何を話してもいい人だと思ってた。

さっきの上毛新聞のイベントで田中さんと二人で先生を高崎駅まで迎えに行ったときは富岡に着くまでのおしゃべりで、ひょっとへんなことを言っちゃった。「金子先生のうんと奥の奥には何だか暗いかたまりみたいなのがあるような気がするんですよね。先生がいつも言ってることや大切にしてることが嘘とかじゃなくて」

「虚無みたいなもんか」

「うーん、そうなのかなあ」

「水野、そんなに俺を買い被るな」

何かの拍子に、金子先生がいなくてつまんないなあって思う。

それから二〇〇一年に朝日新聞の全国版に「俳句を詠む〈ネコ〉本と共に生きる」の見出しで私の記事が出たときは、金子先生が取材に「水野は無頼に見えるが非常に無邪気、大人でないことが持ち味で、俳句の既成概念を超えていく存在」って答えてた。

無頼って何やねん、無邪気とか大人じゃないって、何じゃって思った。応援してくれてるような気はしたんだけど。

で、二〇〇七年の顔面麻痺の時は人としてソンケーしました。そのまんま来るわけ。瞼を指でつまんで目を開けて、目薬を差してた。その瞼が落ちないようにマッチの軸みたいなプラスチックかな、つっかえ棒をしてた気がします。そういう顔を隠す気が全然ない。なんかいい病み方だなって思った。堂々と病んで、ちゃんと普通の治療をするという姿に兜太句会のみんなも心が動いたんじゃないかな。

また、二〇一〇年の夏、兜太句会で一茶ゆかりの旅館に一泊二日で湯田中吟行をしたときは「類天疱瘡」でした。両手が包帯でぐるぐる巻きになってて、足もぐるぐるで靴が履けないからサンダルだった気がする。その格好でタクシーから降りてきた。そんな状態だけど先生は普通に句会をやって食事もしてた。で、私たちは一泊だけど先生はゲラをその旅館で受け取る予定があるから、もう一泊するって言う。そこで包帯の交換が問題になった。旅館の女将さんが自分でやってもいいって言ってるけど、さすがにそこまで頼むのは先生にとって心苦しい。みんなの前で、「どうだ包帯交換のために水野、お前が残れるか」って言った。費用は先生持ちで夕食には酒もつけてくれるというから「うん」って返事しました。私なら包帯交換要員で残っても、誰もなんとも思わないキャラだし、みんなからは「水野、飲み過ぎるんじゃないよ。先生をよろしくね」と言われました。包帯交換をして感心したのは、先生の指示が的確だということです。両手のぐるぐる巻をどこから外すか、巻き直すとき、どこにどう掛けるとかの指示がわかりやすい。包帯を外しやすいように、うまいこと手首を回したりする。この人はタフだなと思った。見事に病む人だなって。

で、私がその時にやった一番いい仕事は、じつは包帯交換じゃありません。新しい包帯を買いに出かけて戻ってきたら、先生の部屋がすごい暑いんですよ。先生は寝ちゃってる。びっくりして叩き起こして窓開けて、クーラーを見たら暖房になってた。先生は「おう、そうか、間違えた」って言ってたけど、真夏の暖房の熱中症で危なかったかもしれない。「よっしゃ、兜太を救ったぜ」みたいな感じ（笑）。

兜太俳句のここ！

私が選んだ兜太の句についていくつか話します。といっても角川の「俳句」に書いて評論集『小さな神へ―未明の詩学』（鬣の会）にも入れた文章と重なる話になりますけど。

どれも口美し晩夏のジヤズ一団　『蜿蜿』

「どれも口」で瓶などの物体の口の硬さがまず浮かんで、そこに「美し」で光沢が加わる。何の口かは、まだ分からない。「晩夏」で時空が広がって光と影が差し込みます。「晩夏光」の傾き始めた強い日差しとそれが生み出す濃い影です。木々の暗みを帯びて、少し乾き始めた緑も加わる。「の」で「ジヤズ一団」が姿を現し、「どれも」への違和感が始まる。「だれも」なら人間だけど「どれも」は器官としての口を注視させます。口の赤さが生まれる。「一団」だから何人もいて、思わず口に目が行く金管楽器があるはずです。それが光を放つ。地下室や夜じゃない。まだ日差しがあって、それぞれの口が見えるんだから大規模の野外ライブでもない。街路のジャズライブです。「晩夏」が中七の後半で、「一団」が結語で作る強い音がアフタービートのジャズっぽい。晩夏の光と影の中で複数の肉体が生き生きとスイングしてる。

無神の旅あかつき岬をマッチで燃し　『蜿蜿』

「無神の旅」をするのは神を持たない人間です。夏目漱石が「泣きながら走っている」と評した日本の近代化は絶対神や原理的な思想などを宙吊りにしたまま、システムと文明を移植して、リアリズムを欠いた戦争を起こした。敗戦後には一九六〇年代の高度経済成長を経て、地縁、血縁などの共同体と共に神仏との習俗としてのつながりも加速度的に薄れてる。間に合わせの代替物に手を出さないとすれば「無神」を生きるしかない。「岬」という和字が定着したのは、明治期の地図作成で、「ミサキ」は「崎」だったし、さらに古くは神の前を意味する「御前」でもあります。「あかつき」は時間性と色彩を岬に与えて、上五の切れの断定の強さと「燃し」という現在形が作品から感傷性を消しちゃう。マッチの日常性は「あかつき岬」に実体感を生み、それを燃すという超現実的な行為を作品世界の現実として成立させます。また、兜太にとってマッチは〈薔薇よりも淋しき色にマッチの焔〉があるように、近代的な孤独感を照らす装置でもあるんじゃないかな。この句の明快な行動性は「無神」を選び直す力業です。いっそ爽快とも言いたくなる明るい虚無が見えてくる。

霧の村石を投《ほう》らば父母散らん　『蜿蜿』

「霧の村」は視界の悪さと湿気による息苦しさ、寂しさ、安堵感を併せもつ共同の空間で、前近代、あるいは反近代の出自としての原郷風景です。「投げる」でも「放る」でもない「投らば」は父母へ傷ましい感覚でしょう。丸山薫の詩の「病める庭園《にはは》」の「オトウサン」「オカアサン」を「キリコロセ」、「ミンナキリコロセ」が少年の直接的な悲鳴であるなら、この推量は大人としての声にならない原郷への悲鳴です。石を投げる幻の音を聴き、それによってうごめく父母の気配を感じ取ることは自分の存在を問うことでしょう。

「散る」は一つのまとまったものが細かい破片になること、あるいはその破片が飛び散ること。または別れ別れに立ち去ることです。「散る」は一組の父母を通して、無数の父母を原郷に存在させる。日常的な言葉を詩語として機能させる方法が、「私たちは何者なのか？」と作品の射程を伸ばしていく。

鶴の本読むヒマラヤ杉にシャツを干し　『蜿蜿』

読むのは「物語」ではなく、「本」です。図書や写真集が想起され、文学少年少女的な感傷が吹っきれる。「ヒマラヤ」で日本的な湿気が消えます。初めて読んだ時は「ヒマラヤ」を高く感じて、大きな木の上で半裸になって読書する姿が見えた。自分もそこにいて、シャツを脱ぎたくなる。〈果樹園がシヤツ一枚の俺の孤島〉があるように、「シヤツ」には兜太の腕力が出る。塚本邦雄はこの句について「腕力で詩を創るのは叡智で、田を作るよりも難しい」といい「ヒマラヤ杉にシヤツを干し」のバーバリズムの選択を「見識、叡智」とも言ってます。上衣や外套では肉体のこんな直接性は現れてこない。杉の木からもシャツを脱いだ肉体からも青くさくて充実した孤独が匂う読書です。

三日月がめそめそといる米の飯　『蜿蜿』

擬人化された三日月が情けない。金子兜太のエッセイに「タヌキこい、タヌキこい」と呼びながら、山道を歩いたが、出てくるのは山の星ばかりだったという話があります。月や星にも「おいおい、何やってんだ」と声を掛けていそうです。

人体冷えて東北白い花盛り　『蜿蜿』

「人体」とぶっきらぼうな物言いが切ない親愛の表現になる。兜太は物を見ているだけでは気が済まなくて、よく触る。明治時代初期の煉瓦倉庫や自宅の木をぽんぽんと、あるいはばんばんと励ますように叩きます。「おう、どうした」と星や月も手で叩いているのでしょう。人間のように天体を、物体のように人間を摑むことで射程の長い作品を可能にする修辞が生まれています。

犬一猫二われら三人被爆せず　『暗緑地誌』

犬が一四、猫が二四、人間が三人と丹念に数えられ、その過程に時間が生まれます。まず、人間が先ではなく数の順に並べられている。そこにあるのは、ただ生き延びた存在としての生き物たちへの視線です。あるいは生き物として同列になる絶対的な事柄としての「被爆」への視線ともいえる。一方、数える行為は具体的な一四、一人という存在への手がかりとなります。身近な存在の犬、猫は自身を含めた「われら」の暮らしの手触りを支えています。それらが「被爆せず」とあえて述べるのはどういう認識なんだろう。安堵の認識でしょうか。「被爆せず」を眼に残したまま、一、二、三と数える時間に戻ってみると、その丹念さの中に「被爆せり」でもあった「犬一猫二われら三人」をたどる視線が生まれてきます。原爆投下以降を生きた、あるいは生きられなかった犬、猫、われらです。「被爆せず」の丹念な確認は、「被爆せり」をあぶり出す。「せず」は他人事としての被爆を語る言葉ではなく、彼らを忘れることなく共に生きるための言葉です。戦地に赴かなかった私の父でさえ、「生き残った戦後は望外の人生としか思えない」と言ったことがある。遺品からは戦死した友人たちの写真が何枚も出てきました。生き残るとは、生きられなかった存在を抱えることでもあるんだな。

暗黒や関東平野に火事一つ　『暗緑地誌』

上五の「や」の強さが、そのまま「暗黒」の深さになる。真暗な空間であり、また、比喩として社会、時代などの希望のなさ、無秩序な状態を表し、暗黒街・暗黒時代のようにも使われます。一つの部屋でも宇宙でも、社会でも有り得る。それら丸ごとの「暗黒」が「や」で完結されます。でも、どんなものかは分からない。「暗黒」の大きさを「関東平野」から読むと空間としてだけではなく、生活や時代状況を含む「暗黒」が生まれます。「火事一つ」で、さらに身近な日常や人生の不安を感じる。一方、西東三鬼の〈赤き火事哄笑せしが今日黒し〉が作品空間を生活圏内とすることで、日常の断面としての不安を捉えるのに対して、「関東平野」は大きすぎる。また、暗黒と火事を同時に見るのは現実とは別の視点だと気づきます。「関東平野」は暗黒と火事を同時に見る視点を支えるための大きさを備えた空間なのです。市町村では詩にならない。日本列島では実感がない。「関東平野」だからこその強烈な赤が、何もかもひっくるめた丸ごとの「暗黒」を感受させます。そのぶ厚い暗黒を生み出す時、金子兜太は目の化け物になっているんだろうな。

最後の日々のこと、そして次世代へ

二〇一八年二月、インフルエンザ流行のため、「兜太・森の句会」を休会にしたいとご家族から電話がありました。途中で代わった金子先生は「おお、三月の句会は楽しみにしてるからな」と元気な声でした。

そして二月十九日かな、十八日かな、篠田さんから入院の連絡があり、十九日の夜、眞土さんから楽観できない状態と聞いて翌日の午後、病院へ行く打ち合わせをしました。

二十日早朝、携帯に来た林桂さんからのメールで逝去のニュースを知りました。眞土さんの「親父、家に帰って来てるから、会いに来ればいいよ」という言葉で本の片づけに同行したことのある連れ合いに運転してもらって伺いました。

なんだか先生がひらたくなっちゃってる。先生にお線香を上げて拝むなんてヘンでした。そんなことを知佳子さんに言ったかもしれない。帰り道、群馬に入ると沼が見えて、降りたら紅白の梅が咲いてた。曇天の薄日に香りが広がってたのを覚えています。

三月二日、熊谷の「彩雲」にて葬儀でした。新聞では親族のみとなっていたけど、状況が変わったことを知り、「高崎・兜太句会」を代表して参列しました。受付をするはずの方が遅れているとかで急遽、代打を頼まれて受付をしました。盛大な葬儀となり、会場を増設していたのを覚えています。受付が済むとお香典を預かっているのが心配で、直接ご家族に渡すように係の人に言われて眞土さんを探しました。

四月五日、秩父の総持寺にて納骨。墓石に時折、枝垂れ桜が散りかかっていました。喫煙所があったので煙草を吸おうとしたらご住職と眞土さんがいて、春蘭を教えてもらったのがうれしかった。

六月二十二日、有楽町朝日ホールでお別れ会。受付だったので会場の様子は分からない。澤地久枝、佐高信、高井有一などの参列が兜太らしいと思った。やがて眞土さんの挨拶がマイクを通して受付にも少し聞こえてきました。

「父は人間というのは、どうしようもないと」「知性に頼る。知性を持つことで何とか生きていく」「反知性主義の横行に対し」……。

八月七日の夜、帰宅してパソコンを開くと、ラジオ番組欄に「兜太」の文字がありました。NHKラジオ第1で午後九時五分から「俳人・金子兜太が見た戦争」をやっています。残り時間は半分ぐらい。急いでスイッチを入れました。金子先生の元気な声が流れた瞬間、息が詰まりました。半年前まで聞いていた先生の声です。また聞けることが嬉しいと思うより先に、「もういないんだ」という言葉がくり返し湧き上がりました。ヒロシマの六日とナガサキの九日に挟まれ、来週が敗戦日の十五日という夜、金子兜太はラジオで「人間を殺す戦争は悪だ」と語ります。かつて金子先生は「ひと言でいえば戦争を起こすのは物欲」と雑誌のアンケートに答えていました。戦場を生きた兜太のリアリズムです。

俳句と社会状況は切り離せない。俳人金子兜太の言葉は秩父でつちかわれた感性と肉体で飢えと死の戦場を生きた人間が、その体験を根拠として戦後を生き、俳句と取り組んで獲得したものです。しかしその強靭な言葉、兜太が切り拓いた俳句の空間といえども、社会状況が反動化すれば押しつぶされる。兜太の言葉を次世代へ託すためには一人一人が、その困難さを自覚するしかないと思います。

おわりに

水野真由美氏の愛称は「ネコ」。前橋市で古本屋「山猫館書房」を経営。初めて金子先生の講座を受けた印象は「空からポッと落ちてきたスイカをパッと受け止めたような感動があった。俳句って面白い、自分が本気になれる世界を見つけた」と誇らしき口振り。

去る十一月十一日、水野氏と金子先生宅で初めてお目にかかった。旧暦の小春日の頃で、日差しは氏の情熱のように暖かかった。氏は髪型も身なりも常識に拘らず、活発で頭が切れて仕事をてきぱきとやりこなす印象を受けた。かつて金子先生は氏を取り上げた新聞の取材に「無頼に見えるが非常に無邪気。大人でないことが持ち味で、俳句の既成概念を超えていく存在」と答えている。

また、金子先生との思い出を語り出すと、ロジカルな思惟にボディーランゲージが伴い、尽きることがない。限られた時間だったが、本当に楽しく実り豊かな取材となった。

董振華

水野真由美の兜太20句選

蛾のまなこ赤光なれば海を恋う　『少年』
葭切や屋根に男が立ち上がる　『〃』
犬は海を少年はマンゴーの森を見る　『〃』
孤独のあかんぼちんぼこさらし裸麦　『〃』
墓地は焼跡蟬肉片のごと樹樹に　『〃』
青年鹿を愛せり嵐の斜面にて　『金子兜太句集』
彎曲し火傷し爆心地のマラソン　『〃』
人体冷えて東北白い花盛り　『蜿蜿』
暗黒や関東平野に火事ひとつ　『暗緑地誌』
海とどまりわれら流れてゆきしかな　『早春展墓』

空ッ風にわかに玲瓏となるときも　『遊牧集』
猪《しし》が来て空気を食べる春の峠　『〃』
笛吹きて夏終らしむ笛吹きて　『猪羊集』
長生きの朧のなかの眼玉かな　『両神』
おおかみに螢が一つ付いていた　『東国抄』
金柑を狐の親子過ぎゆけり　『日常』
狐火へ村人丸木橋架ける　『〃』
ぽしやぽしやと尿瓶を洗う地上かな　『〃』
被曝の人や牛や夏野をただ歩く　『百年』
河より掛け声さすらいの終るその日　『〃』

水野真由美（みずの　まゆみ）略年譜

昭和32（一九五七）　群馬県前橋市に生まれる。

昭和55（一九八〇）　和光大学人文学部卒業、前橋市で古書店「山猫館書房」を開業。

昭和60（一九八五）　金子兜太に師事し、「海程」入会。

「俳句空間」新人賞準賞、海程新人賞、海原賞などを受賞。

平成5（一九八五）　共著『燿―「俳句空間」新鋭作品集』（弘栄堂書店）刊。

平成9（一九九七）　『海程新鋭集2』（海程新社）刊。

平成12（二〇〇〇）　第一句集『陸封譚』（七月堂）刊。

平成13（二〇〇一）　俳誌「鬣TATEGAMI」を林桂、佐藤清美らと創刊。句集『陸封譚』で第六回中新田俳句大賞を受賞。

平成14（二〇〇二）　エッセイ集『猫も歩けば』（山猫館書房）刊。

平成16（二〇〇四）　共著「現代の俳人101」（新書館）刊。

平成20（二〇〇八）　共著『鑑賞女性俳句の世界　第四巻　境涯を超えて』（角川学芸出版）（「皆子曼荼羅」をゆく　金子皆子）刊。第二句集『八月の橋』（鬣の会）、5月より朝日新聞群馬版・上毛俳壇選者。

平成22（二〇一〇）　共著『ふるさとを見つめる―群馬の詩歌句―』（みやま文庫）刊。

平成24（二〇一二）　評論集『小さな神へ　未明の詩学』（JP叢書）により、群馬県文学賞評論部門受賞。

平成26（二〇〇四）　共著『新現代俳句最前線』（北溟社）刊。

令和4（二〇二二）　第三句集『草の罠』（鬣の会）刊。


現在、現代俳句協会会員、「海原」同人、「鬣TATEGAMI」編集人。朝日新聞群馬版・上毛俳壇選者。「ベイシア・イズカルチャー」「前橋カルチャー」講師。

「山猫句会」「水脈句会」「兎句会」講師。

第8章

石川青狼

（二〇二二年十月十四日十三時　釧路にて）

はじめに

石川青狼氏は「海程」誌の「海童集Ⅱ」に在籍された時、名前は五十音順でいつも前の方だったため、同じ集にいる私はその作品だけでなく、俳号にも惹かれていて、注目するようになった。きっと狼のような人だろうと想像していたが、北海道在住のため、東京の句会では、なかなかお会いするチャンスは持てなかった。そのうち時間は流れ、加えて私も一時期俳句を中断したため、お目にかかる望みはほぼゼロだった。

ところが、この企画で、眞土氏に推薦されたおかげで、石川氏に良き語りをいただいた。それに本当に狼のような野性味と豪放さに優しさを兼ねた方だと感じた。釧路訪問中は兜太先生の足跡を訪ねて、摩周湖、屈斜路湖、釧路湿原、米町《よねまち》公園などを自ら運転してご案内頂いたほか、地元の有志を集めて一緒に吟行と句会もやったことは忘れがたい思い出となった。今は私のやっている通信「聊楽句会」にも参加して頂いて、毎週親しく交流を続けている。

董振華

「えぞにう」は私の俳句の産土

私が俳句を始めたきっかけは、一九八二（昭和五十七）年、三十二歳の時に結核に罹りまして、病院には十ヶ月、自宅療養が二ヶ月という丸一年間の入院療養生活を送ることになったんです。その時に、私が「蒼き狼」という表題の日記に、最初は詩や短歌を書いていたんですが、短歌にしても自分の心情が出ちゃって、どうしても泣けちゃうんですね。最終的にやはり俳句の五七五の短さが自分の女々しさをある種抑えてくれるっていうのかな。そう感じて結果的に俳句に辿り着きました。同じ病室にその病院の職員も入院していたんですよ。私が毎日日記を書いているのを見て、「石川さん、私はこれからＮＨＫの俳句通信講座（飯田龍太監修）を半年間勉強しようと思うんだけれど、私と一緒に参加しませんか」と誘われました。私も長い療養なので、やってみようかということになりました。それで、俳句を書き続けていったということですね。

ちょっとその辺の話は長くなっちゃうんだけども、十ヶ月の闘病生活が終わって、やっと退院しました。当時、俳句の歳時記が手元になかったので、釧路市の図書館へ俳句の本を借りに行ったんですね。ちょうど俳句の本に手をかけた時に、後ろからポンポンと肩を叩かれて、驚いて振り向いたら「あなた俳句をやるんですか」というので、「いや、今始めたところなんです」といったら、「私は釧路の『えぞにう』（主幹齋藤青火）という俳誌をやっているのだけれども、ちょっと投句してみませんか」という誘いを受けました。後日、手紙と本が送られてきて、これも何かの縁と感じて、じゃ、しばらく「えぞにう」にお世話になろうと思って、投句を始めました。声をかけてくれた方が私の俳句の手解きの師匠の齋藤青火先生です。そして、俳号青狼は青火先生と釧路市内の春採湖で二人で吟行中に、先生から「そろそろ俳号をつけたら」といわれ、闘病中の日記「蒼き狼」のことや、退院後妻と子供たちを連れて釧路湿原に行ったときに詠んだ〈四肢蒼き狼の如野分だつ〉の句の話の中で、青火先生より「青」の一字を戴き、その場で誕生したのです。ある意味で「えぞにう」は私の産土です。

最初に入った「えぞにう」の俳誌は郷土俳句を標榜し、当時は現代俳句をも推し進めていましたので、ある種肌に合っていました。「えぞにう」からどんどん現代俳句協会の会員に推薦されていましたね。

金子兜太に師事し「海程」に入会する

「えぞにう」で大体四、五年くらい勉強して、その期間にいろんな俳句の本を読んでいるうちに、金子先生の〈梅咲いて庭中に青鮫が来ている〉の俳句に出会うんですよ。それを見た時の衝撃は大きかったですね。なんか生命あふれる躍動感というのか、エネルギーを句の中から感じまして、ぜひこの人に会いたいと思いました。たまたま釧路に一人「海程」の同人になっていた丸山久雄さんがいたんですね。その人が金子先生の本や海程誌を見せてくれて、いろいろと情報をもらい、ちょうど一九八七年「海程」創刊二十五周年の時に、誌上俳句大会があるということで、じゃ、試しに俳句を出してみようかなって思って出したんです。

「海程」の二三八号に大会の作品が掲載されました。それに私の句〈谿声に操られ行く吾子は揚羽　石川雅記〉が佳作として載ってたんですね。あっ、ひょっとしたら私もこの「海程」というところでやっていけるんじゃないかなっていう感じで、その時の金子先生の「古き良きものに現代を生かす」の講演文やシンポジウムの内容を一生懸命に読んで、なおさら生の金子兜太に会いたいと思うようになりました。

一九八八年、金子先生が札幌へ講演に来るということを知りまして、「よっしゃ、金子兜太に直に会ってみよう」と決意しました。当時、釧路から札幌まで特急列車で七時間（笑）、それに乗った時の兜太に会いたいっていう一心で、ワクワクする昂揚感は、今も忘れていませんね。会場に行くと、金子先生がひな壇に座っているわけですよ。直の金子兜太は私を受け止めるパワーが十分に有りと直感しました。講演後に私が持参した先生の著書『放浪行乞』にサインをしてもらうんですが、「名前はなんていうんだ」というので、「石川雅記っていいます」。「雅記ってどんな字だ」っていうから、「優雅の雅、日記の記」というと「ガキか、いい名だ」といって、ハッハッハと笑ったんですよ。なんというか、初めて会ったんですけれども、もう心を鷲摑みされて、その人間の温もりを強く感じました。

それで、何とか〈梅咲いて庭中に青鮫が来ている〉の句を書いて欲しくてね、懇親会の時に粘って書いてもらったんです。帰ってから金子先生に熱烈なラブレターを書くわけですよ（笑）。そうすると、すぐ返事の葉書が来て、「貴公に会えたのが収穫です。いずれ御地へ参上」ということだったんですね。「おっ、釧路へ来るんだ」とすごくうれしかったですね。

翌一九八九年八月、「第三回釧路湿原俳句大会・釧路俳壇百年祭」というのがありまして、それに金子先生は記念講演の講師として阿部完市さん、伊藤淳子さん等十数名の海程人と一緒に来釧しました。会場はオリエンタルホテルで、講演の題目は「俳句のこころ」で、約一時間半の講演でした。同時に、釧路短大の鳥居良四郎教授が「釧路文学界における俳壇の位置」を題目に講演を行いました。翌日、歓迎句会を開催した時に、金子先生の〈暴風雨原観望館の暗《あん》に伊富魚《いとう》〉の句が最高点でした。ちょうど函館あたりに台風が上陸して、その影響で、釧路湿原展望台で風雨の湿原を見て詠んでます。これについて『金子兜太戦後俳句日記第二巻』にも書いてあります。本人もやっぱりご満悦だったんじゃないかなと思うんですね。原句は〈暴風雨原展望館の暗《あん》にイトウ〉です。その時の私の句は〈咆哮の蘆哭く原や土器の罅〉です。兜太句のスケールの大きさに圧倒させられたが、どこか相通ずるものを感じましたね。それで、伊藤淳子さんなど周りの人たちからも「あなた『海程』に俳句を出しなさいよ」と勧められて、それと歓迎句会での海程人の句の新鮮さにも刺激を受けて、「海程」への参加を決定的なものとしたのです。

それから「海程」誌上、海程集に作品が掲載されるのは一九八九年十一月の二五七号からです。十二月の二五八号に追悼・阪口涯子が掲載されて、その作品〈凍空に太陽三個死は一個〉〈れんぎょう雪やなぎあんたんとして髪だ〉などに魅了されました。「海程」には凄い作家がいるのだ、自分はずいぶん遅れて「海程」という船に乗り込んだのだとの思いでしたね。そして、金子兜太門下生として今日まで俳句を続けることができました。

十和田湖錬句の会に有志と釧路から参加

「釧路湿原俳句大会」の一年後の一九九〇年八月十七日から十九日まで、青森県十和田市と秋田県鹿角郡小坂町にまたがる十和田湖で「錬句の会」がありました。釧路からは丸山久雄、堺信子と私の三名が参加しました。その時、円座になって句会をするのが初めての経験で、他の地区の海程人に会うのもはじめてだったので、とても興奮しました。句会における私の〈カルデラ湖緑色灯は霧の鬱〉の句が秀逸に選ばれて、兜太揮毫の「俳諧自由」の姫屏風を頂きました。句会で合評がはじまり、遠藤秀子さんの〈疲れたり山毛欅木漏れ日の透蚕のよう〉の句を、私が選をしていたので「青狼、この句のどこが良かったのか」といわれて初めて句評をしました。ドキドキでしたね。「みんなで吟行をしていて、実際歩き疲れていたんですね。それで疲れたりっていうのを前面に出して、それが山毛欅の木漏れ日を受けている作者や仲間も〈透蚕〉のようだと表現したことに実感できた」というようなことを初めて「海程」の句会の中で発言したんです。そうしたら、関西から来た高橋たねをさんが「即実感は信用しない。どんなに近く実感に近づけて書くことが出来るかだ

十和田練句会　左から　桜井英一・金子皆子・金子兜太・石川青狼
上林裕・丸山久雄・堺信子　1990年

け」と私の実感に対する捉え方をある意味で、正面から否定的な意見をいったんですね。そこで、他の人たちも論じ合って、最後に金子先生が「木漏れ日の、のに問題あり、しかし山毛欅が助けて厚みを加えた」（旭川の井出都子さんの句会記録文より）と優しくまとめてくれたんですよ。どうも私の実感という言葉のもつ虚と実の感覚は私の勉強する過程の中で蠢いていたんです。句会が終り、部屋に戻ると、たまたま高橋たねをさんと一緒の部屋だったんですよ。同じ部屋に十人くらいいたんですね（笑）。それで、私がたねをさんの前に座りまして、さきほどの実感について質問するんです。たねをさんは大人で、「この若僧」と相手にしてくれなかったけど、どうも私がヒートアップして、結構嚙みついたんです。その時、私の気持ちをセーブしてくれたのが、三重の奥山甲子男さんでして、たねをさんと私の間に入って座り、いろいろ話してくれました。それが嬉しかったですね。後で分かったのですが、たねをさんも甲子男さんも共に「海程」の猛者で、恐縮至極でした。でも句会の醍醐味を味わい、痛感もし、すごい人たちがいるんだ、これが練句会であるか

海程新人賞受賞　兜太と青狼　1994年

と、「海程」に入って二年目に感じましたね。
もちろんその後のお二人は私の注目する、目標の俳人となりました。そして、金子先生の下でこのまま勉強していきたい、その他の海程人にも会って、やっぱりいろんな人の話を聞きたいという感じでした。まあ、それが積もりに積もって、私の俳句に対する力になってきたんです。それが大きかったですよ。要するに錬成するっていう勉強会が非常に力になって、それが成果に繋がったんじゃないかな。
十和田湖の練句の会が終わった後に、帰りの十和田の喫茶店で、堺信子さんが、「青狼さん、あなたが釧路で海程の会を立ち上げなさいよ」と半ば強制的に打診され、それで、釧路に戻って間もなく、九月に「海程釧路の会」を丸山久雄、堺信子、福島昌美、竹鼻恒子、青狼の五名でスタート。最終的に二〇〇二年から「濃霧」という冊子を作るんです。濃霧は釧路では日常的に発生するもので、金子先生の〈おのおのに昏影濃霧の灯の一室〉の句から取って、冊子名にしました。立ち上げた丸山、堺両氏の死去と会場としていた喫茶店珈路詩のマスターの急逝などで、二〇一三年二月の一〇四号でやむをえず休刊としました。十和田湖での帰りのバス停で撮った写真がいつも私の机の上に飾ってあります。中央に金子先生、その左側に奥様の皆子先生。兜太先生の右側が青狼。そして丸山さんと堺さん。皆若くて潑剌としています。

東北海道現代俳句協会創立５周年の俳句大会前日　帯広市内にて
左から　皆子・青狼・山陰進・鈴木八駛郎・兜太
1996年６月７日

記念講演と句碑の除幕式で
金子先生が再び来道

一九九六年六月八日に東北海道現代俳句協会の創立五周年記念俳句大会がありまして、帯広、釧路が東北海道現代俳句協会の中心的地域で、当時は海程の同人でもある帯広の鈴木八駛郎さんが会長をしていました。それで金子先生を講師として呼ぶわけです。帯広で大会を開いた後、釧路に寄ってくれました。私はどうしても金子先生に霧多布岬（湯沸岬）を見て欲しかったので、中型バスを用意して皆さんを連れて霧多布岬を案内しました。その時、霧多布で金子先生が〈霧多布霧の虚《うつ》けさ誰もが負い〉〈海鳥の糞たんぽぽに大楽《おたのし》毛《げ》〉など、五句作っています。

その後一九九八年、北海道の十勝、鹿追町の然別湖に兜太先生の句碑〈初夏の月放ちてくちびる山幼し〉を立てましたので、その除幕式に金子先生と海程の仲間が来ました。この句碑は北海道では唯一の金子先生の句碑です。

『海程新鋭集・第二集 石川青狼集一〇〇句』を発行

一九九七年に海程新社より共著『海程新鋭集・第二集 石川青狼集一〇〇句』を発行しています。『海程新鋭集シリーズ』を出す趣旨は「マンネリズムの打破——その意欲と充実の成果」をキャッチフレーズに「俳句が、ひどくマンネリズムに陥っているいま、既成観念にこだわらず、この最短定型自体の、伝統詩形としての強度と弾力を信じて、現在唯今の自己表現を託してきた俳句が魅力を加えつつある」でした。

「このシリーズは、その意欲と充実の成果を、三、四十代作家を中心に世に問うもの」という師の帯文。意欲的な海程の若手に喝を入れながら後押しをする海程の持っている飽くなき挑戦を促してくれた。各集五名、各一〇〇句、全部で五集、二十五名の作品集。阿部完市氏が各人の作品を鑑賞。さらに若手による鑑賞と、各々が刺激を受け活性化させる切磋琢磨の場。大いなる覚醒であった。私もその中の一員として頑張ったといいことですね。大きな成果だったんじゃないかな。

霧多布岬にて
左3金子兜太・左5金子皆子（マスク姿）、
その後ろが青狼（サングラスして） 1996年6月10日

句集『幻日』の出版と宗左近賞受賞

俳句を始めてから約三十年過ぎた二〇一一年、第一句集『幻日』を上梓しました。実は五十代のうちに何とか形にしたいと随分前から考えていたのですが、踏み切るまでだいぶ時間がかかりました。句集名については、〈白鳥や幻日いまも蝦夷照らす〉から取りました。私が「海程」に参加した時、ちょうど阪口涯子さんの〈凍空に太陽三個死は一個〉という俳句に出会ったんですね、まあ、イコール幻日のことを書いているんです。その句を見た時に、やはり驚きました。私が表現する幻日そのものを〈太陽三個〉と言い切った表現に驚きました。新鮮な詩情を感じましたね。

然別湖にて兜太句碑〈初夏の月放ちてくちびる山幼し〉落成式
金子先生の前が青狼。　1998年6月7日

序文は金子先生にお願いするつもりでしたが、序文をお願いする人が多くて、やはり申し訳ない思いがありました。そこで、「海程」誌上で鑑賞して頂いた文章を使わせてほしいと思い、四句を選んで金子先生に許可をお願いする手紙を出しました。そうしたら、「おう、いいよ、順調に進んでいるみたいで、このまま使ってくれ。ただ一つ言葉が荒いところがあるので、加筆訂正するから」ということで、二回ぐらい訂正してもらいながら、使わせてもらったのです。

もう一人は森田緑郎先生です。「海程」の中で注目の論客の一人で、非常に俳論がシャープで説得力があり、しっかりしてると感じていて、「海程」の大会の時に、ぶしつけに質問したことがあるんです。それが縁で、いろいろと電話をくれてアドバイスをしてくれていましたので、跋文を森田先生にお願いしようと。ただ森田先生は途中で体調を悪くして、なかなか原稿が滞っていたんで、どうかなと思っていたんですけども、何とか書いていただきました。ようやく句集の出版にこぎつけたその年、三・一一の東日本大震災があって、どうなるのかなといろいろ心配してたんです。

「海程」創刊40周年記念大会懇親会にて秩父音頭を踊る
兜太先生の後ろが青狼　2002年5月4日

でも、最終的には、なんとかそれをくぐり抜けて、発刊ができました。

句集を送本して金子先生より、いち早く速達便で手紙が届きました。たまたま外出しており、妻からの携帯電話の知らせで、すぐに手紙を読んで聞かせてもらいました。

「『幻日』おめでとう。貴公の風貌をそのままに暗喩して宜ろし。青狼ここにあり、の感じですな。」の書き出しからの、師のやさしさあふれる言葉に胸が熱くなりました。そして文末には三・一一震災に触れ、「東北関東の大被災を目前にして生きています。年齢のことなんか言っておられません。元気に」の言葉に、生きるパワーを頂いた気がした。ありがたい人生の師でもあります。

そして、その年の六月十九日札幌で北海道現代俳句大会の講師として、「俺は行くんだけれども、青狼に会いたいな」と。要するに来いということです（笑）。それで、「海程」の釧路句会で一緒に勉強している釧路の仲間と金子先生に会いに行ったわけです。私は妻と千歳空港まで先生を迎えに行きました。眞土さんも一緒に同行されました。それで眞土さんと先生を乗せて、札幌のホテルまで行ったんです。

大会では先生が原稿なしで一時間半を喋り尽くしましたね。先生の記憶力の凄さと明晰な内容と話の面白

北海道現代俳句協会大会にて
左から　石川青狼・金子兜太・鈴木八駛郎　2011年6月

さにあらためて感心しました。来場の皆さんも私と同じ感じじゃないかな。懇親会が終わった後、タクシーで先生を乗せてホテルに送ったのですが、その時に先生が「青狼、お前とちょっと話したい」ということで、先生の部屋へ行きました。そこで初めて先生と二人で一時間半ぐらい、じっくりといろんな話をしたんです。私が一方的にベラベラと思いの丈を喋るんですけども、金子先生が目をつぶりながらじっと聞いてくれました。私の句集に関しても、すごく評価してくれました。そして「宗左近賞に青狼の句集を推薦しようと思う」というような話だったのですね。

その後、新潟の雪梁舎さんから宗左近賞にノミネートされているので、出席願いませんかと連絡があったんですが、ちょうど仕事で休みが取れず残念ながら欠席となりました。作品がどういう形で賞を決めるのかは、私は全く知らなくて、公開討論で選んでいたようです。後日、当日会場に行かれていた埼玉の鱸さんが、選考の様子の資料や写真を一冊の写真集にして送ってくれました。ありがたかったです。次の朝、早くに金子先生から電話が来まして、私まだ寝てたんです。妻

に「金子先生から電話ですよ」って、たたき起こされて、私が慌てて電話に出たら、「青狼、宗左近賞を取ったぞ、おめでとう。来れなかったんだな、飛行機便とれなかったのか」と言われました。私はもう本当に汗だくだくだったですね。金子先生に推薦されて、それがまな板に上がって、公開討論があって、結果、賞をいただいたということ。非常に感謝しています。
ただ、その会場に私が行かなかったことを非常に後悔しています。どんなことがあっても無理してでも行けばと。金子先生の何かごり押しで「青狼」の句集を持ち上げてくれたんじゃないかな。他の選考委員の先生方の話も聞きたかったですね。とにかく残念に思ってます。唯一金子先生に本当に申し訳ないことをしたと思っています。

現代俳句協会総会にて
左から　青狼、兜太　2017年3月

北海道を詠う金子先生の名句選

北海道新聞の「新・北のうた暦」というコラムがあって、私が毎週木曜日担当で、金子先生の北海道を詠んだ名句を紹介しています。

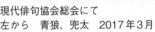

海とどまりわれら流れてゆきしかな
（「新・北のうた暦」２０１８年2月24日）

この句には、兜太の「定住漂泊」というメッセージが込められている。一九七一年、妻皆子と初めて北海道を旅し、オホーツクの海辺を歩く。海と別れを惜しみつつ、二人は「流れて」旅を続け、日常生活へと戻り、「定住」する。定住しつつ「漂泊」しているのが人生なのだと。この句と亡くなる前の九句の中の最後の二句〈河より掛け声さすらいの終わるその日〉〈日の柔ら歩ききれない遠い家〉は一貫して定住漂泊の中に込められている金子先生の一つの根幹を成しているという気がします。二〇一八年二月、兜太は永遠の漂泊の旅へと出かけた。そういう意味で非常に大事にしたいですね。

暴風雨原観望館の暗に伊富魚《いとう》
（「新・北のうた暦」2017年8月31日）

一九八九年八月、「第三回釧路湿原国立公園を詠う全国大会」の講師として釧路へ来る。次の日の台風の中、北斗湿原展望台での句。七・七・六音の破調であるが、湿原に吹き荒れる強風と雨を「暴風雨原」とダイナミックに切り取り、次の「観望館の暗」のカ音とンの韻の響き渡る音から、うす暗い館内のイトウへと視線を当てる映像は迫力がある。

河の歯ゆく朝から晩まで河の歯ゆく
（「新・北のうた暦」2019年2月21日）

この句は金子先生が北海道を旅して、札幌市内のホテルのレストランの窓から、豊平川の川面を眺めながら遅い昼食をとっていた時の句です。「川」ではなく、「河」と書いたのは、壮大なイメージを表現するためです。荒れ気味で白浪が立ち、つぎつぎ重なってゆく川波を「河の歯」と捉え、無常観も感じていた。

骨の鮭鴉もダケカンバも骨だ
（「新・北のうた暦」2019年9月26日）

一九七一年九月二十六日、兜太は妻皆子と釧路、阿寒、網走などを旅する。その時の一句です。すでに冬の気配を感じながら、白骨のような幹をさらすダケカンバや、冷えた空に骨を透かして飛ぶ鴉を目にし、川底に散乱する鮭の骨を想像する。荒涼とした原始の姿に、生あるものすべてが「骨」だと俳人は捉えた。悠遠な風景に触発されたのだろう。

こうして、北海道、釧路や道東一円を詠った「あおい熊」「骨の鮭」などの一連の作品は、風土感や、土地に住む人々への熱い思いが強く詠われ、釧路俳人とも深く交わったのです。また、海程新人賞と海程賞受賞時に〈あおい熊冷えた海には人の唄〉と〈馬遠し藻で陰洗う幼な妻〉の色紙をいただきました。私への労りも感じられ、嬉しく、額に入れて飾り、毎日眺めています。

こういう形でこれからも金子先生の北海道で詠まれた句に関しては、機会あるごとに、コラムなどでも書いていきたいと思っています。

原初の肉体の響き合う兜太俳句

兜太俳句には「エロチシズム」の俳句が多く見られます。たとえば、

最果ての赤鼻の赤魔羅の岩群

『蜿蜿』（昭和四十三年）

華麗な墓原女陰あらわに村眠り

『金子兜太句集』（昭和三十六年）

「赤魔羅」の句は、天をも突き刺すばかりに競い立つ岩の一群が、巨大に勃起する男根のイメージとなり、生き生きと光沢し、生命力を帯び、官能的です。まさに、ファリシズム「男根崇拝」的な、原始のエロスを現出させる最果ての岩群です。

また、〈女陰〉の句は、〈死〉の象徴である〈墓〉原だけが、華麗な村を対峙させ、〈生〉の頽廃的な、しかし生なエロスの世界は、まるで古代の開放的な村の夜這い慣習をも髣髴とさせる。男根のエネルギーすべてを飲み込んでしまうほどの呪力や生命の再誕までも表象する、あらわな「女陰」なのです。

なぜ、兜太は、ことさら性器をあらわにするのか。そこには兜太の俳句思念である「風土とは肉体なり」があり、俳句をあくまで生活の中の日常詩と捉え、人間臭い猥雑な庶民のエネルギーの世界にこそ、「いのち」の本源を見るからなのです。

〈土〉と〈体〉は兜太思考原点であり、そこにこそ原初の兜太のエロチシズムが隠されているのです。前置

きが随分長くなった。さあ、「兜太のエロチシズム」の執刀開始です。

新聞配りの階ゆく跫音妻撫す時

『少年』（昭和三十年）

まだ明けやらぬ早朝、朝刊を配る新聞配達の階段を駆け上がる跫音を聞きながら、布団の中で妻を愛撫する指。家という境界の外と内。労働する日常性と愛撫する非日常性の境界は、禁忌を犯す快楽的なイメージを掻き立て、至上へと導きます。

兜太三十代の、妻を犠牲《いけにえ》として捧げたエロスの賛歌です。しかし、愛撫する性的欲望の最終目標である性交による十全な肉体の開花を詠う、白眉な詩的円熟は、〈肛門の毛まで描く老ピカソ東に月〉の句を発表する、句集『遊牧集』（昭和五十六年）、兜太六十代の、肉体的老いの中より際立つエロチシズムを見るのです。

大紅梅人間二人肉重ね

『遊牧集』（昭和五十六年）

水の野を朝の雲過ぐああ開花

『〃』

〈大紅梅〉の句は、人間〈異性・同性〉二人の肉の交合の中に、人間愛の核を見る兜太の肉質に触れ、〈水の野〉の句の、朝の陽光を一面に浴びて、開花する花花は、あたかも限りなく自然と肉体の開花とを融合させた〈いのち〉のメタファーであり、兜太の内的エロチシズムの世界を垣間見ることができないであろうか。肉体が老いることにより、さらに旺盛な性欲を思考する詩的エロチシズムの開花です。

青年鹿を愛せり嵐の斜面にて

『金子兜太句集』（昭和三十六年）

この句を初めて目に触れた時の、震えるような愛の、純真で無垢な生命の交感に、しばし酔いしれていたのを覚えています。この句の中に私は心と肉体と神聖の合一なる甘美な、詩的エロチシズムの世界へ昇華させた兜太のナイーブな結晶を見るのです。嵐の丘の斜面に佇む青年。その青年に寄り添う牝鹿。青年が優しく牝鹿を撫でています。そして青年と牝鹿の視線は、遥かな嵐の彼方を見詰めています。

その映像の世界へ、祈禱のような唱和が流れ、私の世界へオーバーラップします。――上天より命《みこと》ありて生まれたる蒼き狼ありき。その妻なる惨白《なまじろ》き牝鹿ありき。大いなる湖を渡り来ぬ。オノン河の源なるブルカン岳に営盤して生まれたるバタチカンありき（井上靖『蒼き狼』より）。細く強靭な四肢をもった、逞しい青年の化身「蒼き狼」と、優しく美しい女性の化身「牝鹿」の愛の交配は、まさに神聖なエロチシズムを喚起させ、聖地の丘の嵐の斜面にて、優しくそして荒々しく、歓喜の叫びは嵐の風となり、二つの体からほとばしる汗は嵐の雨と融け合い、「小さな死」（オルガスムス）を迎え入れるのです。まさに交配は血の混じり。エロチシズムの原点、本能の呼び起こしです。動物と人間との境界は、性交の際、快楽を承知しない生殖の神聖さを持ち合わせていることです。

髪をなびかせ生殖急ぐ地平の馬

『蜿蜿』（昭和四十三年）

地上の楽園に、かつては日常的に繰り広げられた、種族保存本能による生殖活動。しかし地平の馬にも忍び寄る「種族」の危機。髪をなびかせ精悍な四肢にみなぎる「生」の躍動と、「死」を迎えるため生殖を急がねばならない野生の叫びが聞こえます。原始の時代、人間は動物の交尾を真似て、種族保存本能に及ぶ生殖活動とは別の、オルガスムスを感じたのではないかといわれます。兜太も生殖する馬を見て、原初のエロチシズムを体験し、謳歌しています。

涙なし蝶かんかんと触れ合いて

『暗緑地誌』（昭和四十七年）

「海程」二五二号にて、阪口涯子はこの句を兜太俳句の造型的世界の代表作として登場させ――この蝶は軽金属いや今日的に云えばトタン金属類の雄蝶、雌蝶が黒青色の宇宙に狂気のように触れ合い、愛しあっている。全く乾き切った非常の世界と云うより宇宙そのものが描き出されている。――と絶賛。兜太の蝶を人間と見なせば、ユートピアのエロスへ近づくのか。いや、決して兜太は非人間的な性愛を詠うのではありません。エクスタシーの絶頂期の表情は、あたかも真顔で、歓喜の涙も枯れ果てているとでもいいだけな兜太なのです。また〈谷に鯉もみ合う夜の歓喜かな〉と、生命《いのち》の混然となるエロスを披露するのです。

抱けば熟れいて夭夭《ようよう》の桃肩に昴《すばる》

『詩經國風』（昭和六十年）

この句は孔子が編んだ詩書『詩經國風』の桃夭の詩からの連想です。結婚しようとする少女を祝福している詩です。抱擁する女性の、若く熟したみずみずしい手の感触は、融けこむようなエロスの始まりを予感させ、おうし座にある星団昴は、さらに想像力を駆り立てる。

酒止めようかどの本能と遊ぼうか

『両神』（平成七年）

この句は兜太七十歳の作品。人間は本能が壊れてしまった動物ともいわれます。酒を飲み酔うことにより、本能を呼び起こし、時にエロスの扉を開けさせます。しかし、その酒を止めようとする行為は、本能を呼び起こす手段を一つ消すことです。

さあ、次に本能を目覚めさせる媚薬を探さなければ遊びの本源に到達はできません。〈遊び〉とは、エロスの純粋な追求であり、生き生きとできる愉悦の源です。

兜太は『兜太のつれづれ歳時記』の末尾で、人間（自分）の〈本能〉とは「エゴイズムの固まり」であり、「死を忘却し生の享受にのみ向かう軽薄」と云い、しかし、その中に、「生な生き方のいやらしさとともに、妙な美しさを覚え」そこに〈美しい本能〉を見ます。そして、人間の生への希求の自己矛盾（色と欲と権力との葛藤）は、「本能を深く温かく強く抑制する知性の豊かさこそ〈こころ〉の有りよう」と思い、本能の〈消滅〉死への恐れを吐露し、「長寿朦朧のなかで死にたい」と、願っています。その朦朧の深い沈黙の至上の瞬間まで、兜太の生《なま》なエロチシズムの世界は、亡くなった今もまだまだ続くのです。

金子先生を偲ぶ活動

二〇一八年二月二十日、金子先生が亡くなった後、北海道新聞の記者から、取材があって、金子先生の死をどういう形で知ったのか、それと金子先生に対してどう思ってますかと、コメントを求められました。訃報は、テレビと新聞で知りました。朝たまたまＮＨＫの七時のテレビニュースを見て、いきなり死去の報道に驚いて腰が抜けましたね。ショックを受けてポストからすぐ新聞を取り出して、金子先生の死を確認しました。その日たまたま用事で出かけてたんですが、そこに妻から「北海道新聞の方から取材をしたいという電話が来てます」と連絡があり、すぐ電話して取材に応じました。

その日の夕刊に掲載。「とにかく残念だ。大胆で豪快のイメージだが、細やかな気配りのある情の深い人だった。三十年前から金子さんに師事したが、人生の師といえる人。二〇一七年十一月に、東京で開かれた現代俳句協会の創立七〇周年記念式典でお会いした。（金子さんは）故郷の秩父音頭の歌も披露し、まだまだ元気だと思ったのに…。私の好きな〈梅咲いて庭中に青鮫が来ている〉という句があるが、最後に梅を見ることができたのだろうか」と。

続いて、二〇一八年三月二十八日、釧路中央図書館にて、「俳人金子兜太を語る会」の実行委員会を作り（釧路俳句連盟、東北海道現代俳句協会釧路ブロック共催）、「俳人金子兜太さんを偲ぶ」を開催し、六名の方に語ってもらった。私が金子兜太二十句を抄出し、朗読しました。そして「存在者・金子兜太」と題して一時間講演をしました。

その後、二〇一九年三月二十二日、東京の日比谷図書文化館で、金子先生のドキュメンタリー映画「天地悠々　兜太・俳句の一本道」を放映するという事で、見に行きました。ちょうどゲストトークで来ていた黒田杏子さんと途中ですれ違って挨拶をしましたら、檀上で「石川青狼が北海道から見に来ています」と紹介してくれたんです。ありがたかったですね。その映画を見た後、是非釧路でも上映したいと思いました。現代俳句協会に頼んで、何か窓口はないかと、調べてもらっていたら、黒田杏子さんが、ドキュメンタリー映画を製作した会社の小田部さんという方に連絡してくれてたんです。小田部さんから私の方に電話が来て、ぜひ釧路で上映しませんかということです。それで九月八日に釧路市生涯学習センター（東北海道現代俳句協会主催　釧路俳句連盟・霧幻後援）にて上映。放映後、私が主催者を代表して兜太師との思い出を語った。ただ、会場のハイビジョンシアターは定員七十名だったんですけども、補助椅子を出して八十名まで入りまして、大人気で大盛況でした。まだ入りきれない人もいたんですけれども、それ以上は入れないということで、お帰り願ったんですが、俳句を作る人だけではなくて、いろんな方たちが見に来てくれました。

現代俳句協会の創立七十周年記念式典で金子先生が秩父音頭を歌っている時の映像に、句友の松本勇二は向かい側にいたのでちゃんと映っていましたが、私は金子先生の前の方にいたので、ハゲ頭と眼鏡の一部が映っただけで、ちょっと悔しかったですけど（笑）、これを見ていてびっくりしちゃった。その会場で金子先生と一緒に時間を共有していたということはとてもありがたく懐かしく思いました。それと釧路の人たちに見てもらったことで、金子先生を、より身近に感じてもらえたのではないかと思っています。

金子先生から学んだもの

私が金子先生の弟子ということはよく承知されているんですが、最初の頃は、釧路俳壇から見ては孤立していたんですね。とくに青火先生に金子兜太のところで勉強したいと話した時、地方から中央に出ていってもなかなか活躍はできないから、しばらく釧路で頑張って、我々と一緒に俳句を作っていこうといわれました。それでも頑張ってみたいと話すと、青火先生は「守破離」という言葉を持ち出して、青狼は今まで「えぞにう」で勉強してくれた。そしてここから一歩殻を破って、新しい俳句を目指して金子先生のところに行くんだなと。

それで、私が釧路の俳壇としばらく断ち切れるんです。自分ではまったく気にしていなかったけれども孤立してたんですね。金子先生が釧路を訪れた後、私が飛行場へ見送りに行った時に、金子先生に「どうも、青狼が孤立しているよ」ということを耳打ちした方がいたようで、金子先生が私に「一人で頑張るだけじゃなくて、しっかり基盤を作って固めなさい。仲間を作りなさい」と忠告とアドバイスをしてくれたんです。ガーガーいうのもいいけど、やはり少しづつ融合していきなさいと。「少し大人になれ」といわれました。そこで私も現在のままではいけないと、少しずつスタンスを広めることが出来ました。おかげでいまは釧路俳壇の一員になれているつもりです。師のあたたかい教えのおかげです。

金子先生から学んだことと云えば、たとえば《古き良きものに現代を活かす》という、俳句に対する姿勢をきちんと示していることとか、《天人合一》とかの、天と人は一つになるっていう金子先生の一つのメッセージですね。それから定住漂泊、荒凡夫、アニミズム、生きもの感覚、存在者など、このへんのキャッチフレーズ的な言葉の深淵をしっかり繙いていきたいですね。弟子たちにそういう言葉を残すことによって、そこからおのおのが紡ぎ出していくっていうのかな。そういう言葉を発することが金子先生は実にうまいです。核心をついてるっていうことですね。そういう諸々を大きく学びました。最後に、何といっても、金子先生の肉体、体そのもの。それが人間としての大きな魅力です。大好きになっちゃうっていうか、人間金子兜太が好きだっていうことですね。俳句の師というよりは、人生の師と私は思っています。

おわりに

人生の手本となり限りない魅力に溢れる師に恵まれる事は、人の一生における大幸事である。金子先生と石川青狼氏との師弟関係は、正にその事を裏付けている。石川氏は金子先生の名句〈梅咲いて庭中に青鮫が来ている〉に出会い魅かれて、是非先生に師事したいと強く願い、幾たびも釧路から札幌へ講演に見えた先生を訪ね、夢を叶えた。以後、「海程」への投句はもとより、十和田湖錬句の会の参加、然別湖畔の兜太句碑〈初夏の月放ちてくちびる山幼し〉建立への立ち会い、東北海道現代俳句協会への関わり、更に師の推薦で石川氏が句集『幻日』により宗左近賞受賞等で、師弟の関係が益々深まった。

一方、石川氏も師亡き後、釧路でドキュメンタリー映画「天地悠々　兜太・俳句の一本道」の放映会を開いたり、記念講演を行ったりして、師の恩に報いる傍ら師の業績を偲ばれたことは感動的だ。「金子先生は俳句の師というよりは人生の師だ」という思いは私も同感だ。

董振華

石川青狼の兜太20句選

曼珠沙華どれも腹出し秩父の子　『少年』
水脈《みお》の果て炎天の墓碑を置きて去る　〃
銀行員等朝より螢光す烏賊のごとく　『金子兜太句集』
彎曲し火傷し爆心地のマラソン　〃
人体冷えて東北白い花盛り　『蜿蜿』
暗黒や関東平野に火事一つ　『暗緑地誌』
馬遠し藻で陰洗う幼な妻　『早春展墓』
海とどまりわれら流れてゆきしかな　〃
霧に白鳥白鳥に霧というべきか　『旅次抄録』
梅咲いて庭中に青鮫が来ている　『遊牧集』
猪《しし》が来て空気を食べる春の峠　『遊牧集』
夏の山国母いてわれを与太《よた》と言う　『皆之』
暴風雨原観望館の暗《あん》に伊富魚《いとう》　『両神』
酒止めようかどの本能と遊ぼうか　〃
よく眠る夢の枯野が青むまで　『東国抄』
おおかみに螢が一つ付いていた　〃
合歓の花君と別れてうろつくよ　『日常』
津波のあとに老女生きてあり死なぬ　『百年』
河より掛け声さすらいの終るその日　〃
陽の柔わら歩きされない遠い家　〃

石川青狼（いしかわ　せいろう）略年譜

昭和25（一九五〇）　北海道に生まれる。

昭和57（一九八二）　「えぞにう」（齋藤青火主幹）入会。

昭和63（一九八八）　「えぞにう」同人。

平成1（一九八九）　現代俳句協会会員、「海程」入会（金子兜太に師事）。

平成2（一九九〇）　海程釧路会代表「濃霧」発行編集人（二〇一三年一〇四号で休刊）。

平成5（一九九三）　『現代俳句と私性』（現代俳句協会）刊。

平成6（一九九四）　第二十一回「釧路春秋賞」受賞、第29回「海程新人賞」受賞、「海程」同人。

平成8（一九九六）　『シリーズ俳句世界Ⅰ　エロチシズム』兜太のエロチシズム・原初の肉体の響き合い（雄山閣出版）刊。

平成9（一九九七）　『21世紀俳句ガイダンス』（邑書林）、共著『海程新鋭集　第2集』（海程新社）刊。

平成10（一九九八）　「吟遊」（夏石番矢代表）創刊同人。

平成12（二〇〇〇）　『多言語版　吟遊俳句2000』（七月堂）刊。

平成18（二〇〇六）　第四回海程同人年間賞受賞、同年第四十二回「海程賞」受賞。

平成20（二〇〇八）　『日英対訳　21世紀俳句の時空』（永田書房）刊。

平成23（二〇一一）　三月、句集『幻日』（緑鯨社）、七月、北海道新聞（道新文化センター）俳句講師、同年、「霧幻」発行代表。

平成24（二〇一二）　第十三回宗左近俳句大賞受賞、同年第三十六回「釧路文学賞」受賞。

平成27（二〇一五）　三月現代俳句協会理事、『東日本大震災を詠む』（朝日新聞出版）他。

平成28（二〇一六）　四月釧路俳句連盟会長、六月、講演「私の中の青鮫―兜太のアニミズム的体感」（第二十四回東北海道現代俳句大会）。

平成29（二〇一七）　三月、北海道新聞「新北のうた暦」執筆中、四月から、武修館中学校教養講座講師。

平成30（二〇一八）　二月二十日金子兜太死去。「海程」七月号終刊。九月「海原」創刊同人。二月、東北海道現代俳句協会会長。三月、講演「存在者金子兜太を語る」釧路市中央図書館（釧路俳句連盟、東北海道現代俳句協会共催）。

第9章

松本勇二

（二〇二二年七月九日十六時　松山にて）

はじめに

一九九八年、「海程」の同人でもあった相原左義長氏が代表の「虎杖」創刊50周年記念日中文化交流訪中団が、北京、西安、上海などを訪問された。私はその時通訳と案内を務めた。そこで「虎杖」当月号をいただき、その中に松本勇二氏の作品が載っていたことから名前を覚えた。

また、同時期に「海程」誌では、私と同じ「海童集」に属していた松本氏とは、直接お会いしたことはなかったが、親しみを覚え、その作品を注目していた。のちに、私の句集の感想文をいただいたり、年賀状を交わしたりして交流を始めた。

今回、松本氏へのインタビューのために、私が松山へ赴き、そこで初めてお目にかかった。とても爽やかで、暖かい人情味を持つ方だと感じた。みずから運転して市内を案内して下さった後、氏の友人の喫茶店でゆっくりと楽しい語らいのひと時を過ごした。

董振華

兜太に師事し、「海程」に投句を始める

昭和五十八（一九八三）年、私が二十七歳の時、職場の上司の相原左義長先生に「俳句を作らないか」と誘われて、先生が代表とする「虎杖」に入会し、俳句を作り始めました。左義長先生からよく「俳句道即人間道」と教わりました。即ち俳句を書いていくことと人間として生きていくことは別物ではなく、全く同じ世界である、と解釈しています。左義長先生は「虎杖」に飽き足らず、「海程」の金子兜太先生に師事するから、みんなもそうしようというんで、「虎杖」の者がこぞって兜太先生の弟子入りをしたんですよ。私は少し遅れて、平成三年（一九九一）に「海程」に入って投句を開始したんです。

松山は俳句の源流のような町で、俳句作りがいつでも盛んです。兜太先生は講演とか、テレビの俳句番組の出演とかで、よく愛媛にいらしてたんです。私も兜太先生の出演する番組に二、三回出していただきました。そのとき、この先生かっこいいなあと思いました。

これがきっかけで、番組三回目でお目にかかった時、兜太先生に弟子入りしました。

　そして、何といっても、左義長先生が「愛媛県に現代俳句を！」を合言葉に「海程」へ私たちを導いていただいたことは大きな功績だと思います。お陰で、愛媛では味わえない、兜太の〈酒止めようかどの本能と遊ぼうか〉などの句をはじめ「海程」同人の新鮮な俳句にどんどん引き込まれてゆきました。

兜太の古希を祝う　松山にて
一列目右から　山本弥生・藤田敦子・金子兜太
後列右から　和田幸司・松本勇二・相原左義長・山本崇弘
1989年

「海程」全国大会に連続して二十五年も参加

　私が「海程」に入ってから三年目の平成五（一九九三）年、「海程」全国大会は松山の奥道後ホテルで開催されました。この松山鍊句の会をきっかけに、連続して二十五年間参加しております。松山大会は「堀葦男追悼大会」でもあり、私の「堀葦男逝きて南瓜の出来過ぎる」の追悼句を褒めていただいたことを懐かしく思い出します。以後の大会の見本となった大会でありましたが、左義長先生・玉乃井明さんの尽力なくして奥道後大会は語れないと今も思っています。

　翌年の福井大会で新人賞の水野真由美さん・石川青狼さんと初めてお目にかかりました。どちらも盟友となりましたが、新人賞受賞後の懇親会で着物姿の水野さんが歌った都はるみは今も鮮明に記憶しております。

海程全国大会in伊良湖大会にて　2003年5月24日

それ以後二泊三日の全国大会へ愛媛チームを編成し参加。少ない時は十四、五名、ピーク時には二十五名にも達しました。平均して毎回二十名は参加しています。このツアーを毎回依頼した伊予ツーリストさんには本当に世話になりましたね。中でも二〇〇五年の今治・松山大会の運営一切を仕切っていただき成功裡に終了したことは感謝に堪えません。二〇一七年の熊谷大会まで二十五年連続全日程に参加できたことは我ながら満足しています。相方の山内崇弘も全く同様の参加でした。他では富山大会の満点星のロッジ、松島大会のフェリーに群れるカモメ、父を四月亡くしながら参加した諏訪湖大会なども印象深く残っています。

　金子師はもちろんですが、諸先輩方にも俳句のお話をいろいろと伺いました。稲葉直さんの舌鋒鋭い俳論は素人の私を震え上がらせるに十分でした。阿部完市さんの鋭い目付きと決して褒めない句評、高橋たねをさんの飄々としながら核心を突く論法、奥山甲子男さんの野太い声の説法等々松本の俳句を大いに元気づけていただきました。そして現存の前川弘明、安西篤、森田緑郎、塩野谷仁、堀之内長一各氏からもいろいろと学ばせていただきました。中でも森田さんの論に大きく導かれ影響を受けていることをこの頃切に感じています。

兜太師から学んだことと「海程」三賞受賞

前にも言いましたが、平成元（一九八九）年に愛媛県現代俳句協会の組織確立のために兜太師ご夫妻と原子公平さんを松山にお招きしました。その時、原子さんを相原左義長先生が背負って宴会場へお連れしたことも懐かしく思い出します。それから兜太師ご夫妻は松山へ何度もお出かけ下さり、そのたびに勉強会を開き薫陶を受けました。皆子先生を宇和島市明浜町まで車でご案内し、その間にいろいろなお話を伺ったことも印象深い思い出となりました。その後ＮＨＫ「俳句王国」という番組でも師とお会いし、共演者に夏井いつきさんもいました。そこで平成三年左義長先生の推薦を得て、兜太先生に師事し、海程に投句を開始しました。

兜太師から学んだ事といえば、「俳句は感覚で書け」という言葉です。「松本、俳句は感覚だよ」って言っていただいたことは今も鮮明です。他にはアニミズムや、生きもの感覚などは特によく理解できた論でした。アニミズムは兜太師がはじめて言い出した言葉ではないと思いますが、どんなものにも魂がある、命があるという考えのもとで、俳句を書くということはとても大切だと思いました。

また、「造型俳句六章」は私には難しい理論でした。「創る自分を設定する」ここしか理解していないように思います。違う理解かもしれませんが、自分と俳句の間に創る自分を置くというのは、書き上げた俳句と自分自身の間に冷静なもう一人の自分を置いておくということかな、と勝手に解釈して、俳句を書いてきました。

「衆の歌」という言葉も覚えています。やはり兜太師があれだけの人気を得て、一大結社の隆盛をけん引したのは、前衛から衆を意識し始めた、前衛の旗手から降りて来たということが大きいのではと思っています。そこに女性が俳句を始めたことや朝日俳壇選者など重なって「海程」の隆盛を見ました。それに兜太師の人間性、俳句力に惹かれました。

こうして、兜太師からいろいろと学ぶ中で、一九九五年新人賞、一九九八年現代俳句協会新人賞佳作、一九九九年愛媛県現代俳句協会賞、二〇〇二年句集『直瀬』を刊行、二〇〇三年海程会賞、現代俳句協会新人賞、二〇〇五年海程賞をそれぞれ受賞しました。海程新人賞受賞時に兜太師から〈樹下の犀疾走も衝突も御免だ〉という自句を書かれた色紙をいただきました。

「海程」全国大会in今治・松山における海程賞受賞
今治国際ホテル　2005年

私は三十九歳で、「樹下の犀」は実に自分らしくて無性に嬉しかったです。そして、四十六歳で「海程会賞」をいただいたとき、兜太師から〈れんぎょうに巨鯨の影の月日かな〉という自句を書かれた色紙を贈られました。当時、三人の子育て真っ最中でして、巨鯨の影を自己に投影し、こじんまりせず大きく大きく、と言い聞かせながら俳句も仕事も子育てもやっていました。俳句に生かされていることを少なからず意識したのもこの頃であったように思いますね。この句を兜太師が書かれた年齢までまだ数年ありますが、師がこの句を与えてくれたことを噛みしめ、この句のようにスケールの大きな人間でありたいと思っていました。それから二年後、私が四十八歳の時、「海程賞」を受賞し、兜太師から〈おおかみに螢が一つ付いていた〉との自句を書かれた色紙をいただきました。「狼に螢」は生きた後に一閃の光を残せよ、と言われたようで、その後の生活に少なからぬ影響していると思われます。こうして、来し方の半分を俳句三句で生きてきたような、そうでないような不思議な気持ちです。

私の好きな兜太師の俳句

「海程」全国大会in今治・松山における当日賞受賞
道後館にて　2005年

三賞受賞時の賞品として頂いた色紙に書かれた師の三句を含めて、師の八十年の俳句生涯に書いた俳句を順追って取り上げて鑑賞してみたい、また、その中で諧謔（滑稽）性の句についても触れられればと思います。

水脈《みお》の果て炎天の墓碑を置きて去る　『少年』
死にし骨は海に捨つべし沢庵噛む　『〃』

海軍主計中尉としてトラック島に赴任し、終戦まで多数の死者を目にしました。一句目は報告句ですが二四歳で赴任し多くの死者を見た兜太の弔いの気持ちが書かせた一句です。二句目は悲しんで無いようにも読めますが、死への或いは戦争への怒りが沢庵をバリバリ噛ませていると取ることができます。二句とも定型を意識していないが、固有のリズム感で読者にインパクトを与えます。

きよお！と喚いてこの汽車はゆく新緑の夜中　『少年』
原爆許すまじ蟹かつかつと瓦礫歩む　『〃』

海程全国大会in高野山にて　2008年5月17日

どちらも人口に膾炙している句なので妙な解釈は不要でありましょう。前衛俳句と呼ばれたころの句ですが体から言葉が出ているので迫力があります。兜太は「しゃぶる」という言葉をよく使いました。季語でも、言語でも徹底的にしゃぶり尽さないと体に入らない。と解釈しております。この季語だからこの季語で、などと安易に俳句を書いているな、と自分自身反省しております。

銀行員等朝より螢光す烏賊のごとく　『金子兜太句集』

彎曲し火傷し爆心地のマラソン　『〃』

一句目は日銀神戸支店、二句目は同長崎支店勤務時代です。蛍光灯の下で朝から忙しく働く同僚を見て、数日前に見たホタルイカのように蛍光して見えた、とどこかに書いておりました。兜太の「人間の存在を書く」がこの句に表れています。存在を書くとユーモアが自然に出てくることがありますが、そういう句であると考えています。二句目は、彎曲し、がなかなか決まらず辞書を繰っていてこの言葉に会えたそうです。言葉はどんどん降ってくるように感じる兜太も大いに推敲していたということです。

無神の旅あかつき岬をマッチで燃し　『蜿蜿』

霧の村石を投《ほう》らば父母散らん　『〃』

映像を見せろ、と全国大会の講評などでよくお話されました。岬をマッチで燃やす、という壮大な映像が

海程全国大会in広島にて　2011年5月21日

無神の旅という場面設定も相俟ってイメージとして見えてきます。二句目も大きな石を投げられ父母が飛び散るという、絵本の中の挿絵のような映像を見てしまいます。霧に閉じ込められた村というのも童話的効果を増長しています。

俳句総合誌で兜太の一句、のような特集を亡くなられた後やっていました。そして、

おおかみに螢が一つ付いていた　『東国抄』

が最も票を集めていました。この狼の句こそ映像性を獲得した代表句であろうと思います。『蜿蜿』から『東国抄』まで三十三年経っていますが「映像性の獲得」を生涯求められたと思っております。

谷に鯉もみ合う夜の歓喜かな　『暗緑地誌』
二十のテレビにスタートダッシュの黒人ばかり　『〃』

前衛と呼ばれた兜太ですが、この句集くらいから「衆」を意識し始めます。「衆の詩」を発表したのも当該句集発表二年後の一九七四年です。一句目は夜、谷

海程全国大会in広島　ANAクラウンプラザホテル広島にて
兜太師を囲んで　2011年5月11日

で鯉がもみ合っていると書きながら、性的な読みをされる句でもあります。魚類の繁殖行動を描きながら「歓喜かな」と歌い上げることで鯉に限らない雰囲気を醸しているからでしょう。二句目は晩年多用した即興への初期作品と思っております。テレビ売り場の多くの画面に流れるスタートダッシュの場面を誰もが一瞬にして浮かべることができます。兜太の厚みが増してくる時代です。

骨の鮭鴉もダケカンバも骨だ　『早春展墓』
髭のびててっぺん薄き自然かな　『狡童』

「旅」の章で鮭の句が六句並ぶ最後の句です。北海道の旅の句ですが、何の衒いもなく言い切る兜太の強さをいつも思う一句です。インパクトの凄さを味わえばよい句と考えます。二句目は兜太自身を自虐的に書いてユーモア溢れる一句です。筆者も「てっぺん薄き」ですがなかなかこうは書けません。

霧に白鳥白鳥に霧というべきか　『旅次抄録』

句集名通り旅の句で「白鳥・九重」と章立てされた中の一句です。よく色紙に揮毫され本人お気に入りの句でもあります。「松本、俳句は感覚だよ」とよく言っていただきましたが、この語順を思いつけるのが感覚であろうと思っております。

梅咲いて庭中に青鮫が来ている　『遊牧集』

遊牧のごとし十二輛編成列車　『〃』

海程50周年記念大会
京王プラザホテルにて　兜太師とツーショット　2012年5月28日

当句集を編むにあたって「毎日の暮らしのなかでできた句を選ぶこととした」と、あとがきにあります。その毎日の暮らしのなかで梅が咲いたことを契機に青鮫が庭中に来た、と書いています。「これが先生の日常ですか」とツッコミたくなりますが、創造力を称えるしかありません。春が来た昂揚感が青鮫を現出させたと解釈しています。ご自宅を訪問した時に「この庭に青鮫がきたのか」と感心したのが昨日のことのようです。二句目は句集名となった句です。日常の電車にのりながら遊牧へ思いを飛ばす、豊かな詩精神を思うばかりです。

麒麟《きりん》の脚《あし》のごとき恵みよ夏の人　『詩經國風』

麦秋の夜は黒焦げ黒焦げあるな　『〃』

『詩經國風』は中国、周の時代に孔子によって編まれた極東最古の詩集です。これを「一茶のようにこの詩集を発想源とするのではなく、狙いは言葉にある。句づくりを通して言葉をしゃぶってみたかった」とあとがきにあります。しゃぶるうちに口を突いて出たのが一句目で、読むたびに優雅な気持ちになります。二句目は「日本列島の東国秩父二一句」にあります。兜太自身がぶつぶつ呟いているような句で、このとぼけた感じに吸引力があります。

牛蛙ぐわぐわ鳴くよぐわぐわ　『皆之』

畳句ではこの句も有名です。「小児的語彙であるオノマトペの愛用は、まずは山頭火由来で、重ねて一茶を学んだ成果である。」と井口時男著『金子兜太　俳句を生きた表現者』（藤原書店）にあります。

れんぎょうに巨鯨の影の月日かな　『皆之』
冬眠の蝮のほかは寝息なし　『〃』

「海程」終刊時の特集「忘れ得ぬ一句」で取り上げました。感覚でつないだ壮大な二物配合の句であります。子育て真っ盛りの時期に頂いた色紙が当該句であり「俳句も仕事も子育ても大きく大きく」と励まされた感慨深い一句です。二句目は「生きもの感覚」を唱えられ始めた頃の作品で、蝮の寝息にまで感応しています。「人間も生きもの、あらゆる生きものに情《こころ》を向けよ」と教えられました。

酒止めようかどの本能と遊ぼうか　『両神』
二階に漱石一階に子規秋の蜂　『〃』
長生きの朧のなかの眼玉かな　『〃』

「即興ということについて大いに得るところがあった。即興の句には対象との生きた交感がある。」とあとがきにあります。酒止めようかの句は、七十代後半を迎えての昂揚感の発露ではないかと思っています。二句目は、愚陀仏庵を訪ねた時の即吟です。「秋の蜂」との「生きた交感」がこの句を高めています。三句目は当該句集の最高傑作と思います。目玉に焦点を当てつつ生きている自己を凝視しています。老練に加え柔軟性を増してくる兜太でありました。

よく眠る夢の枯野が青むまで　『東国抄』
じつによく泣く赤ん坊さくら五分　『〃』

有馬記念という一団の馬たち　『〃』

芭蕉の〈旅に病んで夢は枯野をかけめぐる〉を彷彿とさせる一句目は先の〈おおかみに螢が一つ付いていた〉の句とともに兜太絶唱句と思っています。大会でも朝はとてつもなくゆっくりされて会場に姿を現しました。筆者は「枯野が青むまで」眠っておられたんだなと独りごちておりました。二句目は八木健氏司会の俳句番組に出るための松山行き機内での出来事です。空港にお迎えした時「ずっと赤ん坊が泣いていた」と話されていました。見事な即吟です。三句目は即吟に映像性が加わった句で、この大きな把握こそ兜太最大の能力ではないかと思っております。あとがきに「とにかく、わたしはまだ過程にある」と書く、八十二歳当時の兜太でありました。

海程全国大会in長崎
ANAクラウンプラザ長崎グラバーヒルにて　兜太師を囲んで
2013年5月25日

長寿の母うんこのようにわれを産みぬ　『日常』
いのちと言えば若き雄鹿のふぐり楽し　『〃』

生前に出された最後の句集です。「アニミズムということを本気で思っている」とあとがきにあります。九十歳の句集にある句とは思えませんがこれが兜太です。兜太には、ふぐり、陰、肛門、摩羅、童貞、など猥雑な語を使った句は多数ありますが、ここまで取り上げずにきました。このような句を井口時男氏は先の書籍で「知性を介さぬ『非知』のおかしさ（滑稽）である。」と書き、兜太の行き着いた所とも書いておられます。私も首肯します。

河より掛け声さすらいの終るその日　『百年』
陽の柔わら歩ききれない遠い家　『〃』

兜太一周忌に出された句集です。掲句は亡くなる二週間ほど前に書かれた九句のうちの最後の二句です。終焉を予見しているような句で凄味があります。

前衛からアニミズムまで思うままに自由に書き続けられた師・金子兜太でありました。

心に残る師の言葉と「虎杖」復刊

「石楠」を主宰した臼田亜浪の高弟であった川本臥風氏が昭和二十五（一九五〇）年に「虎杖」を創刊されました。その後大野岬歩、中矢荻風、相原左義長各氏が代表を引き継いで来られました。しかし、平成二十二（二〇一〇）年十二月七二〇号をもって一旦終刊しました。私は二〇〇二年に「虎杖」の副編集長を務め、二〇〇四年から二〇一〇年「虎杖」終刊まで編集長を務めました。「虎杖」終刊に際し、相原左義長代表は特に後継を指名しませんでした。「お前がやれ」って左義長先生が言わなかったんです。なぜかといえば、それはおそらく、私からやりたいって言わせようとしたんだと思うんですけど、私も自分から言うと、しんどくなるし、大変だな、というのがあります。だから、「海程」一本でやればいい、と決めていました。

しかし、終刊直前のある夜、私の家の電話が鳴り響きました。受話器を取ると「金子だ！」といつものぶっきらぼうで野太い師の声。そしていきなり「松本が『虎杖』をやってくれ！」という言葉を叩きつけられました。兜太師は「虎杖」は継続するものと思っておられ、「愛媛の人たちを松本が指導した上で、俳句を出してきてくれ」と続けられました。嬉しかったですが、勤務や生家の農業などの多忙に押し切られ「やります」とすぐ応えられなかった。夏井いつきさんは学校の先生を辞めて、俳句に専念したんですけど、僕は本業は現在の仕事で、俳句はそれと並行にある世界だと思ってやってきました。忸怩たる思いのまま時が過ぎました。

二〇一七年熊谷で開催した「海程」全国大会の時、兜太師は二〇一八年に「海程」を終刊すると発表しました。当時、兜太師に憧れて「海程」に入った愛媛の同人やもともとの虎杖の会員諸氏から「虎杖復刊」の声が上がりました。もう一度「虎杖」をやるにはかなりのエネルギーが必要だなと思い、あれこれ悩みました。めまいがするようになりました。あの時はおそらく自律神経をやられる寸前ではなかったかと思います。そんなある日、突然「三年やってみて駄目だったら止めたらええやん」という言葉が頭を巡りました。「あこれだな」と思ってからは、俄然元気と勇気が出てきて復刊手続きに着手しました。

準備万端整ったところで、二〇一八年二月十五日「虎杖」復刊・代表を決意したこと、仲間も集まったことなどを認めた手紙を兜太師に出しました。しかし、その五日後に師は他界されました。結局「松本がやります」をお伝え出来ませんでした。これだけが私の心残りです。

現在、「虎杖」の会員は五十名くらい、年を取って辞める方もいますが、大学を出ただけの会員が二、三人入ってきたりもしてくれています。当初「三年やって駄目だったら止めるぞ」と思ってましたが、何とか軌道に乗りましたし、今年五年目に入りました。今後も兜太師や左義長先生のご期待に応えられるように微力ながら頑張っていこうと思っています。

おわりに

　熟慮の上、行動を起こす者は叡智に富み魅力的である。松本勇二氏はその代表者だ。一九九一年、松山で収録するＮＨＫの俳句番組に出演し氏は初めて金子先生と出会ったが、直ぐには師事したいと言わなかった。番組三回目の時先生に弟子入りを志願し許された。また、一九八九年、「虎杖」を主宰する相原左義長氏が金子先生に憧れ、弟子全員を連れて金子先生に師事し「海程」に参加したが、松本氏は遅れて二年後の一九九一年に初めて「海程」に投句。一度決意したら最後まで貫くのが氏の真骨頂。「海程」に在籍して二十七年間、「海程」の全国大会に連続して二十五回参加。

　二〇一〇年相原左義長氏亡き後、金子先生から「松本が『虎杖』をやってくれ」と電話を頂いたが、現役のためすぐには先生の言葉に応えられなかった。それでも八年後「虎杖」復刊と代表就任を決意できたのは、真に素晴らしい決断だ。「兜太師から学んだことは、俳句は感覚で書け」と語る氏の誇らしき表情はとても印象的だった。

董振華

松本勇二の兜太20句選

水脈《みお》の果て炎天の墓碑を置きて去る 『少年』
死にし骨は海に捨つべし沢庵噛む 『〃』
きよお！と喚いてこの汽車はゆく新緑の夜中 『〃』
原爆許すまじ蟹かつかつと瓦礫歩む 『〃』
銀行員等朝より螢光す烏賊のごとく 『金子兜太句集』
彎曲し火傷し爆心地のマラソン 『〃』
霧の村石を投《ほう》らば父母散らん 『蜿蜿』
谷に鯉もみ合う夜の歓喜かな 『暗緑地誌』
二十のテレビにスタートダッシュの黒人ばかり 『〃』
霧に白鳥白鳥に霧というべきか 『旅次抄録』
梅咲いて庭中に青鮫が来ている 『遊牧集』
麦秋の夜は黒焦げ黒焦げあるな 『詩經國風』
れんぎょうに巨鯨の影の月日かな 『皆之』
冬眠の蝮のほかは寝息なし 『〃』
長生きの朧のなかの眼玉かな 『両神』
樹下の犀疾走も衝突も御免だ 『〃』
おおかみに螢が一つ付いていた 『東国抄』
有馬記念という一団の馬たち 『〃』
河より掛け声さすらいの終るその日 『百年』
陽の柔わら歩ききれない遠い家 『〃』

松本勇二（まつもと　ゆうじ）略年譜

昭和31（一九五六）　愛媛県に生れる。

昭和58（一九八三）　「虎杖」入会。

平成3（一九九一）　「海程」投句開始、「虎杖」賞受賞。

平成4（一九九二）　現代俳句協会会員。

平成7（一九九五）　第三十回海程新人賞受賞。

平成10（一九九八）　第十六回現代俳句協会新人賞佳作。

平成11（一九九九）　愛媛県現代俳句協会賞受賞、松山俳句協会評議員（二〇一〇年まで）。

平成12（二〇〇〇）　愛媛県俳句協会理事（二〇一〇年まで）。

平成14（二〇〇二）　句集『直瀬』刊、「虎杖」副編集長（二〇〇四年まで）。

平成15（二〇〇三）　第二十一回現代俳句新人賞受賞、第四回海程会賞受賞。

平成16（二〇〇四）　「虎杖」編集長二〇一〇年休刊。

平成17（二〇〇五）　愛媛県文化協会奨励賞受賞、第四十一回海程賞受賞。

平成18（二〇〇六）　愛媛県現代俳句協会副会長（二〇一二年まで）。

平成24（二〇一二）　愛媛県現代俳句協会会長、子規記念博物館友の会理事。

平成29（二〇一七）　愛媛県俳句協会理事（二〇一八年まで）、愛媛新聞カルチャー教室講師。

平成30（二〇一八）　「海程」後継誌「海原」同人、愛媛県俳句協会会長、「虎杖」復刊・代表。

令和2（二〇二〇）　愛媛県文化協会副会長。

第10章 野﨑憲子

（二〇二二年七月十日十三時　香川にて）

はじめに

野﨑憲子氏とは「海程」創刊五十周年記念大会で初めてお目にかかった。朗らかで優しく、俳句に燃えるような情熱を持つ方という印象だった。

二〇一三年、句集『源』を贈っていただいた。作品はもちろんのこと、帯文に金子先生が野﨑氏の〈朝霧はやし源へ還るかな〉句に対して、「〈源〉を天然の底知れぬ起源と受け取る。〈はやし〉の生動感がその大きさを生み出している」という評から野﨑氏の句の幽遠さを感じた。

のちに、私も自分の句集や中国語に翻訳して中国で出版した金子先生の本などを送ったり、手紙や年賀状をやりとりして、正式な交流が始まった。

今回、高松へ伺い、「兜太を語る」のインタビューの後、自ら運転して、四国最南端の高知県足摺岬まで日帰りで案内してくださったことが誠にありがたく美しき思い出となった。

董　振華

俳句を独学から兜太に師事し「海程」へ

一九五三年生まれの私が俳句を創るようになったのは、一九九三（平成五）年頃です。私の周りには俳句に親しむ人は居ませんでした。因みに、卒論のゼミもマルクス経済学です。私は、ひょんなことから実家近くの遠洋鮭鱒秋刀魚漁網元の三代目に嫁ぎました。夫は、船員さんと一緒に船に乗って出かけるので、年に三か月ほど家に居る状態。最初から、義父母との同居でした。私の実家は下駄屋で、伯父が、ブーゲンビル島で戦死し、末っ子の母が跡を継ぎました。父は公務員でした。生活環境の違いなど全く考えず新生活に飛び込んだわけです。やがて四人の子を授かり、第一子が小学校高学年の頃、徐々に、学校へ行けなくなってしまったんです。片田舎の漁師街なので、不登校は珍しかった。義父母は善い人たちでしたが、昔気質で、私は家事一切を任されながら、肝っ玉母さんには程遠い、不安と暗中模索の中で、子育てをしていました。

そんな時、加藤楸邨の〈木の葉ふりやまずいそぐな

いそぐなよ〉の句に出逢ったんです。まるで漆黒のトンネルに一閃の光が差し込んだような気持ちになりました。この句に、うねるような底力を爆発的に感じ、音読するほどに奇跡の様な元気が湧いてきたんです。これこそ真言だと思いました。

私は、子供の頃から、いつも心のどこかにぽっかり穴が空いていて、教室の窓の向こうの雲を見つめてばかりの窓際族でした。担任も持て余し気味の生徒だったんです。ただ詩や、哲学や、宗教の本を読むのが好きでした。先の楸邨の句に巡りあった頃は、芭蕉に興味を持ち、楸邨著『芭蕉全句』（筑摩書房刊）を子供たちが寝静まった後、愛読していましたね。芭蕉の事は、学生時代に読んだ岡潔著『日本のこころ（講談社文庫）』で岡さんが連句を「情緒の調和」として捉え、『猿蓑』の〈市中の巻〉を紹介していたのが印象深く残っていました。そして岡さんが巻かれていた歌仙が、とても新鮮だった。同時に、岡さんは、若き日に、フランスへの留学を終えて帰国後一年をかけて蕉門俳諧を片っ端から調べた事。その後、数学の研究にとりかかり、世界の三大難問と言われたものを二十年ほどかけ、全部ひとりで解いた事も知りました。それは、『「芭蕉」の奥へ！』の飽くなき挑戦の結晶だと私は思いました。その頃から芭蕉の不思議な、わからなさが増幅し気になってしかたがなかったんです。

そして、楸邨の〈木の葉ふりやまずいそぐないそぐなよ〉の句は、私に実作を促してくれました。朝日俳壇への投句を始めたんです。投句するなら朝日俳壇だとの思いが強かったからです。

朝日俳壇の初入選は飴山實選〈鯨塚浜昼顔の咲くばかり〉という句でした。ほどなく〈まんじゆしやげ睫毛まつげのまばたけり〉で金子兜太選の上位入選に入り、その評に一目惚れして、金子兜太主宰の「海程」に入会しました。朝日俳壇初巻頭句は川崎展宏選〈戦争がうすく目をあけ曼珠沙華〉です。朝日俳壇賞受賞作となった〈霧深し瀬戸大橋は天の川〉は金子兜太と川崎展宏の共選でした。四国霊場八十八番札所大窪寺にある「原爆の火」の前で詠んだ長谷川櫂選巻頭句〈蜂ひとつ原爆の火を守りゐる〉や、稲畑汀子選〈ひとつだけはなれておたまじやくしかな〉も忘れ難い句です。

「海程」秩父俳句道場にて

初めて「海程」秩父俳句道場に参加したのは、平成十年（一九九八年）の春です。道場は桜の季節と楓の季節の年二回、開催でした。子供を置いての秩父行を、後年、NHKカルチャー高松の俳句講座を担当し始めた頃、受講生の方に「先生は、子供を四人も家に置いて、道場や全国大会に行く事ができましたね。どういう状況だったんですか？」と、尋ねられました。さもありなんです。ただ、その頃の私は、表現するという魂の突破口を俳句に痛烈に感じていて、俳句道場へ行かないでは居られない状態でした。義父母の方も、私が、数日家を留守にすることが、お互いの息抜きになるという思いがあって、毎回、快く出してくれました。それから、朝日俳壇賞や海程の賞をいただくにつれ、だんだん家族揃って応援してくれるようになりました。

ここで、ちょっと脱線しますが、このNHKカルチャー高松俳句講座誕生の秘話があります。『金子兜太戦後俳句日記2（白水社刊）』に拠りますと…、平成五年（一九九三年）六月十五日（火）高松小雨。山頭火について喋る。ホテル内の部屋がいっぱい。百二十名くらいとか。丁度よい。NHKセンター高松開局一周年記念講演会なので、多くせず、少ないのは困る。という計画を充たしていたようだ。沖津支局長も満足の様子。たまきを講師にしてくれそう。

爾後、「海程」同人だった、たまきみのるさんが俳句講座の講師になりました。その後、津田将也さんへ。三年前、体調を崩された津田さんから私にバトンが渡されたんです。良き勉強の場をいただけたと嬉しかった。講座は、兜太先生の目指された「俳諧自由」に因み、「自由に俳句」と名付け、句会形式の講座にしました。かつて、武田伸一「海原」（「海程」後継誌）発行人が開講していた「海程」関西スクールの受講経験を活かし、その様式を踏襲させていただきました。とても充実した楽しい俳句講座になっていると思います。兜太先生と、武田さん、たまきさん、津田さんのお陰様です。

話を戻します。俳句道場初参加の時の行程は、高松駅発東京駅行の夜行高速バス「ドリーム号」に乗り、東京駅から山手線で池袋駅へ。そこから西部秩父線の特急「レッドアロー号」で西武秩父駅へ、駅では堀之内長一（「海原」編集長）さんが「海程」誌を高く掲げ満面の笑みで立っていました。初めて逢った「海程人」です。異星人のような不思議な爽やかさに圧倒されましたね。

俳句道場は、そのころ、秩父高原の「民宿きりしま」で開催されていました。先生と初めてお目にかかったのは、一日目の夕食会です。以後、兜太先生を師と呼ばせていただきます。元気の塊のような虹色のオーラが師を包み込んでいました。師の奥様の皆子先生のご病気が発見された頃だったかと思います。ご挨拶の中、奥様のご病状を、お顔を曇らせながら話されていたのを覚えています。

何とか念願の道場に辿り着いたのはいいんですが、私は、長距離の移動と出発前の雑事で疲れ果て、道場初日の夜、体調を崩してしまったんです。手が黄色いので黄疸じゃないかと心配をおかけして、師の弟の千侍先生の病院へ連れていこう、という話も出ていたとか。その時は言えなかったのですが、私は、冬になると好物の蜜柑をたくさん食べるので色素沈着して手がいつも黄色いのです（笑）。師を始め、「海程」秩父俳句道場の、どなたも、とても優しかった。お陰様で、一晩で元気を取り戻しました。

道場での二泊三日の勉強会は、まさに異時空間へ迷い込んだようでした。句一覧を見て、ぞくぞくしつつも、すっと共鳴できる句が皆無に近く、少しも眠れずに宿のベランダから秩父連山を望みながら浮かんだ句が〈わが知らぬ言葉ばかりや百千鳥〉でした。早朝の空気がとにかく美味しかった。

猪《しし》が来て空気を食べる春の峠　『遊牧集』

師の作品の峠の猪君をグッと身近に感じる瞬間でした。

俳句道場の会場は、その後、上長瀞駅近くの養浩亭に変わります。こちらは荒川上流で、荒川ライン下りの遊覧船が時折過ぎる川岸には緑泥片岩の奇岩があちこちにあり、なかでも虎石という巨岩は、今も時折夢に出てまいります。宮沢賢治の『つくづくと「粋なもやうの博多帯」荒川ぎしの片岩のいろ』の歌碑が会場横の駐車場近くに建てられていましたね。私は、句会の合間に、歌碑の横を通って川岸に降りては、巨岩に腰かけ荒川を眺めるのが好きでした。スミレの花があちこちに咲いていていましたっけ。

会場の入口には、兜太師と師の中学の同級生であった養浩亭のご主人の笑顔のツーショットが飾られ、とても和やかな雰囲気の明るい空間でした。私が参加したばかり頃の、道場の幹事は、遠藤秀子さん。俳句はもちろんのことブログも写真もプロ級の腕前でした。その後、宮崎斗士さんに変わり、句会に若さとスピード感が加わりました。寄居に住む鈴木孝信さんも毎回お手伝いに来てくださっていましたね。後年、ゲストを迎えるようになり、宮崎さんと彼の奥様の芹沢愛子さんを中心に句会後の懇親会も賑やかでした。宇多喜代子さんは、ゲストでいらして道場が気に入り、その後、何度か、一般参加されていましたよ。懇親会でも楽しくお話をしてくださいました。

道場での私は、なかなか師の選に入れず、いつかの回には、全ボツで、最後の全句講評の時に「野崎君はもう来なくてよろしい」と言われました。お先真暗な思いで香川に帰り、もくもくと朝日俳壇に投句を続けていると、ひょいと巻頭句。その師の評に、俄然、勇気百万倍。また、道場に行きたくてたまらなくなってしまったり……。(笑)

滅多になかったことですが、私が特選句連発の回の全句講評での師の一言は「野崎君、今回は、どうしたんだい(笑)？　気を付けて帰れよ！」でした。ユーモアに溢れ、楽しくて笑いの絶えない道場でしたね。選句用紙には問題句〈P〉の記入欄もあり、句稿を見ては侃々諤々の熱い合評の渦が、師を囲んで何度も何度も生まれました。今回の師の作品二十句選の最後に選ばせていただいた、

言霊の脊梁山脈のさくら　『日常』

を句稿に見つけた時は、この道場のことだと鳥肌が立ちましたね。そしていつの間にか道場を心の古里のように思い始めている自分に気付きました。幼い頃より求めていた何かがここに在ると思いました。それが、

後に、師の説く「いのちの空間」であるとわかるのですが、これは今からお話しします。

比叡山勉強会の帰り、浮御堂にて
左から　金子兜太・野﨑憲子・小林寿美子・伊藤二朗　2003年

兜太師と「いのちの空間」

「海程」比叡山勉強会は、比叡山会館（リニューアル中は麓の寺院）を会場に、平成十三（二〇〇一）年から毎年九月に開催され十年間続いたんです。因みに、第一回の勉強会の年には、安西篤（「海原」代表）著『金子兜太』（海程新社刊）が刊行されました。師の思想や来し方を学ぶ絶好の書で、私も座右に置き折に触れ繙いています。

勉強会は、矢野千代子さんを中心に関西の若手がスタッフとしてサポートしていました。私も、五年目頃から、スタッフの一員にさせてもらいました。爽やかなとても楽しい舞台裏でしたね。その時の仲間の多くが、今は「海程香川」の大切な連衆です。

勉強会には、初回から参加しました。師が指導されるので、関西の仲間を中心に東北、関東、東海、北陸、中国、四国、九州、ときには北米から、毎回六十名を超える方々が比叡山へ集まりました。私は、最初の頃は、勉強会の前日に宿を取り、竹生島や、幻住庵、石山寺などの吟行を楽しみました。勉強会初日の朝は、いつも、膳所の義仲寺の芭蕉のお墓にお参りし、その足で琵琶湖へ行き、湖を眺めてから京阪膳所駅へ、坂本比叡山口駅まで電車に乗り、そこからケーブルで比叡山へ向かったものです。

あれは確か、三回目の勉強会の帰りでした。私は、京都駅発高松駅行の高速バスの最終便に乗るので少し時間があるからと、路線バスで浮御堂へ向かいました。バス停で降りたところへ、目の前に乗用車が止まり、勉強会の世話人の伊藤二朗さんと小林寿美子さんの後から何と師が降りていらっしゃったんです。師が浮御堂へ寄られると聞いていなかったのでびっくりしました。私は軽く挨拶をして独り浮御堂から琵琶湖を観ていますと横に師がいらしたんです。そんなに長い時間ではなかったと思うのですが、その時のことは昨日のことのように覚えていますね。先ず、師の現れ方のいきなり感が空海に似ているってお話すると、嬉しそうに微笑みながら「そうか！」と一言。私は、沖の方に見える竹生島に、勉強会の前日に訪れた事、私の住む町にある四国霊場八十六番札所志度寺縁起の「海女の玉取」の話なども少し。そして、ヒロインの海女が恋人である藤原不比等の為に龍神から奪還したという伝説の宝珠を竹生島の宝物殿で見つけたことも……。師は、琵琶湖をじっと眺めながら静かに私のお喋りを聞いてくだっていました。そして「琵琶湖を観ていると〈いのちの空間〉という言葉が浮かぶ。これをわかっている人は少ない。現世も他界も含んだ生きとし生けるものの空間だ。そこには縄張りも国境も何もない。そこから出て来る俳句が良い」と、ご自身にも語り掛ける様な口調ではっきりと話されました。「俳句は理屈じゃないんだよ」とも。それから師は伊藤さんの車に向かう道すがら「らんこう（高桑闌更？）」と呟かれた事、これは、謎なのですが、今は聞く術もありません。何かが見えていらしたのかも知れませんね。師が車に乗り込む時にご挨拶を申し上げますと私の名前を確認するように「野﨑君、野﨑君だね」と二度、呟かれました。「いのちの空間」という言葉は、その時から私の心の奥に深く刻まれています。

余談ですが、ちょうどその年の勉強会に来ていた、福岡の伊佐利子さんから、「野﨑さんは、時々朝日俳壇に出てるけど毎週何枚くらい投句するの?」と聞かれたんです。伊佐さんは、朝日俳壇の巻頭作家で、ずっと憧れていた方でした。「ハイ、一週間に一句か二句投句しています。」と答えますと、「そんなんじゃ

一茶・山頭火俳句大会　西日暮里の本行寺にて
左から　村上護・金子兜太・野﨑憲子　2009年

駄目よ、私は、一日に十句(一枚に一句が決まりです)送る時もあるわよ。もっと出さなくちゃ!」って、アドバイスをくださったんです。比叡山から帰り、官製葉書、二百枚一束を買い込み、師に直で見ていただける朝日俳壇への投句に拍車がかかったのは言うまでもありません。後に、朝日俳壇賞を頂けたことは伊佐さんのアドバイスの賜物です。投句は集中力が命です。スリルもたっぷり、最高に素晴らしい勉強の場でした。不思議なんですが、日々の、生活に疲れ果て、子育てに自信をなくしかけている時に、よく朝日俳壇巻頭に拙句が選ばれるんです。義父母は、日本経済新聞と四国新聞を定期購読していたので、友人からの私の朝日俳壇入選を知らせるメールが届くと、当時はコンビニがまだなかったので、最寄りの志度駅まで朝日新聞を買いに走ったものです。拙句を新聞紙上に見つけ、師の評が目に飛び込んでくると、他の、どんな励ましよりも元気が出たものでした。俳句に、師に出逢い、メキメキ元気になってまいりました。お陰様で、私の子供達も、今では、それぞれ、伴侶に恵まれ幸せに暮らしています。

『アニミズムの眼』――兜太師と、空海と

平成十九年（二〇〇七年）春（「海程」高野山全国大会の前年）の俳句道場に参加した時の事です。兜太師から「野﨑君は香川の生まれだったね。今度、道場に来たら、空海の話を聞かせてくれ」とお話があったんです。とたんに私は「空海だ！」と、心の中で雀躍しました（笑）。四国霊場八十六番札所の門前町に生まれ育った私です。空海は、お大師さんであり遍照金剛。子どもの頃から、不思議でとても気になる存在でした。兜太師が話を向けてくださったことをきっかけに、私は空海の文章や、彼に関する色んな文献を時間の許す限り読み漁りました。

その中で、空海による出家宣言の書である『三教指帰《さんごうしいき》』に出逢ったんです。そこには、空海が十七、八歳で都の大学に入りながら、まもなく中途退学して、山河を跋渉し、仏道修行に専念してゆく姿がありました。京に近い吉野熊野の森を走り回る空海が目に浮かんできて嬉しかった。修験道や、八百万の神々と出逢う彼の姿を想像し心が震えました。それから三十一歳で唐に留学するまでの間、どこで何をしていたかは全くわからないのですが、虚空蔵求聞持の修行をしていたことだけは確かなようです。虚空蔵求聞持法とは密教の修法の一つで、虚空蔵菩薩を本尊とし、そのマントラ（真言）「ノウボウ アキャシャ ギャラバヤ オン アリキャ マリ ボリ ソワカ」を百万遍唱えるというものです。満願すれば無限の記憶力が得られるとか。私は、矢も楯もたまらず、空海が虚空蔵求聞持法を修行したといわれる室戸岬の御蔵洞《みくろど》を訪ねました。洞窟の中は、想像していたより広く高く、いのちを育む子宮である胎蔵界のようでした。目に見えない未生のいのちが、濃密な影を宿しながら、犇めき、渦巻いている。この洞窟の闇の中に、アニミズムの根っこの様な、人類の真にあるべき姿も内蔵されている…そんな気配を強烈に感じたんですね。

私は、仏教も哲学も門外漢の浅学菲才の俳句実作者に過ぎません。ただ、唐で恵果《けいか》阿闍梨から真言密教を授かり、帰国した空海が、彼、独自の真言密教を築き上げた事。そして、時の帝である嵯峨天皇との交流の

「海程」創刊五十周年記念大会における海程賞受賞式
京王プラザホテルにて　憲子と兜太　2012年

中から、満濃の池の修築や、わが国最初の庶民の学校である綜芸種智院の開設など、積極的に世俗と交わる一方で、真言密教の根本道場として高野山を開創し世俗から離れ山に還りたいという強い願望と熱情を持っていた事に瞠目したんです。誰でも心の片隅に、魂を清らかにしたいという孤独の願望があります。けれど孤独の中に留まってしまったら世の中をよくすることはできない。世俗にまみれるという気持ちが必要になってきます。空海の場合、この矛盾が極端にあり、そこから大きな思想が生まれて来たように思えてならないんです。俗の世界それこそが起源とも。アブリダシが浮き出るように空海は彼の真言密教を創り上げていったのではないだろうか…と、想像がむくむく膨らんできました。

空海について、纏めている最中に、同居している義父が大きな手術を受けることになり、兜太師とお約束していた秋の道場へ行けなくなってしまいました。それで、十一月の道場の頃に、兜太師へ空海に関するレポート『密眼について——空海へ』をお送りしました。そして二年後、平成二十一年（二〇〇九年）の俳句道場の前に、先のレポートを推敲加筆し『アニミズムの眼』と題した文章を再び兜太師へお送りしました。すると、兜太師は拙文を道場にお持ちくださり、もう一度ご覧になり、大きく頷き「文章は少し硬いが、よく書いた」と、とても喜ばれて、翌、平成二十二年（二〇一〇年）「海程」二・三月号四月号（№460№461）」に掲載してくださいったんです。

その、『アニミズムの眼』から、この機会に、ご紹介したいのが『芭蕉全句・中巻』（ちくま学芸文庫）所収の加藤楸邨の解説の引用です。松尾芭蕉会心の作といわれる「あかあかと日はつれなくも秋の風」について。正岡子規は、「…此句は全く芭蕉の創意に出でたりとするも、猶平々凡々の一句たるに過ぎず。即ち『つれなくも』の一語無用にして此句のたるみなり。むしろ『あかあかと日の入る山の秋の風』とする方或は可ならんか。」と述べている。これは発想法のちがいからくる批評で、子規に出発する近代俳句の質と芭蕉のそれとの差異がはっきりとうかがわれる。

「」は野﨑記す。

私は、この文章は、楸邨の『芭蕉全句』の白眉であり、芭蕉の研究に生涯をかけた楸邨の興味深い見解だと思いました。これは私の直観に過ぎませんが、兜太↓楸邨↓芭蕉↓空海と通じる、世界最短定型詩のひとつの潮流が存在する確かな裏付けであると考えます。

芭蕉から空海は唐突と感じられるかも知れませんが、芭蕉が敬愛してやまなかった西行法師は、歌人であると共に熱烈な真言宗の僧でした。

もう一つ、芭蕉の句から。〈古池や蛙飛び込む水の音〉は、蕉風開眼の一句といわれ、日本人なら誰でも知っている名句。この古池の句を、兜太師は「侘び寂びの代表句のように言われているが、墨田川へちゃぽんちゃぽんと沢山の蛙が飛び込む、いのちの賛歌を詠っているのだ。」と断言していました。兜太師の、いのち漲る世界への洞察が、「生きもの感覚」という言葉を生み、世界最短定型詩である俳句の進化を促すキーワードになっていると私は確信しています。岡潔さんの『「芭蕉」の奥へ！』の思いと通底するものがあります。芭蕉も、〈荒海や佐渡に横たふ天の川〉を創り、天の川を佐渡島に横たえたんですもの、他界で、兜太師の慧眼にニヤリとしたのではないでしょうか。

「海程」香川句会を立ち上げる

二〇〇八年の比叡山勉強会の時、柳生正名さんから

「香川へたねをさんが引っ越して来ているのだから句会を開いては？」とアドバイスを貰ったんです。柳生さんは二〇二二年『兜太再見』（ウエップ刊）で「兜太観」を展開させた論客です。たねをさんとは、高橋たねをさんのことです。「海程」の人気作家で、それまでは、伊丹市にお住まいでした。俳句道場でも、よくお会いしました。「海程」全国大会でも。全国大会は年に一度、五月下旬頃に開催されていました。私は、平成十二年（二〇〇〇年）の関西大会から参加し、翌年の秋田大会から、大会後の有志吟行のお誘いも受けるようになりました。武田伸一さんと、たねをさんを中心に、山中葛子（「海程」創刊同人）さん、伊藤淳子さん、若森京子さんをはじめ、錚々たる先輩の方々がご参加でした。その後、たねをさんの通信句会にも、毎月参加させてもらいました。

「香川で句会を」の柳生さんのアドバイスを、その通りと思いつつも、当時の私は、独り気ままに吟行や句会に参加したい思いが非常に強かったんです。それで、すぐに腰を上げることができなかった。二年後の二〇一〇年の比叡山勉強会の前に、風の噂で、たねをさんがご子息を亡くされ、淋しそうだ、と聞きました。そして勉強会の会場で、たねをさんに会った時に、急に歳を重ねたようで、いつもの快活な雰囲気が無くなっていました。その瞬間、「香川で句会を」の思いが閃いたんです。だけど気弱な私は、なかなか「一緒に句会を開きませんか？」と言い出せなかった。勉強会も終わり、皆、帰り仕度を始めたころに、恐る恐るたねをさんに声をかけてみました。すると「何？　高松で句会？　ほんとうに？」と、飛びっきりの笑顔で、直ぐに快諾されました。そこからはトントン拍子で、二か月後の、十一月十九日、「海程香川句会」は産声をあげました。初回は欠席投句も含め十名の参加。そして、これからという時に、何という事か、二回目の十二月の句会の前に、たねをさんは風邪を引き、肺炎を患い、入院し、翌年の二月十二日に他界してしまったんです。残念で、悲しくて、悔しくて、心の整理もつかぬまま、兜太師へ、たねをさんご他界の詳しい経緯を記した便りをお送りしますと、私の手紙をそのまま「海程」五月号（NO.４７２）に掲載してくださいました。

流氷の軋み最短定型人《じん》　高橋たねを　他界　『百年』

同号巻頭の師の追悼句です。「流氷の軋み」の不気味な音が、胸に迫りどっと押し寄せてまいります。

たねをさんの最後の投句作品は、

一文字蝶《いちもんじせせり》にぎりしめたい夜泣石

でした。万感の思いの籠った二作品に、多くの事を学ばせていただきました。今は、高松の句会に、師も、たねをさんも来てくださっていると、毎回、強く感じています。

「海程香川」は、一昨年発足十周年を迎え、記念アンソロジー『青むまで』を刊行しました。参加者は六十二名。各作家の力作はもちろんのこと、師のご令息、金子眞土様を始め「海原」内外の敬愛する俳人の方々の祝辞も掲載させていただき大好評でした。

句会の名称も、「海程」香川句会から「海程香川」へ変更し、ますます多様性に満ち、熱く楽しく渦巻いています。句会の作品抄や鑑賞は、随時、ブログ「海程香川」にアップし世界へ向けて発信していますから、是非、ご覧になってみてください。

兜太師の願い——俳句新時代へ

最後に、空海へ戻ります。空海が創り上げた真言密教の最重要点は、大日如来に、釈迦如来より、もっと高次な佛を見出した事です。つまり、釈迦のように人格的な佛ではなく、天然自然の中心にいて、あらゆるいのちの根源となる大日如来（日輪）に強烈なスポットライトを当てました。そして、この世界を曼荼羅で表現し調和の大切さを説いた。若き日に、日本の森を跋渉したに違いない空海ならではの達観。これですよ。異教の神々をも混在させた彼の曼荼羅世界こそ兜太師の話された『いのちの空間』であると私は思います。縄張りも、国境も、他界も、現世も、すべての隔たりが無い空間です。若き日に、南洋のトラック島で爆撃と飢餓の地獄を味わい尽くした兜太師だからこその空間世界なんです。そして、空海の曼荼羅も「いのちの空間」も絶対肯定の世界観。つまり「森羅万象の声を聞け」です。これは、『三冊子』にある芭蕉の言葉

「松の事は松に習へ、竹の事は竹に習へ」」、即ち「芭蕉」の世界の、その奥を語っているのではないでしょうか。

人類は、地球の誕生以来を一年の暦にすれば、大晦日の午後に出現したと言われて久しいですね。その人類が、地球を滅ぼす核を発見し、地球の覇者たらんとする戦争に利用する。今世紀になってその不穏な雲は地球を覆い尽くそうとしています。

私は、世界最短定型詩の俳句でなければ表現できない、世界を平和に導く花火玉のような愛語があると信じています。「いのちの空間」から生まれ出た俳句が、俳句をしない世界中の人々の心底にまで響き渡り、世界平和の鍵となる日が必ず来ることを熱望します。俳句新時代到来です。それこそが、師、金子兜太の願いであると強く感じています。

大野火や芭蕉の道の先をゆく　憲子

「海程」終刊号所収

おわりに

兜太師はかつて野﨑氏の句集『源』の序文の結びに「私は若い頃に、俳句とは構築的音群だと書いたことがある。構築的音群というものを野﨑君の句から感じる。独特な音数率の響き合いと力感。定型感。この最短定型詩とピッタリの資質を持っている為に、自ら抱き合って、そして生真面目に気力を出して創っていて、それがエネルギーになっている。弁証法の関係みたいで面白い」と語られていた。それは、私を含む他の弟子にとっても大きな啓発であった。

本書の取材を申し上げた時、氏から数多くの資料とデータがメールで送られてきた。私も野﨑氏の「海程」での歩みを取材日までじっくりと調べ、読み返しながらメモを取ったうえで、四国へ赴いた。

「海程香川」の代表として、「海程」の精神を受け継いだ氏は、満面の笑みで兜太師を語り始めた瞬間から、情（ふたりごころ）に富み、しかも明晰な話の場をもたらしてくださり、予想をはるかに上回る取材が出来たことが大きな収穫だった。

董振華

野﨑憲子の兜太20句選

白梅や老子無心の旅に住む　『生長』
曼珠沙華どれも腹出し秩父の子　『少年』
木曾のなあ木曾の炭馬並び糞《ま》る　『〃』
彎曲し火傷し爆心地のマラソン　『金子兜太句集』
わが湖あり日蔭真暗な虎があり　『〃』
「海程」創刊
潮かぶる家に耳冴え海の始め　『蜿蜿』
林間を人ごうごうと過ぎゆけり　『暗緑地誌』
夕狩の野の水たまりこそ黒瞳《くろめ》　『〃』
谷に鯉もみ合う夜の歓喜かな　『〃』
山峡に沢蟹の華《はな》微かなり　『早春展墓』
ぎらぎらの朝日子照らす自然かな　『狡童』
梅咲いて庭中に青鮫が来ている　『遊牧集』
朝寝して白波の夢ひとり旅　『詩經國風』
どどどどと螢袋に蟻騒ぐぞ　『〃』
牛蛙ぐわぐわ鳴くよぐわぐわ　『皆之』
春落日しかし日暮れを急がない　『両神』
よく眠る夢の枯野が青むまで　『東国抄』
おおかみに螢が一つ付いていた　『〃』
左義長や武器という武器焼いてしまえ　『日常』
言霊の脊梁山脈のさくら　『〃』

野崎憲子（のざき　のりこ）略年譜

昭和28（一九五三）　香川県志度町に生れる。

昭和47（一九七二）　香川県立高松高等学校卒業。

昭和52（一九七七）　日本女子大学卒業。

平成5（一九九三）　独学で俳句を始める、朝日俳壇への投句開始。

平成7（一九九五）　「海程」に入会。

平成10（一九九八）　「海程」俳句道場に初参加する、金子先生に出会う。

平成12（二〇〇〇）　「海程」同人、現代俳句協会会員。

平成15（二〇〇三）　第二十回朝日俳壇賞（金子兜太選）受賞。

平成23（二〇一一）　「海程香川」代表。

平成24（二〇一二）　第四十八回海程賞受賞。

平成25（二〇一三）　句集『源』角川学芸出版より上梓。

平成30（二〇一八）　「海程」終刊に伴い後継誌「海原」創刊同人。

令和2（二〇二〇）　ＮＨＫカルチャー高松『自由に俳句』講師。日本現代詩歌文学館振興会評議員。

第11章

柳生正名

（二〇二二年十月二十二日十三時　董自宅にて）

はじめに

柳生正名氏と初めて出会ったのは一九九六年十一月の秩父俳句道場だ。氏はその前年に「海程」に入会され、私より一年上の先輩。博識多才で、みやびやかで礼儀正しく、親しみやすい印象を受けた。句会の前に、柳生氏、石井哲夫氏と私の三人で近くの山道を談笑しながら吟行を行ったため、親しみを覚えた。また、当日の句会では氏の句〈亀虫に鋭角のなき野に昼月〉は先生に選評されたのがとても印象的だった。

その後、互いに仕事と学業が多忙のため、東京例会で一、二回お目にかかった以外は殆ど連絡が途絶えたままだったが、二〇〇六年、私が早稲田大学に留学した時、氏から「好きな兜太の一句」のアンケートが届いたので、師の〈暗黒や関東平野に火事一つ〉の句をＦＡＸで送った。そして、二〇一四年、柳生氏から上梓したばかりの句集『風媒』と、二〇二二年二月、兜太論集『兜太再見』を頂いた。早速拝読して御礼の葉書を送ったのを機に、再び連絡が取れて良かった。

董振華

「烏賊の俳句の人」との出会い

今回わが師である金子兜太にあえて敬称は用いません。普段はその場の空気に応じ「先生」をつけたり、また「師」で受けたりもします。ただ率直な思いを生の声で語ることが今回の企画の趣旨でしょう。兜太への思いの丈を語るのに最もふさわしい距離感を伝えたいと考えました。「不肖の弟子」とのお叱りは覚悟の上です。

思い返してみると、最初に金子兜太という存在に出合ったのは、大学受験のときでした。予備校の模擬試験、その現代国語の問題に、兜太の、

銀行員等朝より螢光す烏賊のごとく　『金子兜太句集』

を論評する一文が用いられていたのです。文章の内容や設問の詳細はよく憶えていませんが、句が印象に残って、というより強烈な衝撃を受けて、のちのち俳句を始めるきっかけになった気がします。

問題文に句の作者名は記されていませんでした。おかげで、兜太の句であることはおろか、その名の俳人がいることすら、当時は知るよしもなく。高校の現代国語の教師に山本健吉の『現代俳句』を薦められ読んでいたのですが、御存知の通り、健吉は兜太の句を認めず、完全に無視していたので（笑）。

受験を経て、東京大学文化Ｉ類から法学部というルートを進んだのですが、俳句に興味を持つ機会は、残念ながらなかったのです。

大学を卒業し、時事通信社に就職しました。最初は政治部に配属され、中曽根康弘首相（当時）に一日密着する「総理番」を一年ほど経験しました。続いて愛媛県の松山支局で三年間勤務という流れになります。中曽根首相が俳句を詠むことは有名でしたが、取材不足で加藤楸邨「寒雷」にも投句していたとは、当時はまったく知らずじまい（笑）。「思想傾向」が正反対の兜太と実は同門ということで、不思議な縁を感じます。また松山は正岡子規以来の俳都。だのに、俳句には全く近寄りませんでした。昔松山にいたというと、いい句ができましたかとよく聞かれるんですが、その頃は全然興味がなくて（笑）。

愛媛の地へは、十五年ほど後に海程全国大会で訪れる機会を得ました。海程会賞の受賞式ということで雛壇に上り、兜太の手から、

暗黒や関東平野に火事一つ　『暗緑地誌』

の色紙を受け取ったのです。人気の高い作ですし、うれしさひとしおでしたが、当時はいま同様、東京に住んでいて。現在の地元を描いた句を遠く離れたかつての地元で授かる、という少々屈折したことになったわけです。

大会参加のついでに、赴任していた当時は見向きもしなかった愚陀佛庵——若き日の正岡子規と夏目漱石の共同生活の場——を覗いてみたり、四国八十八ヶ所霊場をいくつか訪れてみたりもしました。俳句を自ら詠むまなざしを得ることで、それまでも目には入っていながら見えていなかったものが、はっきり見えるようになる体験をしました。それは眼前にまったく新しい世界が立ち上がるということに等しい。見ることの不思議さを体が震えるほど実感しました。

難しい言葉で言うと「言語論的転回」でしょうか。世界が存在するからそれを言葉で映すのではなく、言葉で語るとそこに世界が立ち上がるとみる哲学的立場です。それを悟った、などというとヴィトゲンシュタインに笑われますが、ある種の文芸的感覚として自分のものにした気がします。

〈暗黒や〉について、兜太は「白河の駅を出て関東平野に入った急行列車の車窓の夜空に火事が一つ、妙に赤く小さく見えてきた」と自解しています。現実には壮大な光景というほどのものではなかったのかもしれない。しかし、読む側の頭の中に、関八州の人々の雑多な営みを呑み込む巨大な闇の量感、その中にかろうじて灯る命の証しとしての炎――そんな宇宙大の時空世界が一挙に立ち上がるのは、まさに言葉の力のなせるわざです。

俳句を知らずに松山に住み、松山を去って俳句を知る。少々ひねくれた道筋を経て、自分にとっても松山はやはり「俳都」となったのです。

話は前後しますが、松山から東京の本社に戻ってきて、大木あまりさんが指導する社内句会に誘われたのが俳句を始めるきっかけです。角川源義が主宰した俳誌「河」出身ですが、源義が亡くなった後、ほぼ無所属に近い形で活躍されていて。

当時、あまりさんの許には綺羅星のような顔ぶれの若手が集っていました。中西夕紀さん、岸本尚毅さん、藺草慶子さん、山西雅子さんといった面々とあまりさんを交えて句座を共にする機会を得ました。

あまりさんは自身、確固とした「あまり俳句」の世界を確立していても、それを押し付ける指導はしませんでした。応病与薬というか、「柳生君は金子兜太先生のところが一番合ってるんじゃないの」というふうにアドバイスされて。自分でも俳句を積極的に勉強し始め、「金子兜太」という名前やその俳句に何となく惹かれていました。

初めて「海程」の句会に出たのは秩父俳句道場でのことです。その時の句会で兜太が採ってくれたのが〈神曲は喜劇《コメディー》でした煮蒟蒻〉だったかな。さすがにその時は〝やった〟と思いました（笑）。他の海程句会を経験せず、一人の顔見知りもいないのに、いきなり泊りがけの秩父道場に乗り込んだのです。秘密結社の総会に紛れ込んだ気がして（笑）、実は初対面の兜太の印象もはっきり憶えていません。面と向かってきちんと挨拶しそびれたのでしょう。山中葛子さんに句を誉められたり、当てられてした発言に塩野谷仁氏の反論をもらったり、というのも懐かしい思い出です。

「海程」全国大会in今治・松山
前列　中央が兜太先生
後列　右から２人目が正名　2005年

そうこうするうち、自分にはずっと「詠み人知らず」だった〈銀行員等朝より螢光す烏賊のごとく〉は兜太作と知りました。自分の中で「烏賊の俳句の人」が生身の「金子兜太」になったわけです。とにかく感動しました。俳句は作者が分からない無銘の存在であっても、「テクスト」として人々の記憶の中に生き続ける力があるということを身をもって知ったというか。兜太のいう「世界最短詩型」であるが故に、人間の心に棲み付き、しぶとく生き残る。他の文学形式に対抗して俳句が持ち得る最強のセールスポイントだと確信することになりました。

比叡山の「まっぴらごめんなすって」

それから約三十年間、「海程」そして「海原」にいるわけですが、二十世紀が二十一世紀になる変わり目に、また転勤で京都に四年、身を置きました。東京にいれば、毎月例会などで兜太に会えますが、京都ではそうもいかない。その代わり、滋賀や神戸、大阪など

「海程」全国大会in今治・松山
海程会賞で兜太から色紙を渡される正名　2005年

関西の「海程」句会に加わり、立岩利夫さん、矢野千代子さん、若森京子さんをはじめ魅力的な諸先輩と数多く出会いました。中でも滋賀の林唯夫さんには本当に温かく接していただきました。早逝されましたが、この大恩人がいなければ今の自分はないと実感しています。

悪食われに夜はごつごつの波頭　林唯夫

関西では兜太のお膝元・東京とは微妙に違う空気を感じました。「海程」の成り立ち自体、兜太が全国の有力な現代俳句作家たちに声をかけ、結集を果たした「梁山泊」だったわけです。特に関西では、新興俳句の流れを汲んだ人々など「海程」創刊前から活躍し、広く名も知られた多彩な面々が集っていました。東京とは一線を画し、関西には関西の伝統や考え方がある――そんな矜持が感じられ、それに触れるのが新鮮でもありました。

新たな世紀に入り、「海程」では例年秋に京都と滋賀の境にある比叡山に場所を定めて、一泊二日の勉強会を開催するようになりました。十年ほど続いたのかなあ。林さんの尽力で関西海程の総力を結集する形で実現させたものです。兜太もほぼ毎年参加していました。比叡山はいわゆるパワースポット。東京とは全く空気の違う中で、兜太とまみえるのはとても刺激的でした。

延暦寺というのは比叡山の尾根筋に点在する諸伽藍の総称です。その中心に、いわば臍に当たる根本中堂という国宝の巨大な木造建築があります。御本尊の薬師如来の前には、この寺の開基、最澄が灯してこのかた千二百年あまり、油を注ぎ足し、芯を替え続けて、

兜太と正名　2006年ごろ

一度も火を絶やしたことがないという「不滅の法灯」が灯されています。

　多少とも歴史の知識があれば、織田信長の焼き討ちがあったのでは、と突っ込みたくなりますね。確かにその時、根本中堂は灰燼に帰したのです。しかし、灯は事前に分灯され、遠く山形県の山寺立石寺に守られていて、根本中堂再建後、再び持ち帰ったとか。比叡を見はるかす近江の地を愛し、今もこの地に眠る芭蕉は『おくのほそ道』の旅で山寺を訪れた際、そのことを知っていたのだろうか？とつい気になります。

　勉強会の参加者は山中の宿坊に一泊し、根本中堂で早朝に営まれる「お勤め」を参観できます。そこで見たものをネタに句を作ろうという人もいるわけです。もっとも兜太は、秩父道場でも全国大会でもそうでしたが、無理して朝早く起き出すことはあまりなかったと記憶します。

　ところが、その年は違いました。堂内の中陣に座した善男善女が格子越しに「不滅の法灯」の灯る内陣を覗いていますと、そろそろお勤めが始まろうとするそ

の瞬間、なんと兜太が一人でのこのこ歩いて入ってきたんです（笑）。そして開口一番、「まっぴらごめんなすって」。仁侠映画でやくざ者が仁義を切るときの決まり文句です。あとは黙って中陣に坐しました。

秩父が産土の兜太にとって、千二百年の都が営まれた上方、京都界隈は完全なアウェーの地なわけですね。ましてや聖地中の聖地です。乗り込んでは見たものの、やはり勝手が違うところが多分にあったのではないでしょうか。敵地というほどではないにせよ、覚悟を決めて乗り込む感覚はあったのだろうと。それが「まっぴらごめんなすって」という言葉となって口を突いて出た。瞬間、根本中堂内の空気がいっぺんで変わったんですね。

ファンタジスタ兜太

「ファンタジスタ」という言葉がサッカーで使われます。ゲームが膠着状態でにっちもさっちもいかないムードの時、その人にボールが入った瞬間、魔術的な能力・技術を繰り出し、途端に局面を一転させ、チャンスに変えてしまう選手のことです。もともとは即興の芝居が得意な旅の役者のことらしいのですが、空気が張り詰め、また反対に沈滞しているとき、インスピレーションが生んだ一言でぱっと場を柔らげ、明るくする。そんな存在でしょうか。

兜太は言葉通りの意味で「ファンタジスタ」なのだと気付きました。想像もしなかった一言を即吟さながら放って、この飛び切りの聖地で千年以上にわたって積み重ねられてきたものが醸し出す重圧を、危うさと紙一重のところでひっくり返して見せたのです。そもそも薬師如来は聖俗や善悪さえ超えた慈悲の心で煩悩という衆生の病を癒やす存在でしょう。そういう大乗仏教の精髄に当たるものを、比叡山のど真ん中で、兜太は自ら身をもって「造型」してみせた。造型を根本に据えながら即興の魅力も追究した兜太の俳句はもちろん、日ごろの振る舞い、さらに言うならば兜太という存在そのものが「ファンタジスタ」性の固まりであると強く印象付けられました。

最晩年、兜太は「存在者」の語を盛んに口にしました。「存在者」とはそのもの、そのままで生きている人間ということだと思います。二〇一六年一月二十九日、東京で行われた朝日賞の授賞式では、自身のトラック島での戦争体験を振り返り、「私がいた海軍施設部という土建の現場に工員さんたちが多くいて、『存在者』の塊だった。彼らがたくさん死んでしまったことが今でも心の痛みになって残っている」と語り、引揚船の中で詠んだ自身の一句、

水脈《みお》の果て炎天の墓碑を置きて去る　『少年』

を紹介しました。そうした「存在者」について語る時、端的なイメージとして兜太の頭にあったものが侠客や渡世人だったことは間違いないと思います。

大 前 田 英 五 郎 の 村 黄 落 す　『両神』

という兜太の句について、かつて飯田龍太は兜太本人を交えた対談で、〈大前田英五郎〉を〈楠木正成〉に変えても「同じこと」と〝茶々〟を入れました。これに対し、少しムキになって反論している兜太の心の中で「存在者」の典型として〈英五郎〉は動かし得なかった。そんな兜太に「この句が成り立つなら、楠木正成でも」という議論は通じるべくもないでしょう。そして、延暦寺根本中堂の中陣に踏み込む際に「まっぴらごめんなすって」の一言が口を突いて出たのは、秩父の金子兜太であり、また上州の大親分、大前田英五郎という存在者でもあった気がします。兜太の中の「ファンタジスタ」は、それこそ「存在者」というもののど真ん中に根差しているに違いないのです。

兜太が亡くなったのが二〇一八年二月。前年十二月十五日に、安西篤・現「海原」代表と堀之内長一編集長を中心に「海程」十人ほどのメンバーで、兜太が滞在する施設を訪ねました。当時は自宅とこの場所とを行き来しながら暮らしていたそうです。兜太が「海程」終刊を宣言して間もなく、後をどうするか皆で話し合い、これまで所属していた人々の受け皿になる新たな同人誌を作ろうということでまとまった、ちょうどそのころです。

その場で、安西代表が誌名は「海原《かいげん》」に決まった旨を報告したのですが、兜太はそれを聞いて「うん」と

言って少し黙りました。一瞬の後、やおら「いいカイゲンにしてくれ」の一言を耳にしました。刹那の静寂ののち、場が爆笑に包まれたことは言うまでもありません。

「いい加減にしてくれ」とかけた駄洒落ですよね。どこか緊張感に包まれていた場の空気が一気に和み、文字通り笑いが弾けました。久々に対面する兜太は杖を突き、独力で歩くのは一苦労という感じで、最近はなかなか俳句ができない、とも言っていました。それで一同、少ししゅんとしたところがあった分、「いいカイゲンにしてくれ」の一言で、少なくともあと五年、いや十年、兜太は元気でいてくれるという思いが場を満たし、おしまいまで笑いに溢れた座談の場となりました。たった一言の力でした。

この施設では介護付きの入浴サービスも受けていると話してくれました。対応してくれる介護士さんがかなり年下の女性だったようで、その介護で風呂に入るのが楽しくてしょうがない、といった口ぶりで。朗らかな老いのエロスの発露といってよいか、兜太の中にある「生きもの感覚」の根源をなす命の炎の輝きを覗き見た気がしました。

兜太が他界した直後の『海程』二〇一八年四月号に掲載され、遺句集『百年』の掉尾を飾ることにもなった絶唱「最後の九句」の六、七句目に、

さすらいに入浴の日あり誰が決めた

さすらいに入浴ありと親しみぬ

があります。〈さすらい〉にも似た最晩年の日々、その老いの身の入浴に際しても我執の「生臭さ」と自立心を失わない心意気が、この句では〈誰が決めた〉という「うそぶき」につながっていますね。これだけ読むと自分は入浴したくないのに、誰が勝手に決めたんだ、みたいに受け止められるけれども、多分に兜太一流の照れ隠しがあったのでしょう。本当は入浴の日が楽しみで、待ちかねていた思いを逆説的に表現したのではないか。だから〈親しみぬ〉なのだろうと思うのです（笑）。

風呂と餅肌と綺麗な手

風呂に関しては一つ思い出があります。二〇〇九年長野県の諏訪で開催された「海程」の全国大会の時だったでしょうか。夜、懇親会が終わり多くの人々が二次会を楽しんでいる頃合いに、私は途中で失礼してホテルの大浴場に向かったのです。と、がらんとして他に誰もいない湯気の朧の中に、なんと兜太が独り坐っていました。卆寿目前だったはずで、普通なら風呂に独りで入って大丈夫かと心配になるところです。ただ元気さは折り紙付きでしたから、当時は本人も周囲もそう心配しなかったのでしょう。

湯につかりながら恐る恐る言葉を交わすと、師加藤楸邨との入浴の思い出話を問わず語りで披露してくれました。ただ、今思い返すと残念でならないのは、この場面で「背中を流しましょう」の一言をつい言い逃したことです。兜太は、自分は母親譲りの餅肌だとよく自慢していたわけですからね。その餅肌の背中を流していれば、今は自慢話として語れたでしょうし、それ以上に「兜太の餅肌の背を流す」で名句を詠めたはずです（笑）。その機会を逃したのは返す返す残念というしかありません。頭がのぼせて決定的瞬間を逃すなんて、俳人としてあるまじきことです。

最近、「海原」の句会で、兜太が「人間は土を触っていなければ駄目」と言ったという趣旨だったか、そんな句が出てきて、かなり点数が入りました。その時、隣に座っていた堀之内長一編集長がぼそっと「でも、兜太の手は土にいつも触れていたとは思えない綺麗な手だった」と漏らしていました。兜太は妻、皆子さんにそう言われて熊谷に引っ越したという話が確かにありました。「産土」というキーワードは句にも登場させています。ただ実際に自身が土に触れ、土仕事を絶えずしていたのかというと、そう単純ではないのかもしれない。ことほどさように、長年、兜太のすぐそばにいた海程・海原の人々の口で、単なるイメージではなく、よりリアルな兜太の実像を伝えていく大切さを痛感します。

日銀と兜太の烏賊

務めに関して言うと、私は政治部の後、松山から本社に戻り、経済部にしばらくいました。京都に赴く前の話です。日本銀行の記者クラブにも所属し、数年間、金融界を取材しました。兜太はとうに定年退職して、行内では過去の人になっていたわけですが、現役時代の兜太を直接知っている人もまだわずかに残っていました。そんな「真面目」な関係者から見ると、兜太は大した仕事をせず、「副業」の俳句にかまけながら、日銀からはちゃっかり給料をもらっていた人物という評価だったようです。本当のことを言えば、仕事はしない、というよりさせてもらえない、というのが正しかったはずですが。

日銀クラブに赴任して間もなく、日銀理事だった福井俊彦氏（後に総裁）に私の上司が「柳生君は金子兜太氏の弟子なんです」と紹介してくれる一幕がありました。上司の期待に反し、福井氏の答えは「ああ、あの金子兜太か」と少々苦々しさを感じさせる口ぶりで……。以後、日銀内では兜太の弟子だと言わないことにしました（笑）。

当時の総裁は三重野康氏。福井氏よりさらに上、戦争直後の日銀の混乱期を自身で経験した世代です。兜太は組合活動など頑張って突出した分、割を食った人物という同情が多少あったのかもしれません。現役時代の兜太にも好意的に接したと聞きますが、その下の世代になると、今でいう「会社の妖精さん」扱いだったに違いないと思います。

三重野総裁はバブル時に金融引き締めを断行し、「平成の鬼平」と称賛を集めました。ところがその後、景気の落ち込みが長引き、それが「失われた十年」、さらに「二十年」「三十年」と尾を引いてしまいます。結果的に日銀がバブル潰しをやりすぎ、事後の金融緩和も不十分だった結果、日本経済が現在にまで続く停滞に陥ったという批判を呼ぶことにもなりました。後の福井総裁時代に至るまでの日銀を「火付盗賊改方」の英雄から「戦犯」さながらの扱いへと一気に逆転させる時代の潮流の先端に、昨今のアベノミクスや異次元緩和も存在していると感じます。

そんなこんなで、当時の金融界は既存の存在や仕組みが大きな変貌を遂げようとする予兆に満ちた、文字通り革命前夜でした。現場でも徐々に情報通信（IT）化の波が押し寄せつつありました。トレーダーがパソコン端末を見ながら取引し、電子メディアにニュースが流れると雪崩を打ったようにマネーが世界を駆け巡る。そういったイメージはこの時代に確立したものでしょう。

昔のように場立ちの人間がわさわさいることはありませんが、今の取引所でも壁に電光ニュースが表示され、そこに現在の株価などさまざまな数字データが次々と流れていく風景は残っているはずです。ディスプレイ画面に蛍光する数字や文字という情報がマーケットの大海を絶えず行き来し、世界の金融資本主義の神経中枢を成している。それはちょうど螢烏賊が明滅しながら水槽の中を泳ぐイメージと、重なりました。一方、自分のような小さな存在でも世界を支配する金融資本主義の営みに関わり、取材結果を配信するとその瞬間にグローバルマネーが奔流を成して動く――そんな体験もしました。

その時に金子兜太の作った、そして自分の中では長く匿名の句であり続けた〈銀行員等朝より螢光す烏賊のごとく〉の一句に妙にリアルな既視感《デジャヴュ》というか、共鳴の思いが沸き起こったのです。巨大マネーと情報の奔流が蛍光する烏賊さながら電子化した姿で世界を駆け巡る。そんなマネーの大海とそこに身を置く銀行員の姿を、わずか二十音ほどの最短の言葉に凝縮して描いている、そのことに気づいたのです。

もちろん、兜太がこの句を詠んだ時代にはＩＴも世界中を瞬時に動く巨大マネーも存在しないアナログな時代でした。しかし俳句には未来のイメージを先取りし、予言する力まであることを直感しました。そういう句を長い時間にわたり心に棲み付かせ、折々に反芻することで、句に体現された巨大な時の流れと空間の拡がりが自分の生身に流れ込み、その確かさで自身が貫かれる――そんな現体験をその時した気がします。最先端の金融の世界を俳句で、それも未来を先取りして描くなど、伝統俳句的な発想ではあり得ないことです。しかし兜太の俳句ではそれが実現していることを思い知りました。

今振り返ると、総裁に上り詰めた福井氏はともかく、他の行員の間には、銀行の仕事もろくにしなかったはずの兜太が、やがて著名文化人扱いされるようになったことへの内心忸怩たる思いがあったのかもしれません。兜太の訃報は、全国紙が軒並み一面で報じました。歴代の日銀総裁と比べても同等、いやそれ以上の扱いだったと思います。その日銀総裁は、現役時代とその後で評価が一変するということがしばしば起こります。それを思うにつけ、弟子として没後も兜太の句がますます読み継がれ、語り継がれていってほしいという思いは募ります。そのためには、単に「すごい人だった」「魅力的だった」という次元にとどまらず、俳句史、文学史の枠組みで兜太が果たした業績を体系的に明らかにし、示すことが必要と痛感するのです。

切字「た」の発見

今回、兜太二十句を選びました。かなり片寄った選句になりましたが、ここからさらに絞り込むとすると、最後は、

彎曲し火傷し爆心地のマラソン　『金子兜太句集』

おおかみに螢が一つ付いていた　『東国抄』

の二句になるでしょうか。

兜太という存在の俳句史的な位置づけを私なりに捉えた場合、「言葉の独創的な遣い手」として俳句表現の新たな局面を開いた――この点が眼目ではないかと思います。その代表例が句末に来る「た」という助動詞、つまり「た」止めの文体でしょう。歴史をひも解けば、近代以降「た」で終わる有名な句が数々あります。例えば渡辺白泉の〈戦争が廊下の奥に立つてゐた〉がそうですね。戦後も昭和期に〈じゃんけんで負けて蛍に生まれたの〉という池田澄子さんの句も有名です。史上に「た」止め俳句の流れは脈々として存在するのです。それを小林一茶までさかのぼり、系統立ててみるささやかな試みを拙著『兜太再見』で行ってみました。

兜太の「おおかみ」までは、このような句が散発的

に出るだけで、俳句論上も口語表現の一例という以上、積極的な意義づけがほとんどされてこなかったと思います。日本文学史全体の視点からすれば、「た」止め文体こそ明治初期の言文一致運動によって見出された究極かつ絶対的なスタイルとして以後の近現代日本語文学の礎になったもののはずなのですが。

金子兜太によって、この「た」が俳句を俳句たらしめる最重要な要素「切字」の口語的な姿として明確に位置づけられるに至った、というのが私の考え方です。この〈おおかみに螢が一つ付いていた〉という句は、年号が令和に変わるにあたり、俳句総合誌が平成を代表する一句を選定するアンケートを実施した際の、俳人多数の投票で堂々のトップに輝きました。文体は口語調にもかかわらず、伝統系の人々も数多く加わった中で、平成の三十数年間を代表する一句として圧倒的な支持を得たわけです。これは「た」止めという表現が俳句の伝統として認められた歴史的な出来事だと思います。

この一句を兜太が成したことにより、「た」がすべての俳人の共有財産たる言葉として定着することになった。端的に言って切字「た」が兜太によって発見され、その表現論的意義付けが明確になったといってよいでしょう。今後、これをスタートラインに口語表現と「切字」の関係、さらに未解明の難問である俳句における「切れ」の本質的な意義、といった問題が解明されていく糸口にもなり得ると思います。

「た」はまず自由律俳句の中で大正期にさかんに使われ始めました。尾崎放哉や種田山頭火も「た」止めの句を数多く作っています。当時、定型派と自由律派は対立関係にあったわけですが、定型派の中でも「戦争が」の白泉は新興俳句の流れを汲む存在です。一方、兜太はホトトギス派を批判して離脱した立場なのです。兜太は楸邨門なので人間探求派の流れですが、新興俳句派はこの人間探求派とも緊張関係にありました。

それでいて兜太はずいぶん山頭火の研究をしているし、新興俳句から多くのことを学び、篠原鳳作の〈かはほりは月夜の襁褓嗅ぎました〉などという「た」止めの句も愛唱句に挙げてその魅力を紹介しました。兜太の『造型俳句六章』を読んでも、人間探求派と新興俳句、さらには広くホトトギス派まで含め、最終的にはそれぞれの良い部分を結集し、統合していこうという発想が根本にあると感じられます。兜太という存在は、俳句のさまざまな潮流を一つにまとめ、集大成することへの情熱を強く抱き、それを自分なりの路線で実現しようとしたのです。その過程で「た」は、様々な俳句的潮流の橋渡しする重要な存在としての役割を担っていた。そんな気がします。

この〈おおかみ〉の句には、生態系の発見という側面もあります。秩父には狼信仰が根づいていて、有名な三峯神社では、今も月に二度、狼に炊き立ての赤めしを供える神事が営まれていると聞きます。山中の宮に炊き立てのご飯を供え、翌日行くと、ご飯はなくなっている。目に見えない狼に差し上げたという建前ですが、実際は他のいろんな動物や虫が食べてしまうわけでしょう。

つまり「おおかみ」というのは狼のことでもありつつ、大きな視野で捉えると山の生態系、山中で食物連鎖によっていろんな生き物がずらっとつながっていって、狼はその頂点にいる。そういう自然の壮大なシステム全体をまとめて「おおかみ」と呼んでいるとも言えます。〈螢が一つ付いていた〉というのは、そのつらなりの中に蛍が一つ灯ったということではないでしょうか。

写生俳句は自然に寄り添うことの重要性を言い立てますが、最後の一線でそれを人間が実際に見た景として「写生」することしか認めない。その点で強固な人間中心主義から脱し切れていない気がします。それに比べて、この句は大きな自然が蛍という小さな自然を受け入れ、見守っているような、人間中心主義とは異なる視線を感じます。大きな存在としての「おおかみ」のまなざしといってよい、自然が自然を見る感じですね。その不思議に優しい目配せの感覚が生れるのは、切字「た」のはたらきなのではないでしょうか。

兜太はのちに「生きもの感覚」とか、「アニミズム」とかといった言葉で表現するようになりますが、そういう食物連鎖の中に実は自分もいる、つまり自分も自然の一部であって、自然＝生きものである自分は自然と対立する存在でなく、一体のものとして存在している——そういう捉え方に非常に早い時期から到達していたと思います。

だから兜太の中では人事詠と自然詠が明確に分かれるようなことはない。人間も自然の一部であり、食いまた食われる存在として食物連鎖の鎖の一つなのですから。切字「た」は、自然とのこのような付き合い方を続けることから生まれてきた俳句独自の表現——こんなふうに思います。

そんな兜太だからこそ、世界と向き合う場合、差別ということを心から嫌います。例えば、小林一茶の有名な〈やれ打《うつ》な蠅が手を摺《すり》足をする〉。一般的な理解では「蠅が手を摺り、足を摺り合わせて命乞いしている。だから打つのはやめよう」という慈悲心を表現した句と解されています。しかし兜太は、そうは受け止めない。〈やれ打つな〉というのは、調子をつけるための「修飾語」つまりはリズムを出すための言葉であって、大事なのは、蠅が手を摺り足をするという命のありのままを「すーっと書いた結果」と理解するのです。そこを人間の妙な予断を交えずにきちっと捉えたところが感動的なのであって、謝ってるんだとか謝ってないとか、人間の姿になぞらえるような解釈を自分はしないということです。手を摺るから慈悲をかける、という発想は人間の方が上で、蠅が下という差別感が前提にある。そう喝破する語気の強さこそ兜太ならではのものでしょう。自分の大好きな一茶の句がそういう読まれ方をするのは許せないのです。

また、二十句に挙げた、

鮭食う旅へ空の肛門となる夕陽　『蜿蜿』

句会に出た時は、みんなびっくりしたらしい（笑）。でも食物連鎖という考え方からしたら、自分は生きるために鮭を食べるが、死ねば今度は何かの糧になっていくということ。そもそも地球上の生命は太陽の光から得たエネルギーをおおもとにして、すべてそこから直接、間接に糧を得て生きている。それが食物連鎖を形成していくのです。地球上のあらゆる命は太陽が放つ糞尿を糧にしてうごめく糞虫さながらの存在なのかもしれない。その中に鮭もいるし、自分もいて旅にも出る——そういう句なのではないでしょうか。

兜太はあまり芭蕉のことを褒めなかった、ということはよく言われます。悟りきったような存在よりも、もっと生臭いものを好んだことは確かです。昨年、新潮選書から『謎ときサリンジャー』（竹内康浩・朴舜起共著）という書物が刊行されました。米国の作家、サリンジャーは「謎」に満ちた作品を書く人です。一方で俳句や禅に多大の関心を持っており、自分の作品の中にも重要なモチーフとして数多く取り入れました。芭蕉の〈やがて死ぬけしきは見えず蟬の声〉も自作に登場させています。

この句に関して、蟬の命は短く間もなく死ぬけれども、蟬にはそれが分っていない。しかし、知恵を持つ人間は無常を悟り、自分もやがて死ぬことを思いながら生きるべし――そう諭す句と理解されがちです。しかし米国で活躍した仏教学者の鈴木大拙はそれを間違いと断言します。それでは賢い人間が愚かな蟬を見下すことになる。人間がおのれの差別心を丸出しにした句になってしまう。逆に先のことばかり気にして、今この瞬間に完全燃焼できない哀れな人間が無心の蟬に学ぶことを訴えている句なのだ。そういう理解の仕方をするのです。そして『謎ときサリンジャー』は、このような芭蕉俳句の理解をサリンジャーが共有していたことを大前提にして彼の作品にひそむ大きな謎に挑んでいきます。

兜太が一茶の句を例に挙げて言っていることにそっくりでしょう。人間が上で生きものが下、ではない。自分が蟬や蠅と一体化し、その目線で世界を見る。兜太は悟り澄ました存在が嫌で、芭蕉もあまり好まない――確かにそうかもしれませんが、実は芭蕉が最終的にたどり着いた境地といえるものと最晩年の兜太が語った思いは、本質的なところで重なっていると感じます。一見、相いれない存在のような相手とも、実は深い所で通底している、それが兜太の大きさでしょう。

世界文学としての多言語性と荒凡夫

世界文学としての兜太俳句、という点についても語っておきたいと思います。

彎曲し火傷し爆心地のマラソン

赴任先の長崎で詠んだこの句が典型なのですが、登場する「彎曲」、「火傷《かしょう》」、「爆心地」、「マラソン」という語はいずれも外来語ですね。前の三つは本来、中国の言葉だったものを千年以上前から次々と輸入して使っているのでしょう。「マラソン」はギリシャの地名から来ているわけで、十九世紀末の第1回オリンピックの後にでも取り入れたものでしょうか。

日本語というのは、中国との交流が始まり輸入された「漢語」と、それ以前から使われていた「やまとことば」がちゃんぽんで混然一体となっているわけです。その意味で日本語はもともと多言語的《マルチリンガル》な性格を持っています。中国出身の詩人の田原さんがあるシンポジウムで「日本という国は全体では排他的な空気が強いけれども、言葉は非常にオープン。中国語はここまでオープンではないと思う」という趣旨のことを話していました。中国語も最近は外国語をさかんに取り入れているようですが、日本語の場合、千年以上前からそれが常識でした。

かつて兜太と作家のいとうせいこうさんが海程の秩父俳句道場で対談をした時のことです。せいこうさんは「憲法九条」という言葉は法律用語で、詩の言葉として相応しくないと思っているふしが自分も含め日本の文学界にはあると指摘しました。「憲法九条」はもちろんごりごりの漢語でもあります。だからそういうテーマを詠む、詠まない以前に、俳語としての使うことの違和感ゆえに社会詠が異端視されるようなところがあるわけです。兜太はそれに対して、漢語とやまとことばとか、法律用語と日常用語とか、そういったものを差別すること自体が嫌いだと明言します。それは気持ちが悪いと言って毛虫を差別するのと同じだ、自分はそんなことはしないと言い切ったのです。

兜太は生きものと人間との間の差別を嫌うのと同じ次元で、言葉の差別にも忌まわしさを感じていたのですね。言葉に対する「ヘイト」を嫌っていたと言い換えてもいい。そもそも漢語とやまとことばを書き記す際の文字は出自が同じで、かつ日本語では漢語でしか表現できない概念がたくさんあるわけです。にもかかわらず、伝統的な和歌や俳句には、流麗なやまとことばを連綿と連ねることをもって「巧い」とする傾向がありました。
憲法九条や民主主義、哲学などなどの概念を日本の在来の言葉だけで説明しようとしたら、わけのわからないことになります。だから、漢語でしか表現できない事柄は和歌や俳句で取り上げることはやめよう、やまとことばで言えることだけ言っていればいいではないか――そういう言葉の無意味な差別を兜太は嫌ったし、結果的に抽象的な概念や社会的な事柄も俳句の中にどんどん取り入れていくことにつながったのだと思います。それが兜太俳句の社会性とか思想性ということに至る。あえて思想を描こうとせずとも、言葉を差別しなければ自然とそういう要素も俳句に入ってくるわけです。秩父道場で二人の対談を聞いていて、さりげない対話の中に深い思想が盛り込まれていることに惚れ惚れとしました。

二〇〇五年、兜太はスウェーデンのチカダ賞を受賞しました。その後しばらく経ってと思いますが、金子兜太がノーベル賞候補になったらしいという噂が立ったのです。詳細な選考の過程は五十年経つと公表されることになっていて、今からだと三十年と少し待たなければならない。それを生きて確かめたいという気持ちはありますが、どうなることやら（笑）。それまで真偽は分かりませんが、兜太が日本語俳人として初のノーベル文学賞の候補になっていたとしても全く不思議はないと確信しています。

いろいろ理由はありますが、その一つとして挙げられるのは、社会性や思想性をも俳句の中に自然な形で表現してきた存在だからです。現在のノーベル文学賞は、文学的な美意識や思索の世界に自閉するよりも、文学と社会との関係であったり、思想的なものの深さであったりを多声的な言葉で表現していくことに価値を認めている。その意味で兜太の俳句には世界文学として評価されるにふさわしい内実があるのです。先ほど述べた生態系的な発想から捉える生きもの感覚、人間中心主義に対する批判も含めて、今のノーベル文学賞や世界文学が向き合う先端的な問題意識を、兜太はずっと以前から他人の真似事でなく、自身の本能的な感覚を頼りに追究してきたということなのです。

文体論から言っても、漢語とやまとことば、他の外来語も差別なく駆使する兜太俳句の多言語性は世界文学と呼ぶにふさわしい。ノーベル文学賞を考える場合、日本語のようなマイナー言語の場合は翻訳が大きなネックとなります。その点、兜太俳句は比較的、他国語にも翻訳しやすいのではないかと思います。それはマルチリンガルなことば・文体で紡がれていることが一つの理由でしょう。

ある年の秩父道場で句会が終わった後に、兜太が廊下を歩いてきました。その時、立ち話で「兜太先生でもノーベル文学賞は欲しいんですか」と聞いてみたことがあるのです。すると兜太は少し黙った後、ぼそっと「うん、欲しいんだよ」って、ちょっと切なさそうな顔で言ったんですね（笑）。「荒凡夫」を自認する兜太らしいです。芭蕉好きの悟りすました俳人だったら「そんな権威主義的なものには興味がない」くらい言いそうな場面です。しかし、俳句が世界文学の中で明確に位置づけられるということは、日本語文学に次の一歩を促す起爆剤になるはずです。

今の若い世代の中にもそのぐらいの荒凡夫がいてもよい気がします。今、ノーベル文学賞候補に名の挙がる村上春樹さんや多和田葉子さんは当初から自分の文学を世界文学の文脈の中に位置づけようと努めてきました。目先にちらつく国内の俳句賞をもらって有名になりたいと小さくまとまってしまうのでは寂しい。今思えば、周囲が兜太にノーベル文学賞を狙うよう焚きつけるくらいの戦略性を持つべきでした。それをできずに兜太を亡くしたことを実に残念に思っています。

「死なねえ」今を生きる

二〇一八年二月六日、兜太は映画監督、河邑厚徳さんによる生涯最後のインタビューに応じました。この直後、兜太は倒れて意識を失い、そのまま亡くなったのです。様子は後に発表されたドキュメンタリー映画「天地悠々」に収められており、兜太の心身の衰えが映り込んでいて見るに忍びないという声も聴きます。ただ私は、そんな状況でも敢然と俳句に向き合う兜太の凄さを心底感じて、猛烈に心惹かれました。

インタビューでは、監督が「今から命ある限り何をするか？」というぎりぎりの質問を突きつけました。これに対し、兜太は長い黙考の末、「なんでもいいやい死なねえやい」――この一言を絞り出すように放ったのです。口にした本人は一茶の「捨て台詞」的な言を引用したつもりで、それになぞらえて自身の心境を語ろうとしていたようです。ただ、これが中村草田男が戦後詠んだ社会性俳句〈浮浪児昼寝す「なんでもいいやい知らねえやい」『銀河依然』〉から来ている言葉であることはまちがいないでしょう。

戦時中、東京大空襲などで両親とも亡くした戦災孤児が数多くおり、上野駅などに屯していました。それを浮浪児と呼んだわけです。舞台は神戸ですが、野坂昭如の『火垂るの墓』の世界と重なります。〈昼寝〉だから夏。子供たちに「君どこから来たの、家に帰らなくていいの」と聞いても自暴自棄な口ぶりで返してくる。兜太にも、

大きな冬月浮浪児がに股手は胸に　『少年』

があります。若き日の兜太は楸邨門下に身を置きつつ、その「詩」の魅力に惹かれて草田男の指導も受けていました。にもかかわらず戦後、現代俳句協会から俳人協会が離脱する前後には草田男と大論争を展開し、袂を分かったのです。その後も二人の間には生涯を通じた緊張関係が続いたわけですが、草田男没後も兜太が最晩年に至るまで愛憎入り混じった思いを抱き続けていたことは、

わが師楸邨わが詩萬緑の草田男　『百年』

の一句からもわかります。

自分ではそれと知らぬまま死を目前にして、これからの生き方を問われた兜太の脳内で様々な思いが交錯したに違いありません。その末に草田男の〈なんでもいいやい知らねえやい〉が「なんでもいいやい死なねえやい」に変容して口を出たわけでしょう。兜太はこの「捨て台詞」を一茶の「図抜けて拘りが無い」生き様を体現したものとして語っています。続けて、草田男と一茶と兜太のそれぞれの命そのものが混然一体となった言葉と化して兜太の口から洩れて出た――その不思議な因縁に心打たれます。

兜太は晩年、「他界」とか「死ぬ気がしない」などと盛んに口にしました。一般には歓迎される一方、俳人の間では、そういう兜太の発言については「あえて触れない」風の空気が存在し、それは「海程」にもあったかもしれません。宗教的になりかねない分、俳句論として取り上げる人は今も少ないでしょう。ただ、例えば、

狼生く無時間を生きて咆哮　『東国抄』

の一句で言う〈無時間〉というのは、いつ死ぬにせよ、確かに生きている今の、この瞬間は「死なねえやい」を貫くという兜太が人生の最期の最期に見せてくれた生きざまと繫がると思うんですね。生まれて死ぬまでの直線的な時の流れを抜け出た〈無時間〉の時間感念こそが、生きもの感覚に裏打ちされた創造的な生き方のおおもとなのではないでしょうか。

人間はほかの生きものと比べると圧倒的な記憶力を持ち、記憶を言語化することもできる。だから過去のことを覚え、そこから類推して未来のことも考えられるのです。多くの生物はそうはいかない。漠然とした記憶があるだけで、今に集中して生きるしかない。だからこそ今を懸命に生きる命の重さがある。

未来永劫に生きるとは兜太も思っていなかったでしょう。でも明日死ぬかもしれないから、くよくよと今何もしないかというと俺はそうじゃないと。今生きていると言えるだけの精一杯を今する。芭蕉の〈蟬〉そのままです。それが兜太が言った「死ぬ気がしない」ということだと思います。〈さすらいに入浴の日あり誰が決めた〉のようにうそぶきつつ、今の命を突き詰める姿を感じますね。

最期に兜太が倒れた早春、病院にお見舞いにうかがい、昏々と眠る姿に、

冬眠の蝮のほかは寝息なし　『皆之』
よく眠る夢の枯野が青むまで　『東国抄』

などの句を想いました。意識はありませんでしたが、リズミカルな呼吸はしっかりと刻まれていました。深々と眠りながらも、何かを語りかけてくるような、

その姿に俳人としての性というか、執念のようなものを感じました。だから師を〈蝮〉に見立てるのはと思いつつ、やはり〈蝮〉のようなしぶとく、命にあくまでこだわる何かを感じ、このままでも生き続けてほしいと心から思ったのです。

病室の閑さに抗うように聞こえる寝息。その韻律に耳を澄ますに連れて、生と死はどこかでつながり、切れ目なく連続しているという実感が自分の中で膨らみます。晩年の兜太が「死ぬ気がしない」と言い、「他界」でまた生きると考えた、その思いが妙に身に沁みて分かる気がしました。季節は違いますが、かつて舞踏家、大野一雄の長期にわたる昏睡状態の後の訃報に接した際、私自身が詠んだ、

麦秋のどこまで眠りどこより死

という句を、またおぼろげに想い出してもいた気がします。

毛深い造型で詠む映像

兜太から受けた影響を言うならば、俳句はもちろんのことですが、やはり生きざまですね。そのシリアスで哲学的な側面は、死生観とか、生きもの感覚、反差別、荒凡夫などといったキーワードで表現できると思います。それについては、ここまでに話したことでかなりの部分、伝わるでしょう。

より俗というか、処世術的な側面でも、兜太は実は時代を先取りしていたのではないかという思いが昨今ますます募っています。いまや昔話的存在となりつつある終身雇用＋年功序列というシステムの上にのっかった昭和的感覚が最高潮の時代、日本銀行というその権化のような世界から弾き出された兜太のサラリーマン人生です。それを「定住漂泊」という俳句的な理念にまで昇華させたあたり、転んでもただでは起きない兜太ならではのしぶとさを感じます。

そんな兜太の生きざまが、自身のキャリア形成に主体的に取り組み、複線的な生き方で経済構造の変動や

雇用システムの変化に的確に対応するという、最先端の生存戦略を先取りしていたと評価される――そんな時代になりつつあるのです。現時点では、俳句史的業績よりずっと一般にも分かりやすい形で兜太の先進性を示す人生の達人ぶりといえるかもしれません。

私自身、弟子としていろいろな点で兜太の生きざまに感化されました。六十代となり、勤め先と俳句との二本建ての生活を送っていますが、この齢で社業だけの暮らしを送っている自分の姿を想像するとき、より納得できる日々を送っているという手応えを感じます。後は健康なうちに、俳句一本に絞って自分の人生ですべきことをやりきりたい、という思いが募るばかり。遠からぬうちにそれが実現できれば、としきりに思う昨今です。

すべきことといったときに、念頭にあるものを挙げれば、ひとつは兜太の俳句観の中核にある「造型俳句論」――理論面でも、また実作の上でも、これをきちんと受け継ぎ、未来へと伝えたいという思いでしょうか。兜太自身、「造型」については晩年、「映像」という言葉で言い直したり、一方で自身の創作を「即興」と「造型」の二本建てと言ってみたり、つまりは最期まで模索を続けていたのだと思います。俳句というのは「言葉」そのものであり、それ以外の何ものでもないというのが私の考え方の基本ですが、その上で「言葉で描いた映像に語らせる」ことが造型の本質ではないかと捉えています。

とにかく「造型俳句」には大きな思い入れがあります。ですから、かつて春の秩父道場での自作、

地に殉教宙《そら》に毛深き蝶の貌

をのちに「造型」の句として兜太が誉めてくれたことは自分の中で大きな勲章です。最初「地に巡礼」と秩父遍路の実景を踏まえた句として作りましたが、兜太は採ってくれませんでした。『海程』に投句する際、この形に変えたのです。当時はイスラム過激派による自爆テロのニュースがしばしば伝えられました。一方、〈彎曲し火傷し爆心地のマラソン〉、〈華麗な墓原女陰あらわに村眠り〉などの造型句の名作を多産した兜太の長崎時代には、

殉教の島薄明に錆びゆく斧　『金子兜太句集』

と島原などでのかつてのキリスト教徒殉教をモチーフにした作品が数多く生まれました。そうした句へのあこがれが映像を結び、信じるということの持つ生命の爆発的エネルギーが放つ光と影の両面を捉えた造型の句として兜太が認めてくれたとすれば……。三十年間、弟子としてその謦咳に接しながら、兜太に褒められた記憶はあまり残っていないのですが、その分、この句だけは忘れられませんね（笑）。

言葉の差別をしない、という兜太俳句の原点もまた自分の中に脈々と生きています。漢語／やまとことばとの間、また季語／非季語、抽象語／具体語、文学的用語／社会科学的用語などさまざまなフェイズがあると思いますが、例えば社会詠や抽象俳句を俳句という文学ジャンルから排除したり、正反対に特別視したりもしない、ということです。

兜太の俳句では自然詠も社会詠も、どちらも息をするようにというか、変に構えることなく、あるがままの思いの発露として等しい心の延長線上で詠まれていると感じます。どちらか一方を差別して、どちらが上等だとか、下等だとか、そのような発想がない。だから、読んでいても押しつけがましさがなく、自然な息遣いを聴くように受け入れられるのだと思います。

二〇二二という年は百年後、まだ人類の文明が存続しているならばですが、大きな歴史の転換点として記されているに違いない大きな節目ではないかと思います。数次にわたる感染症の大波の来襲、安倍晋三元首相の暗殺とその後の政治的混乱など生々しくて今は客観的に捉えるのが難しい出来事のうち、ロシアによるウクライナ侵攻はちょうど兜太の命日である「青鮫忌」のわずか四日後に始まりました。私はこの日、兜太の墓前を訪れていました。『兜太再見』上梓の報告を終えたちょうどその直後、寺の中から緊急ニュースの音声が漏れてきたのを聞きとめ、絶句したのです。

その後、ロシア軍の戦車が首都キーウに向かい、衝撃的な映像を数多く目にしましたが、前後して私の住む三鷹ではわずかに残る麦畑で麦踏みが行われました。こうした平和な日常と悲惨な戦争が同じ地球の上に並んで存在すること、そして世界的穀倉地帯であるウクライナに限らず、平穏な日常を直前まで営んでいた市民が戦場に立たざるを得ないことの不条理を切実に感じました。

麦踏みし足が戦車の前に立つ

戦車を間近に見た経験はありますが、ウクライナを詠んだ句という前提からすれば、ある種の「テレビ俳句」であることも否定しません。ただここに捉えた映像は単なる一時の映像にとどまっておらず、普遍的な何かを語っている――自分にはそう信じたい気持ちがあるということです。兜太がもし今ここにいて、この句を見たとき、「造型」の句として認めてくれるだろうか。そして、兜太自身が二〇二二年の今を目の当たりにし、果たしてどのような句を詠もうとするだろうか――そんな自問自答を絶えず続けている昨今です。

おわりに

柳生正名氏は、一九九二年より俳句を始め、最初は大木あまり氏の指導を受けていたが、あまり氏のお勧めで、一九九五年頃より金子兜太先生に師事し「海程」への投句を開始した。二〇〇一年には「海程新人賞」、二〇〇七年には「海程賞」、また、二〇〇六年には現代俳句協会評論賞をそれぞれ受賞され、作・論の両方にわたる「海程」の若き作家として活躍し注目された。二〇二二年二月に『兜太再見』を刊行。兜太の俳句と人間性を独自の見解を以て論じており、読者に兜太を知るのに新たな視点を提供してくれた。今回のインタビューも独特な角度から兜太を見て語っておられ、とても新鮮な刺戟を受けた。

董振華

柳生正名の兜太20句選

朝空に痰はかがやき蛞蝓ゆく　『少年』

大きな冬月浮浪児がに股手は胸に　〃

白い人影はるばる田をゆく消えぬために　〃

銀行員等朝より螢光す烏賊のごとく　『金子兜太句集』

彎曲し火傷し爆心地のマラソン　〃

華麗な墓原女陰あらわに村眠り　〃

殉教の島薄明に錆びゆく斧　〃

鮭食う旅へ空の肛門となる夕陽　『蜿蜿』

暗黒や関東平野に火事一つ　『暗緑地誌』

あおい熊チヤペルの朝は乱打乱打　『早春展墓』

防風林に一つ山松蟬もいたぞ　『旅次抄録』

冬眠の蝮のほかは寝息なし　『皆之』

大前田英五郎の村黄落す　『両神』

よく眠る夢の枯野が青むまで　『東国抄』

おおかみに螢が一つ付いていた　〃

狼生く無時間を生きて咆哮　〃

比叡の僧霧に鹿呼ぶ仕草して　『百年』

わが師楸邨わが詩萬緑の草田男　〃

さすらいに入浴の日あり誰が決めた　〃

東西南北若々しき平和あれよかし　「東京新聞平和の俳句　２０１７年12月」

柳生正名（やぎゅう　まさな）略年譜

昭和34（一九五九）　大阪市に生まれ、主に首都圏で育つ。
昭和60（一九八五）　東京大学法学部卒業。
平成4（一九九二）　勤務先の社内句会に参加、大木あまりの指導を受ける。
平成7（一九九五）　「海程」へ投句を開始。
平成13（二〇〇一）　「海程」新人賞。
平成16（二〇〇四）　共著『現代の俳人101』（新書館）刊。
平成17（二〇〇五）　現代俳句協会評論賞受賞。
平成19（二〇〇七）　海程賞受賞。
平成24（二〇一二）　現代俳句協会評論選考委員（二〇一七年まで）。
平成26（二〇一四）　句集『風媒』（ウエップ）刊。
平成30（二〇一八）　「海程」後継誌「海原」創刊同人・実務運営委員長。
同人誌「棒」創刊に同人として参加。
令和4（二〇二二）　『兜太再見』（ウエップ）刊。

現在、よみうりカルチャー川口、朝日カルチャー新宿各講師。

第12章

宮崎斗士

（二〇二二年三月二十九日　調布にて）

はじめに

宮崎斗士氏と初めてお会いしたのは二〇〇五年「海童会」の句会で、ちょうど私は国費留学で四月から早稲田大学アジア太平洋研究科二年間の修士課程で勉強していた時期だ。同年、宮崎氏は同人誌「青山俳句工場05」を創刊し、秋頃に氏の職場のビルの十階で開催した句会に一度招待されて参加。また句会の後、ビルの屋上で花火大会を催し、新老句友と楽しいひと時を共に過ごしたことが深く印象に残っている。

海童会のほか、私はときどき東京例会にも参加したため、その都度お目にかかり、そして二次会にもたまに顔を出していたので、接する機会が多かった。そこで宮崎氏並びに奥様の芹沢愛子氏とはだいぶ親しくなった。この度のインタビューも宮崎氏ご夫妻から大きな支持と激励をいただいた。

董振華

俳句を始めた頃のこと

私は一九八九年（平成元年）頃に俳句を始めました。最初の一年間はずっと『朝日新聞』の「朝日俳壇」に投句していました。当時の「朝日俳壇」の選者は加藤楸邨先生、山口誓子先生、稲畑汀子先生と金子先生でした。それで、始めたばかりの二月五日に加藤楸邨先生の選で〈寒木に凭れて恋も半ばなり〉という句が載ったんです。恥ずかしながら、これが私の（公式）デビュー作品です。それで「おお、やった！」と喜んでね。俄然やる気が出てきました。最初のうちは新聞とか雑誌の投句だけで、ずっと俳句をやっていました。それが三、四年ぐらい続くのかな。当時、弘栄堂書店発行の「俳句空間」（編集人・大井恒行）という俳句雑誌があって、そこに「新鋭作品欄」という投稿欄があったんです。その欄は十句を投稿して、もし入選したらその十句とも載せてくれる。そこに投稿を始めたんです。それで三回入選して、計三十句載せていただきました。選者が宇多喜代子さんでした。その「俳句空間」は平成五年に終刊になっちゃうんですけど、新鋭作品欄の常連入選者を対象に、アンソロジーを企画してくれたんです。『耀――「俳句空間」新鋭作家集』、一人につき百句掲載で、参加者十六名。この本が出版された後、読まれた方から、うちの句会や俳句イベントに参加しませんかみたいなお誘いを受けるようになって、それでだんだんと俳句繋がりみたいなものが出来てきました。

兜太・せいこうのみなづき賞贈賞式にて
左から　宮崎斗士・金子兜太・富田敏子・芹沢愛子
2016年7月3日

金子先生との出会い、そして「海程」に入会

二十秒ずつビデオテープに冬溜まる　斗士

――刻むようにビデオテープに写しとられてゆく冬の景色だが、景色などといわず〈冬〉といい、撮るなどといわず〈溜まる〉とした。無表情な季節への対し方に魅力がある。それも秒刻みなどともいわず、機械的に〈二十秒〉ということによって表情はさらに動かない。それでいて、後味は無表情ではないのだ。（金子兜太）

「抒情文芸」第70号・俳句欄（選・金子兜太）。これが私と金子先生との初めての交流です。一九九四年（平成六年）、まだホームビデオが一般に活用されていた頃のこと。入選第一句に掲げていただき、とても丁寧で

シャープなご選評を賜りました。俳句を続けていく上での大きな励みになりました。

その後、私は現代俳句協会に入会——。私の俳句関連の交流がますます広がっていきました。で、ある時、ある俳句の先輩が、お前もずっと一人ぼっちでやってきて、まだまだ甘ちゃんだから、やっぱり結社に所属した方がいいというふうにアドバイスしてくださって、所属するのなら「海程」が一番いいだろうと。これも何かの巡り合わせですからね……そのままその方が仰る通りすぐ「海程」に入っちゃったんですよ。その先輩に「海程に入ります！」って伝えたら、「金子兜太の最晩年の弟子として頑張れ」と言ってくださったんだけど、結局二十二年間の「最晩年」ということになりましたね（笑）。

「海程」一九九六年の一月号に初めて私の作品が載ったんです。その際、金子先生から佳作に挙げていただいたのが〈指先の影のあふれて十二月〉という句でした。そしてその年の三月ぐらいにJR新宿駅近くの家庭クラブ会館で毎月開催されていた東京例会に初めて参加したんです。そこで初めて金子先生にお目にかかって、すごく感動したんです。先生の軽妙かつ的確なご講評、あと世間話、講話も大変面白くて、人間的に凄く惹かれたんです。本当もう最初の一回でね。けれども、「海程」に入会後、すぐに壁にぶち当たりました（笑）。当時の「海程」同人・会友の方々の個性的な詩情豊かな作品群の中で、どうすれば自分の作品をアピールできるのかを探り続けて、ひたすら悩み、暗中模索の日々。得手勝手、闇雲にバットを振り回していたような時期でしたね。打率は極めて低かった。そんな折、何度か「海程」誌上にて私の句を金子先生に講評していただきました。

ぶらんここぎすぎて畳屋のようなり　　斗士

——わかる人とわからない人がいていいのだろう。このような句は、作者も自分勝手だし受け取るほうも自分勝手だが、私の場合は、畳屋が目の前の青い畳にぎいぎいと針を入れながら仕上げていくその動作と、青空の中でぶらんこをこぎすぎて疲れたという感じとは感覚が合う。妙な壮快感と疲れだ。これだけを受け取って、受け取れなければそれまでという句。非常に感覚的で、それ以上の意味はない。

薬局のように水母のうごくなり　斗士

——この作者は、自分の感覚以上に頑張って句を作っているのではないだろうか。水母を見ていて何かを感じる、そしてそこからさらに想像を飛躍させる…。よくいえば極限まで自分の想像力を広げ、飛躍させる実験をしているように思える。この句もそのようなところから出てきたのだろう。だから句を説明しようとしてもすることができないし、説明するのはばかばかしい。それでは何故この句をいただいたかというと、何度もこの句を読んでいるうちに、私には何となく水母が薬局のように思えてきたから。薬局が水母のように漂っているのが感じられてきたからだ。この種のような句では、句から教えられるものがある時のみいただくことにしている。納得させられない時はいただかない。ばかばかしいが面白い。

まさに暗中の灯という感じでした。作者の私自身でも持て余すような句を、先生はしっかりと受け止めてくださる……どれだけ励みになったか分からないですね。

その後、二〇〇〇年に「海程」の同人になることが

「海程」熊谷全国大会にて
左から　宮崎斗士・金子兜太・芹沢愛子・金子知佳子　2017年

出来ました。そして二〇〇四年に海程会賞を、二〇〇九年に海程賞を受賞しました。

「海程」秩父俳句道場

「海程」では毎年春と秋の二回、「秩父俳句道場」という俳句合宿を開催していました。場所は秩父郡長瀞町の「養浩亭」。この旅館は金子先生の旧友の方がオーナーで、大変お世話になりました。

二〇〇八年から私はその秩父俳句道場の幹事になったんですよ。それで金子先生のご意向で、広く俳壇で活躍されている方々に道場へのゲスト参加をお願いしてきました。毎回原則として二日目（日曜日）の午前中に、ゲストの方をフィーチャーしたイベントを開催。ゲストの方それぞれの個性が発揮された、とても楽しく有意義なひとときでした。来ていただいたゲストの方々とイベントの内容は次の通りです。

仁平勝さん（2008／4）

講演「私と金子兜太」。仁平さんと金子先生および「海程」のパネラー数名によるディスカッション。

櫂未知子さん・白井健介さん（2009／4）

講演・パフォーマンス「あえて、季語を考える」（しゃぼん玉、風船、風車、竹の水鉄砲、水中花、浮き人形など季語になっているおもちゃの説明、挿話）。

池田澄子さん（2009／11）

池田さんによる道場参加者の「海程」掲載句の鑑賞。池田さんの俳歴、作品に関しての宮崎によるインタビュー。金子先生との「戦争俳句対談」。

筑紫磐井さん（2010／4）

講演（金子先生と自分との関わり、前衛／伝統について）。宮崎によるインタビュー（俳歴、俳句活動、作品、「豈」「新撰21」について）。金子先生との対談（生きもの感覚について、「豈」「海程」のコラボについて）。

髙柳克弘さん（2010／11）

講演（「鷹」のこと、藤田主宰との思い出、藤田・金子両主宰の交わり、結社・師系というものに対する思いなど）。宮崎によるインタビュー（俳歴、俳句活動、作品、「鷹」、藤田主宰、句集『未踏』について）。

今井聖さん（2011／4）

講演（加藤楸邨・中村草田男・金子兜太。金子先生と自分と

の交わり）。宮崎によるインタビュー（俳歴、俳句活動、「街」について）。金子先生との対談（私たちにとっての「寒雷」そして加藤楸邨）。

高野ムツオさん（2011／11・2012／11）

「海程」熊谷全国大会にて
金子兜太と宮崎斗士　2017年

テーマ詠句会（テーマ／東日本大震災）。講演（東日本大震災について。プロジェクターを使用）。金子先生との対談（震災詠、戦火想望俳句、戦後俳句史）。

対馬康子さん（2013／4）

講演（金子兜太「造型俳句論」について）。金子先生との対談（引き続き「造型俳句論」について）。

坊城俊樹さん（2013／11）

講演（テーマ「ライバル虚子」）。金子先生との対談（引き続き、高浜虚子について）

石寒太さん（2014／4）

映画『ほかいびと～伊那の井月～』（ダイジェスト版）上映会。講演（「寒雷」の大先輩としての兜太、漂泊と放浪の違い、定住と漂泊、「寒雷」の三人・楸邨――兜太――寒太、こころの漂泊者・金子兜太）。

宇多喜代子さん（2014／10）

講演（テーマ「稲作」「中国」など）。金子先生との対談（戦時中の体験談、戦争について思うところ、今現在の日本について）。

筑紫磐井さん・関悦史さん（2015／4）

関さん講演（社会性俳句について、古沢太穂作品について）。

筑紫さん講演（新俳句史、金子兜太と阿部完市の位置づけ、「海程」について）。金子先生を交えての鼎談。

マブソン青眼さん（2015／11）

講演（テーマ「小林一茶」「原発事故以降、僕がやったこと」）。金子先生との対談（新興俳句運動の弾圧について、戦争中の虚子の存在について）。

いとうせいこうさん（2016／4）

いとうさんのこれまでの経歴、様々な表現活動の紹介（トークと映像）。宮崎によるインタビュー（俳句との繋がりについて、金子先生との関係について、など）。金子先生との対談（東京新聞「平和の俳句」について、ラップについて、など）。

宇多喜代子さん（2016／11）

宮崎によるインタビュー（私の俳句人生と出会い・宇多さんの年譜を辿りながら）。金子先生との対談（戦争体験、俳句の社会性、俳句論など）。

池田澄子さん（2016／11）

宮崎によるインタビュー（私の俳句人生と出会い）。金子先生、宇多喜代子さんとの鼎談（戦争体験と「平和の俳句」について）。

ゲストの皆さん、金子先生のことが大好きな方ばかりだから、本当に盛り上がったし、佳き時間を過ごさせていただきました。ゲストの方々の金子先生評や金子先生との語らいの数々……それらによって、あらためて金子先生の人間力の強さ、豊かさを目の当たりにすることが出来ました。

金子先生の遺言

私の第二句集『そんな青』（六花書林刊）上梓の際、身の程知らずにも金子先生に帯文をお願いしました。快諾していただいたばかりでなく、ご多忙の中、何パターンもの文案を用意してくださり恐縮の至りでした。先生に白紙とフェルトペンをお渡しして、私の目の前で書いていただいた帯文は、

詩が溜っているから
峠をどんどん歩いてゆく
鹿や狐や猪によく出会う
どっちも笑う

というもの。その一枚の紙をじっと見つめながら、「どっちも笑う」の結びが胸にじんわりと沁みてきたのを今でもよく覚えています。帯には先生の直筆をそのまま使わせていただきました。金子先生と言えば、あの骨太の筆文字がよく知られていますが、私は先生の繊細で気韻溢れるペン字が大好きでした。

先生が私に託してくださった思い……私にとっては、この帯文が金子先生の「遺言」ということになるんでしょうね。生き物のみならず森羅万象と深く交り合い、笑い合えるような作品を書いていけたら――と思います。

「海程」熊谷全国大会
左から　宮崎斗士・中村晋・芹沢愛子　2017年

金子兜太とは何か

令和元年九月二十三日、金子先生生誕百年のその日に遺句集『百年』発行――。私も編集委員の一人でした。七三六句、晩年期十年間の先生の作品をほぼ全句収載しています。

同年七月六日、句集『百年』発行に先立ち「兜太俳句の晩年」という公開シンポジウムが荒川区「ゆいの森あらかわ」にて開催されました。パネリストは宇多喜代子、高野ムツオ、田中亜美、神野紗希の四氏。私が司会進行を務めました。定員の百二十名を越す大勢の方にご来場いただきました。

それで、そのシンポジウムの終盤、パネリストの方々に「金子兜太とは何か？」という質問を試みたんです。

田中亜美「父・金子伊昔紅と同じく、人を生きよと励ましてくれる〈医者〉だった」。

神野紗希「兜太は俳人だと言うか、兜太は人間だと言うか、迷っていた。（中略）体をもって、心をもって、今、有限の時間を生きている人間として、自分が見つめられるものを見、自分が書けるものを書いた。まさに人間・兜太だった」。

高野ムツオ「金子兜太は先生自身が言っていたように〈俺は俳句なんだ〉ということだと思います。ということは〈俺は言葉だ〉ということになります。だから、これも先生の言葉ですが〈俺は死なない〉と。俺は俳句、俺は言葉なのだから、この世から去っても、俳句として生き続ける……」。

宇多喜代子「大きな存在の、俳句が好きな人間、言葉そのものであった人間。だからあまり神格化してほしくない。それと死後成長する俳人だろうと思います。優れた作家は死後も成長するんですね、存在していた時以上に。金子さんはそういう一人になるだろうと思います」。

というお答えをいただきました。

二十二年間弟子であった私としては、金子兜太とは一つの「祭」であったと思います。まさに金子先生は生きているお祭のようだったな……と。金子先生がそこにいるだけで場が華やぎ、活性化する。金子先生が元気だということが周りの人たちをも元気にしてくれる。さらに俳句を頑張ってみようという気にさせてくれる。そして、その祭の灯を消さない、絶やさないことが残された私たちの役目なのだと思います。

秩父・総持寺での金子先生の一周忌法要で、「俳人という枠を超えて、人間の原点を教えてくださった」と宮坂静生さんが仰っていたんだけど、そういうことだと思うんですよ。金子先生の俳句のみならず、金子兜太という人間そのものをね、間近で体験できたということがやっぱり私たちの宝物ですよね。

だから、金子先生と私たちの祭はこれからも続きます！　金子先生の生前の言葉、「俺は死なない。この世を去っても、俳句となって生き続ける」。この一言をしっかりと後世に繋げるべく、私も尽力を惜しまない所存です。

現代俳句協会創立七十周年記念大会　東京帝国ホテルにて
金子兜太と宮崎斗士　2017年11月23日

私の好きな金子兜太二十句鑑賞

私が好きな兜太二十句を選び、私なりの鑑賞をさせていただきます。

魚雷の丸胴蜥蜴這い廻りて去りぬ　『少年』

戦時中、先生がさまざまに体験されたであろう修羅場。その合い間の、あっという間の出来事です。一匹の蜥蜴が魚雷の表面を無邪気に這いまわる情景。魚雷の兵器としての禍々しさ重々しさと、小さく軽やかな命との対比。ともすれば先生の眼には、この戦争と一兵卒である先生ご自身との対比のように映ったかも知れません。この蜥蜴に自らを投影してゆく。常に死を意識し、死と隣り合わせにある自分――。やがて離れてゆく蜥蜴、しかし自分は今現在置かれているこの状況から逃れることができない。そこではっと我に返る。この「去りぬ」から、とめどなく無常感が溢れてきます。

死にし骨は海に捨つべし沢庵嚙む　『少年』

先生は「その時期非業の死者たちにうながされて、いや励まされて、私は自分の〈生き残った生〉を生きようとしていたのである。死んだら、骨までこなごなに焼いて、海に捨ててしまえという気持だった。死んだあとまで自分の形骸を残そうとする、そんな未練がましい生をいきることは、非業の死に酬いることではないという気持である」と語っておられます。

朝日煙る手中の蚕妻に示す　『少年』

この句は結婚初夜の翌朝の句とされています。舞台は先生の実家のそば。蚕を手に取って、これで秩父の農家は現金収入の大半を得ているのだ、貴重な生き物なんだと皆子先生に説明。下五の「示す」に「これが秩父だ」の気持ちを込められたのです。

きよお！と喚いてこの汽車はゆく新緑の夜中　『少年』

「停滞をぶち破れ」「詩に燃えよ」という一句。「きよお！」の響きから、ひとかたならぬ闘志が汲み取れます。

涙なし蝶かんかんと触れ合いて　『暗緑地誌』

蝶同士の柔らかな縺れ合いを「かんかんと」と表白するのがまさしく金子兜太流。その響きは蝶たちの生命感をもくっきりと浮き彫りにします。「〈涙なし〉は自分を絶対に甘やかさないという決断で、そのこころに決めた意思は研ぎ澄まされているから、蝶の翅の触れ合う音も聞こえる」とは先生ご自身の弁です。

谷に鯉もみ合う夜の歓喜かな　『暗緑地誌』

景の濃密な質感、空気感がそのまま、「夜の歓喜」というアレゴリーの密度を豊かに表わしています。ひっきりなしの水音までも聞こえてくるようです。「映像」ということを問われた時に、この句と「彎曲し火傷し爆心地のマラソン」とを先生は挙げられたものでした。

暗黒や関東平野に火事一つ　『暗緑地誌』

「海程」に入会して間もなく、初めてこの句に触れ、句の景がぐわっと眼前に広がってきた時の衝撃が今でも鮮明に甦ります。以後くり返し味わう度に「暗黒や」のとてつもない重量感に圧倒されてしまいます。この句について先生は「〈暗黒や〉の言葉はホッと出てきた。私に暗黒感があったということだ。やはり高度成長期という時代に対する私の反時代意識というものがあった。モノがどんどん出てきてみんな豊かになるけれど、これで人間の心というものはいいのかなと思ったんだ」とされています。

現代俳句協会創立七十周年記念大会　東京帝国ホテルにて
左から　堀之内長一・中内亮玄・宮崎斗士　2017年11月23日

海とどまりわれら流れてゆきしかな　『早春展墓』

先生はこの句を「人間は生きてゆくために〈社会〉に〈定住〉を余儀なくされているが、こころの奥ではアニミズムの原始の世界「原郷」に憧れて「漂泊」している。定住しつつ漂泊しているのが人間の今生きている姿なり」と自解されています。この「定住漂泊」というのが先生の生きる上での重要なキーワードでした。

梅咲いて庭中に青鮫が来ている　『遊牧集』

――ある時の「海程」全国大会の親睦会の席で先生に思いきり単刀直入にお尋ねした。「何故〈青鮫〉なのですか？」。先生はうんうんと頷きながら「きみ、青鮫は戦友のことなんだよ」と遠くを見つめる眼差し

をされた。（小池弘子／「海原」二〇二二年七・八月号）
数多の戦友が青鮫の姿を借りて、梅盛りのわが庭にわんさか集っている。その景を目の当たりにした時の先生の感慨（あるいは感傷）は如何許りだったろうか

現代俳句協会創立七十周年記念大会にて　2017年11月23日

――と思わずにはいられません。

谷間谷間に満作が咲く荒凡夫　『遊牧集』

この「荒凡夫」というのはもともとは小林一茶の言葉で、一茶は六十歳の正月に「荒凡夫で生きたい」とあるところに書き記しています。つまり「愚」のままに生きたい。「愚」とは煩悩具足、五欲兼備のままにということ。先生ご自身はこの「荒」を「自由そのもの」というふうに解釈。人様に迷惑をかけずに私も「荒凡夫」として生きていきたい、と常々語っておられました。先生はこの満作の花の佇まいに一茶の姿を認めておられます。

長生きの朧《おぼろ》のなかの眼玉かな　『両神』

七十歳代になり、判断力の若干の鈍りや白内障の進行もあって、心身に次第に「朧」を感じるようになってきたのでしょう。その朧に反逆すべくギョロリと目を光らせる。さすがの気概が感じられるところです。

春落日しかし日暮れを急がない　『両神』

私は先生の遺句集『百年』の編集委員の一人でしたが、先生の晩年の作品群に触れつつ、この作品を幾度も思い出したものでした。この句、先生ご自身が「春は暮れやすきものである。その暮れやすき春に便乗して、自分の人生をまあまあもっと腰を落ち着けて生きていけばよいじゃないか。自分に言い聞かせてるわけですね、悠々とやれよと」と語られています。

俳人にかなぶんぶんがぶんとくる　『東国抄』

俳句作家と森羅万象との明快にして朗らかな繋がり。俳句作家としてのあるべき姿を説いた一句です。

おおかみに螢が一つ付いていた　『東国抄』

角川『俳句』の「平成を代表する俳句」というアンケートでこの作品が十六票を集め、ダントツの一位でした。二つの命の簡潔にして瑞々しい交歓を描いたこの作品。多くの賞賛が寄せられたことを喜びたいと思います。先生は「私が産土を思う時、かならず狼が現われてくる。群のこともあり、個体のこともある。個体の時よく見ると蛍が一つ付いていて瞬いていた。山気澄み大地静まる中、狼と螢、〈いのち〉の原始さながらに実に静かに土に立つ」と自解されています。

合歓の花君と別れてうろつくよ　『日常』

私は今まで、「この句が金子兜太作品の中で最も好きな一句だ」とあらゆる場所にて言ってきたし書いてきました。そして今現在もその思いは全く薄れていません。これほどまでに純朴で、哀感に満ちたラブソングを私は他に知りません。先生はこの句について『皆子他界のあとは、生前の細かい言葉遣いや仕種が、何彼につけて思い出されて辛かった。どれほど　自分が勝手に振る舞ってきたかと思うことも頻りに。「君」は言うまでもなく皆子。「うろつくよ」がその後悔を抱えつつ、なんとも頼りない気持ちで暮らしている自分』と自解されています。長年連れ添った妻を亡くし、先生ご自身の中で、何かがずっと止まったままであり、一方で何かがずっと揺れ続けている……その微妙なバランスを「うろつく」と表現された、と私は受け取ります。そして末尾の「よ」の響きに寂しさや欠落感、詫びる気持ち、その上での境涯感などが全て網羅され

金子先生の納骨式、「海程」同人一同　2018年4月5日

ているのです。

峡に住み蝮も蠍座も食べる　『百年』

非常にスケールの大きい一句。中七下五「蝮も蠍座も食べる」から、この主人公の大らかで逞しい日常が汲み取れます。

炎天の墓碑まざとあり生きてきし　『百年』

先生は二〇一五年度の「朝日賞」を受賞。受賞理由には「俳人としての根幹に反戦と前衛性を持ちながら、指導者として、決まりにこだわらない詠み方も許容し、幅広い年齢層に俳句を定着させた」ということが挙げられています。「朝日賞を受く」の前書きがあるこの一句。あの〈水脈の果て炎天の墓碑を置きて去る〉からはや七十年……。「生きてきし」の余情に弟子の胸も熱くなりました。

妻の墓に顔近づけてわが足長《あしなが》蜂　『百年』

「わが足長蜂」という措辞にいたく心惹かれました。皆子先生との遠くて近い、微妙な距離感がふわりと感覚的に伝わってきます。

河より掛け声さすらいの終るその日　『百年』

「海程」二〇一八年四月号に先生の最後の九句、まさに亡くなる直前の一月二十五日から二月五日の間に作られた九句が掲載されました。掲句はその中の一句。この「さすらいの終るその日」という措辞、やはり先生は自らの死期をしっかりと受け止めておられたのでしょうか。とすると、この「河」は三途の川？　そして「掛け声」の主は誰だったのでしょう……。

陽の柔わら歩ききれない遠い家　『百年』

「最後の九句」のうちの最後の一句。この「歩ききれない遠い家」、もちろん先生の現住所である熊谷の家という読みが正しいのかも知れませんが、私にはこの「遠い家」、先生の生家のような気がしてなりません。まさに九十八年の生涯をたった一句にて振り返るような力をこの句に感じました。

おわりに

宮崎氏は知性的で寡黙な印象の方であるが、兜太先生の話になると表情がぱっと明るくなり、楽しそうに明晰な話の場をもたらしてくださる。今回のインタビューでも、宮崎氏にこの企画の趣旨を申し上げたところ、即応答して頂いた。そして、金子先生との関わりの資料を時間をかけて作成し、事前にメールで送ってくださった。そこで取材が順調に進んだことに深く感謝している。宮崎氏は、任された仕事は完璧に全うされる方である。二〇〇八年から二〇一八年の「海程」終刊まで、十年間ずっと秩父俳句道場の幹事を務めておられた。その間、金子先生のご意向で、広く俳壇で活躍されている方々の道場へのゲスト参加の依頼の窓口係も担われた。更に、二〇一九年九月二十三日、金子先生のお誕生日に合わせて刊行した遺句集『百年』の編集にもご尽力された。「金子先生は生きている祭のような存在だ。祭の灯を絶やさないことが残された私たちの役目」と語り、金子先生の存在を継いでいこうとする意志に共感した。

董振華

宮崎斗士の兜太20句選

魚雷の丸胴蜥蜴這い廻りて去りぬ 『少年』
死にし骨は海に捨つべし沢庵嚙む 『〃』
朝日煙る手中の蚕妻に示す 『〃』
きよお！と喚いてこの汽車はゆく新緑の夜中 『〃』
涙なし蝶かんかんと触れ合いて 『暗緑地誌』
谷に鯉もみ合う夜の歓喜かな 『〃』
暗黒や関東平野に火事一つ 『〃』
海とどまりわれら流れてゆきしかな 『早春展墓』
梅咲いて庭中に青鮫が来ている 『遊牧集』
谷間谷間に満作が咲く荒凡夫 『〃』
長生きの朧《おぼろ》のなかの眼玉かな 『両神』
春落日しかし日暮れを急がない 『〃』
俳人にかなぶんぶんがぶんとくる 『東国抄』
おおかみに螢が一つ付いていた 『〃』
合歓の花君と別れてうろつくよ 『日常』
峡に住み蝮も蠍座も食べる 『百年』
炎天の墓碑まざとあり生きてきし 『〃』
妻の墓に顔近づけてわが足長蜂《あしながばち》 『〃』
河より掛け声さすらいの終るその日 『〃』
陽の柔わら歩ききれない遠い家 『〃』

宮崎斗士（みやざき　とし）略年譜

昭和37（一九六二）　東京都生まれ。

平成1（一九八九）　この頃、作句開始。

平成5（一九九三）　アンソロジー〈耀―「俳句空間」新鋭作家集Ⅱ〉に参加。

平成7（一九九五）　現代俳句協会に入会。

平成八（一九九六）　「海程」（主宰・金子兜太）に入会。

平成9（一九九七）　超結社句会「青山俳句工場」を発足。

平成12（二〇〇〇）　「海程」同人になる。

平成16（二〇〇四）　第五回海程会賞受賞。

平成17（二〇〇五）　第一句集『翌朝回路』（六花書林）刊、同年、機関誌「青山俳句工場05」を創刊（隔月刊）。

平成21（二〇〇九）　第四十五回海程賞受賞　第二十七回現代俳句新人賞受賞。

平成26（二〇一四）　第二句集『そんな青』（六花書林）刊。

平成27（二〇一五）　現代俳句協会研修部長に就任、同年、現代俳句協会添削教室講師に就任（～二〇二一年）。

平成30（二〇一八）　現代俳句新人賞選考委員に就任（～二〇二〇）、同年、「海程」終刊、後継誌「海原」創刊。「海原」副編集人に就任。

令和3（二〇二一）　現代俳句協会研修部長を退任　現代俳句協会顕彰部長に就任。

令和4（二〇二二）　第十三回北斗賞選考委員に就任。

現在、「海原」副編集人、「青山俳句工場05」編集発行人、現代俳句協会顕彰部長。

第13章 田中亜美

（二〇二二年三月二十六日十四時　董自宅にて）

はじめに

「海程」誌は金子先生の「東国抄」の他に、「海原集」「海人集Ⅰ・Ⅱ」「海花集Ⅰ・Ⅱ」「海童集Ⅰ・Ⅱ」「海程集」の五つの階級に分かれている。私が「海童集Ⅱ」にいた頃は、田中亜美氏、宮崎斗士氏、野﨑憲子氏、松本勇二氏、石川青狼氏等同集にいる仲間の名前が印象に残った。毎号の「海程」誌が届いたら、まず「海童集Ⅱ」の仲間や注目する仲間の作品を先に読む。ところが、いつの間にか、私を除いて他の仲間はそれぞれ海程賞を受賞して、上の集へどんどん進んだ。

田中氏と初めてお会いしたのは兜太先生の納骨式だ。そこで氏から、兜太先生が幼年時の上海での暮らしを記述した小論文を載せた雑誌をいただいた。俳句や兜太研究に熱心な方だという印象を受けた。それをきっかけに、私も自分の句集や聊楽句会のアンソロジー、兜太俳句の中国語訳などを送り、同じ兜太門徒として交流を始めた。この度のインタビューでは最初の語り手として、お話を伺った。

董振華

「朝日俳壇」へ投句開始

私は一九九八年に「海程」に入会しています。ちょうど二十八歳になる年です。いきなり「海程」に入ったんじゃなくって、一九九六年のころから『朝日新聞』の「朝日俳壇」に投句をしていました。初めは短歌と俳句の両方を投稿したのですが、俳句の方が、すぐに「朝日俳壇」に入選しました。「金子兜太先生」という先生が選んでくださったらしい。そのあとも、短歌と俳句の両方を作って投稿をつづけましたが、また、兜太先生が選んで下さった。それまで、私は短歌も俳句も作ったことが全くなくて、どちらかといえば、短歌の方が、季語の知識などなくても作れるのかなと思っていただけに、この結果は意外でした。

「朝日俳壇」には、四人の選者がいます。毎週、四人の選者が十句ずつ選ぶ合計四十句の中には、複数の選者に選ばれる作品もあります。そのあと、短歌はすっぱり諦めて、俳句だけ投句するようになるのです。なぜか私の句は決まって「金子兜太選」に入る。他の選者の選には入らない。

実はそのとき、大学院の受験準備のために、ドイツ語と英語の勉強に専念していました。こちらの方は人生のキャリアがかかっていましたから、新聞の投句欄に入選したくらいで俳句にうつつを抜かしてしまったら、自分の人生設計が狂ってしまうのではないかという強い危機感がありました。だから、書店に行っても、歳時記や俳句の本のコーナーには目もくれず、俳句の情報は意識的にシャットダウンしていた。だから、いつも選んで下さる先生のお名前も「とうた」とは読めず、「かぶた先生」と勝手に読んでいた（笑）。

それでは、何で投句を続けていたのかというと、当時の「朝日俳壇」は入選すると、賞品のような感じで、ハガキが十枚送られてくるのです。ハガキといっても、他に大した使い道は思いつかないので、結局、俳句を作って投句する。すると、それを兜太先生が取って下さる。

もちろん、そんなにしょっちゅう、入選していた訳ではないのですが、この「かぶた先生」に向けて、俳句ともいえないような下手な俳句をずっと紡いでいました。たまに兜太先生の選に選ばれるのが、つらく孤独な受験生活の励みになっていました。そういう時期が一年半ほど続きました。

「海程」の東京例会に参加

無事に大学院の入試に合格して、ちょっと自分の生活が一段落ついたのがちょうど一九九八年の二月のことです。合格したあと、すぐに書店に走っていって、歳時記と角川「俳句」などの俳句の雑誌をまとめ買いしたから、よく覚えています。このとき、はじめて自分に俳句を解禁したのです。それまでは歳時記も持っていませんでした。

それと時期を前後して、俳句や短歌には「結社」というものがあって、先生に師事するということも知りました。この頃、大学院の受験の二次面接会場で、子育てをしながら、プロとして翻訳の仕事をしているという年長の女性の方とたまたま雑談をする機会があったのです。彼女は、「朝日歌壇」の選者でもあった近藤芳美さんの「未来」に所属する歌人でもあった。

『朝日俳壇』のかねこかぶたさんに俳句を選んでいただいたことがあって……」と言ったら、「とうた、って読むのよ」と、とても怖い顔で即座に訂正されました（笑）。そして、「兜太先生の結社は、たしか「海程《かいてい》」といったと思う。「海程」に入って、兜太さんの教えを受けなさい。私は短歌の人間だけど、兜太先生は、短歌の世界でとても評価されている。そもそも俳人という枠だけにはおさまらない、一流の文学者だと思う。あなた、兜太先生が「朝日俳壇」であなたをずっと選んで下さったことを、そんなに軽々しく考えちゃいけないよ」と言われたのです。

そのときの短い雑談のなかで、短歌や俳句の世界には、尊敬できる先生のもとで修行を積む「師事」という道があることを教わりました。それまでの、ちょっと入選したから何となく嬉しいだなんていう、中途半端な自分の思い上がりが心の底から恥ずかしくなりました。そのとき、受験した大学院とは別の大学院に私は進んだので、彼女との出会いはそれっきりでしたが、大学院試験の二次面接という、周囲がみんなライバルというような状況で、こんなに親身になってくれる人がいることに感動しました。

ありがたいことに歌人の彼女は、発行所に連絡して、見本誌を請求してという入会の手続きなども具体的に教えてくれました。そこで、図書館で探した俳句年鑑で「海程」の発行所を調べ、連絡したのです。今となっては、インターネットなどで情報が簡単に集められるけれども、当時はこうした仕組みが全く分からなかった。彼女に会わなければ、結社に入会するのは、もっと遅れていたのかもしれません。本当にありがたかったです。

そこで「海程」の発行所に電話で連絡したときに、「もし東京付近にお住まいでしたら、指導を受けられる句会もありますよ」とお嫁さんの知佳子さんに優しく教えていただいたのをきっかけに、東京例会に行きました。一九九八年二月中旬のことだったと思います。

そのときの兜太先生の句が、〈雪中に飛光飛雪の今がある〉という句でした。ご承知のように句会は選句・披講・句評という流れで進んでいく。最初の選句では、句が百句以上、並べて記されているプリントから、よいと思った三句とか四句選び出すのだけれども、活字で並んでいるときには、あまりよさが分からなかった。とりあえず、自分にとって、わかりやすい句を抜き出すので、精一杯なわけです。

ところが、そのあとの「披講」で披講者が、選句を読み上げる。いろいろな句が読み上げられるなかで、「せっちゅうにひこうひせつのいまがある」という、S音からはじまり、「ひこうひせつ」「いま」という力強いイ音が続く韻律を聴いて、心がふるえるような気がしました。活字で見て頭で解釈するのと、音にされて感じるものでは、全然印象が違う。自分はなぜこの句が選べなかったのか、と悔しく思いました。

これは、海程の東京例会の特徴でもあったと思うのだけれども、句評の場では、初めて参加する人、特に若い世代であったりすると、必ず、発言を求められるのです。このとき、生まれて初めて、句評というのをしました。いちおう四月からは大学院で研究する身としては、褒めっぱなしは、その作者に対しても作品に対しても失礼だという気負いもあって、分からないながらも、惹かれたところと物足りないと思ったところを率直に述べました。そのとき、前の雛壇に座っていらっしゃった兜太先生からのつよい視線を感じました。

会が終わったあと、兜太先生から、「ちょっと、その新しい人」という感じで声をかけられた。先生は「あんたの句はどれだ」っていって百句以上並んでいるプリントを指さした。私は、この句です、と答えた。私は句評をしたことだけで、胸がいっぱいだったので、自分の句に点が入るかどうか、なんてどうでもよかった。そうしたら、先生は「うん、この句は全くダメだ。しかし、あんたのさっきの評はなかなかよかった」とおっしゃった。「何て名前だ」と聞かれたから、田中亜美です、亜はアジアの亜で、みたいなことをいったとたん、「おお、朝日俳壇にいつも変てこな句をよこしてくる子じゃないか。やっと来たな」と嬉しそうに笑って下さった。

私にとって一番嬉しかったのは、評が素晴らしいというか、評がいいぞっていうふうに言われたことでした。

このように言うと、大変不遜に響くかもしれませんが、私はこの句会に参加したときから、俳句の作者というよりは、将来、兜太論を書くのにふさわしい俳句の読者になりたい、と思っていました。「海程」というのは、もともと一九六二年の刊行当初より、実作だけではなく、評論や研究に力を入れる人が少なくない環境だったので、私にとって結社に所属するというのは、よい選択だったのだと思います。

兜太に師事と「海程」に入会

先に「朝日俳壇」に投句していた頃は、俳句の情報を極力遠ざけていて歳時記も持っていなかったと話しましたが、俳句や短歌関連の記事だけは、よく読んでいました。そんなわけで実は董君が慶応大学の留学生時代に朝日新聞の記事に取り上げられたことは、よく覚えています。「漢詩のこころ、十七文字に――中国人留学生が中国語訳つけた俳句集」という見出しで紹介されている一九九七年四月七日の夕刊の記事ですね。記事のなかでは董君が、北京の外語大学を卒業したあと、中国人民対外友好協会の職員として、政府関係者の通訳をしてきたこと、そして、慶応大学に留学をして俳句の勉強をしていることが紹介されていました。

しかも、この董君の才能を積極的に認め、第一句集『揺籃』に題字と序文を寄せたのが、金子先生だと記事にはある。当時の私はごくたまに、俳壇の金子選に入選するだけの存在にすぎなかったのですが、何だかとても親しみがわいたことを覚えています。

その記事で特に印象に残ったのは、俳句の中国語版である「漢俳」だけでなく、日本語でもきちんと俳句を作っているということ。具体的には、漢詩の手ほどきを子どもの頃から受けてきた体験をもとに、漢詩のリズムを日本語の俳句に生かした句を詠むように心がけているという部分でした。俳句というのは、こうした異なる言語や異なる文学のエッセンスも盛り込みながら、五七五の最短定型詩に凝縮してゆくのだと、新鮮な感動を覚えました。

私自身も、子どもの頃から外国の言語や文化にずっと引き付けられてきました。たまたま、親戚がアメリカ人と結婚して、アメリカに帰化しているという事情もあり、小学生の頃からラジオの英語講座で英語を学んだりしていました。ドイツ語ドイツ文学科というある意味マイナーな学科に進んだのも、東京の外語大学に行くには私の能力では難しく、さりとて、国文科や日本文学科に進むのはどうにも気がすすまないという、いろいろと迷った中での選択でした。

ドイツ語ドイツ文学科の卒業論文は、パウル・ツェ

第36回海程新人賞を受賞する田中亜美
副賞として〈麒麟の脚のごとき恵みよ夏の人〉(『詩經國風』)の色紙が兜太先生より渡された
秋田キャッスルホテルにて　2001年5月12日

ラン(一九二〇～一九七〇)というユダヤ系のドイツ語詩人で書きました。私は学部時代に明治大学に通っていたのですが、そこに東大の文学部から神品芳夫先生というリルケ(一八七五～一九二六)をはじめとしたドイツの近現代詩の研究で知られる方が、非常勤講師で通って専門講義を受け持っていたのです。神品先生の講義では、リルケの初期の作品を読みましたが、今となって貴重だったと思うのは、ドイツの詩における強弱のリズムや脚韻の付け方、ソネットやバラードといった西洋詩の〈定型〉をきちんと教えて下さったということです。神品先生はその後、神原芳之というペンネームで、日本語の詩人として活動していますが、たぶん、このとき、西洋詩の〈定型〉に目覚めたことが、その後、俳句という詩型に引き込まれるようになったことと大きく繋がっているような気がします。

もう一方、トーマス・マンやゲーテの講義をしていた櫻井泰先生にもお世話になりました。私が東大の大学院に進んだのは、櫻井先生のお力が大きい。先生は戦後の一九四八年生まれですが、父が櫻井正寅、叔父が海野普吉という、戦中と戦後の歴史を我が身に引き

受けてきた人でした。お父上の櫻井正寅氏は一九六九年、東京教育大学のドイツ文学科の教授として、筑波移転反対闘争の円満な解決に尽力する中で急逝された方です。叔父上の海野氏は弁護士で戦時中の思想犯の弁護に献身的に当たられた方です。櫻井先生からは、ある意味でかつての旧制高校のような師弟の交わりを教わりました。

話を戻します。私が「海程」に入会したのは一九九八年です。その年、東京大学大学院の修士課程でドイツ語ドイツ文学の勉強を始めました。もう一方、私生活では現在の夫と婚約をしており、彼は一般企業のサラリーマンとして働きはじめたばかりだったから、何かと気ぜわしい日々が続いていました。

それにしても、兜太先生という人が凄いなと思うのは、「研究。研究。大いに結構。あなたはあなたの道を突き進めばよい。たまには、旦那のことも構ってやれ」と、呵呵として笑っていらっしゃったことです。ただ、「旦那さんはいい人でも、サラリーマンならば、組合運動に関わるのはあんまりよくないかもなあ。それから、企業の社宅っていうのかい。お金は節約できるかもしれないけれども、そういうところには住まない方がいいかもしれないぞ」という妙に具体的なアドバイスを受けました。

実は私が「海程」に入会した一九九八年は、兜太先生の奥様の皆子先生が病に倒れられた時期です。〈ころ優しき者生かしめよ菜の花盛り〉は当時の先生が詠まれた句ですが、もしかしたら、先生は孫のような世代の私の結婚を祝福することで、皆子先生にかけてきた苦労に報いようとしていたのかもしれません。

一九九九年五月に入籍したのですが、私は〈はつなつの櫂と思ひし腕《かひな》かな〉という一句を作りました。

二〇二二年の今でこそ、大学院で研究をしたり、企業で働きながら、結婚したり育児を行う人が少なくないですが、当時はそれなりに風当たりが強かった。新婚旅行をする余裕もなく、婚姻届を出しにいく日に夫に半日休暇をとってもらいました。それで、当時、住んでいた東京・多摩地区の家から市役所まで五キロほど一緒に歩きました。多摩川のほとりで何となく生まれた句です。

この句が「海程集」の巻頭になりました。もちろん、巻頭になることは初めてのことです。その後、二〇〇一年に「海程新人賞」をいただくことになり、秋田の全国大会に行きました。大会は秋田の豪華なホテルで行われたのですが、そのとき、生まれて初めて金屏風

『林田紀音夫全句集』（福田基・編）刊行を機に戦後俳句について議論を交わす。林田紀音夫（1924～1998）は「海程」の創刊同人でもあった。
左から　小野裕三氏・田中亜美・柳生正名氏
秩父・養浩亭にて　2006年11月19日

の前に座って、ちょっと嬉しかったことを覚えています。乾杯が「とりあえずビール」ではなく、のっけから日本酒でぐいぐいいくことにも親しみを覚えました。最近、鬼籍に入られましたが、秋田支部の取りまとめ役的存在だった武藤鉦二さんというベテラン同人の方が、その後も何かにつけて励まして下さったことを忘れません。

当時、二〇〇〇年代は、日本では新卒の大学生の就職率が極端に低い「就職氷河期」でしたが、実はその影響は大学院にも深く及んでいました。国立大学などでは教授の定年が伸ばされる一方、助手や若手研究員は任期制だったり非正規雇用にかわってゆく。あるいは、人文系の科目や語学はポストそのものが消滅してしまう。いちおうアカデミズムへの就職には強いといわれるところにいましたけれども、先輩や同輩たちを見ても、とても苦労した人が多いです。私もこの間のできごとを振り返るのは、しんどいです。

ただ、私はどうにもこうにも悪運というか俳句の運だけには恵まれているというか……。研究会をご一緒していたある先生から「大学のポストに就くまでには、

百回くらい書類が突っ返されるのが普通だから、外れ馬券を買うのでも何でもいい。とにかく挫折に強くなるよう、何でもいいから鍛えた方がよいよ」と言われて、「それならば」と角川俳句賞や現代俳句新人賞、芝不器男俳句新人賞などに、片っ端から応募してみたことがありました。

大学などの研究機関へ応募した書類は音沙汰無しですが、こちらは一応、予選を通過してみたりとか、何かしら結果が付いてくる。もともと外れ馬券のつもりで出した作品ですから、審査員のコメントで、ちょっとでも褒められたら嬉しいものです。二〇〇五年に現代俳句新人賞の佳作になり、二〇〇六年に現代俳句新人賞を受賞しました。二〇〇七年春には大学院博士課程を満期退学して、大学の非常勤講師をはじめました。現代俳句新人賞を受賞したあとは俳句総合誌などから原稿の依頼が来るなど、ずっと忙しかったです。基本的に来た仕事は時間の許すかぎり、すべて取り組むように心がけました。

このへんは、他の同年代の俳人とも話し合うことですが、先生のあるなし、結社の所属のあるなしで、もしかしたら意識が分かれてくるのかもしれません。先生を持たず、自分の才覚で世に出た人は、自分らしさを押し出して周りを納得させてゆく。それはそれで、潔い姿勢です。しかし、私自身は、兜太の弟子や「海程」の同人だからと陰口をたたかれるようにはなりたくなかった。兜太の弟子という個性を活かしつつ、だからこそ、中立的な立場で、どんな俳句とも真摯に向き合おうと思いました。

私と同年代だったり、若い世代では、結社に所属しているというのは世界観が狭いとか言われることがあります。しかし、結社に所属すること、そしてそれを継続してゆくということは、ある意味、自分の信じている大元がしっかりしているということにもなるのかなと思います。変な言い方ですが、兜太に師事しているという自覚があるからこそ、たとえば虚子の弟子が虚子を信じる気持ち、誓子の弟子が誓子を尊ぶ気持ちなどがよく分かる。人口も多くて勢いのあった昭和の時代には、人も多いだけにいろいろと争っていたのでしょうけれども、平成をこえて令和の今は、日本そのものが少子高齢化で、あらゆる文化活動が岐路に立たされています。意見や感覚の違いはあれども、お互いの違いを大事にして、共存共生してゆきたいなという思いが、私には強くあります。

兜太の〈西洋〉と〈東洋〉

大学院に長くいたのはアカデミズムへの就職先が無いということもありますが、博士論文を書くためというのも、もちろんありました。実際、大学院で同期だった人は苦しい生活をつづけながら、論文を書いて博士号をとって、その後、苦労しながらも、大学の正規の准教授、教授として出世している。つい最近もドイツの大学で博士号をとって四十代半ばで就職した同期の男性もいます。立場に恵まれなくても、貴重な学術研究を続けている人も多くいます。それに比べて、私は「俳句とドイツ語」の二足のわらじといえば、何となくサマになるけれども、本来目指していたドイツ文学の研究者という点では、まことに恥ずかしいとしか言いようがないです。

そんな訳で、自分がどこまでドイツ文学の立場を代弁できるかは不明なのですが、少なくとも、金子兜太との関わりを考えてゆく中では研究者の立場は、やはり捨てたくないのです。私はドイツ語以外にも、文化や文学といった一般教養系の講義課目をまかされることが少なくないのですが、最近、その授業をもとに一冊の本にまとめてほしいという出版社の依頼があり、目下、二年くらいで書き下ろすつもりで、取り組んでいる最中です。

兜太先生の話にもどりましょう。

そもそも兜太先生には二人の偉大な先生、加藤楸邨と中村草田男がいます。中村草田男さんは、最初に独文科に進んで、そこでニーチェの『ツァラトゥストラはかく語りき』を何度も通読するなど、ドイツ文学にのめりこんで、それで「神経衰弱」になった結果、国文に転科して、そしてその後、旧制高校の流れを組む成蹊学園の国語科教諭になり、成蹊大学国文科の教授になったという人です。娘さんの中村弓子さんはお茶の水女子大学のフランス哲学の先生です。

以前、草田男さんの娘さんとは全く知らないで中村弓子氏の著作『受肉の詩学――ベルクソン・クローデル・ジード』を読みながら、このラテン系の言語の研究者にありがちな端正な言葉の運び方は、詩人の息遣いだなと不遜にも思ったことが、ありました。

草田男はドイツ文学の中でもニーチェやヘルダーリンを愛読していたといわれますが、ニーチェにしてもヘルダーリンにしても、原語のドイツ語で読むと、音楽的というか詩的なのです。ドイツ語は無理でも、英語でもかなり雰囲気は伝わってくるのではないでしょうか。ニーチェは、日本では「神は死んだ」とか激しい思想性が強調されますが、ある意味、翻訳で読んで観念論だけで済むだけなら、安全です。私自身はニーチェの思想が苦手な方なので助かっていますが、ニーチェにまともに魅かれる人が原語で読むと、知性と感性の両方の点からノックアウトされることは、想像がつきます。草田男が優れた読み手であったからこそ、「神経衰弱」という代償もまた、避けられなかったのかなと思います。

もちろん、外国文学を愛読したり、研究している俳人は少なくないのですが、草田男ほど語学のセンスに恵まれ、かつ、みずからの身体に血液をめぐらすように、そのエッセンスを享受した俳人は、そうはいないと思います。最晩年にクリスチャンの洗礼を受けたというのも、葬儀などといった現実的な事情もあるのでしょうが、いかにも草田男らしいと思います。

もう一人の師である加藤楸邨は、国文科出身で太平洋戦争の間も、いや戦争の間だからこそ、芭蕉の研究に心血を注いでいた人です。以前、芭蕉研究の第一人者である堀切実先生のご厚意で、明治書院から刊行された『諸注評釈新芭蕉俳句大成』という本の分担執筆をさせてもらうという貴重な経験をしました。自分が担当する句を中心に、戦後に刊行された主な芭蕉の注釈書に目を通しましたが、加藤楸邨の『芭蕉全句』は凄かったです。楸邨の記述は、学術的ではあるのだけれども、他の評者よりも圧倒的に芭蕉の全句を詠み解く熱量というかパッションが群を抜いているのです。楸邨による解釈を読んでいると、いつの間にか、読み手のこちらの体温まで1℃くらいはぐっと上がってくるというか……。そういう時は、山口誓子の解説を読んで、ちょっとクールダウンしていたんですけれども（笑）。

楸邨は、リルケなどのドイツ文学や外国文学にも造詣が深く、晩年はフランスの詩人、イブ・ボヌフォアに会ったりもしているのですが、戦争中も中国大陸に渡ったり、戦後はシルクロードを旅したりと、東洋の影響を深く受けている人だと思います。というより、東洋そのものといってもよい人。楸邨はもともと、旧制春日部中学の国語の先生でしたが、その後、東京文理科大学で国文学を研究し、戦後は青山学院大学女子短期大学国文科の教授になっています。

これはちょっと話の本線からずれてしまうけれども、明治書院の本の仕事をしているとき、楸邨の『芭蕉全句』について、兜太先生と電話で少し話をしたことがあります。兜太先生は「おうおう。楸邨の『芭蕉全句』はモノが違うだろう。やっとそこが分かるようになってきたか」ととても嬉しそうでした。そこで、私はつい調子に乗って「先生は、兄弟子の牧ひでをさんに「兜太は一茶だ」と言われたから、一茶に取り組むようになったとおっしゃっていますが、もしかして、楸邨先生に畢生の芭蕉研究があることを尊重なさったからこそ、ご自分は一茶に取り組んだのではないですか」と聞いてしまいました。先生は、一瞬、絶句したあと「君もイヤな質問をするね」とおっしゃっていましたが、何というか、まったく嫌そうではなかった（笑）。刊行を前にドナルド・キーンさんと一緒に、帯文に推薦のことばを寄せて下さったと明治書院の編集者の方が喜んで下さいました。

話が脱線してしまいました。和魂洋才というのか、逆に洋魂和才というものがあるのかどうか、西洋の文学に通じながらも日本文学に回帰した草田男と、日本・東洋の精神を体現していた楸邨と、その二人の影響があって、言葉は適当ではないかもしれないけれども、西洋と東洋がさらにミックスしたところに、金子兜太という人がいるのではないか、と私は思います。ミックスというと、単に「混ぜる」という意味合いで安易に思われるかもしれないから、やっぱり不適切なたとえかもしれないけれども……。だけど、「混ぜる」こと、そしてそれらを「融合」するためには、当たり前の話だけれども、両方が分かっていないといけない。両方が分かっていて、あるときは変に混ぜずに単体で行く、あるときは、バランスよく融合させてゆくということだと思うのです。

　兜太先生に私が直接言われたことで非常に影響を受けたのは、西洋の文学や詩とかを読んだりして、そこで得たことを俳句の実作や論に生かすのは大いによいことだと思うけれども、同時に、日本や東洋の古典にもきちんと取り組まないとだめだということです。そこだけは「ドイツ文学を研究してます」なんていって、あぐらをかかずに、まじめに取り組まないといけない。そうじゃなければ、別にあなたが俳句のことについて論じる必要はないんだよ、とその時はかなり、厳しい口調で、叱られたことを覚えています。たしか、俳句をはじめて五、六年目くらいのときです。

　その一方で先生の最晩年の頃でしょうか。先生の論を少しずつ書かせてもらうようになったとき、「君のとりえはドイツ文学なんだから、もう少し、そのエッセンスを感じさせるようにしてもいいんじゃないか。最近、ちょっと遠慮しているぞ」とも叱られました。矛盾したことを叱られていると思いましたが、この矛盾こそが、兜太先生なのだと思いました。

　二〇一七年、草田男が創刊した「萬緑」の終刊にあたり、兜太先生は〈わが師楸邨わが詩萬緑の草田男〉という句を寄せています。

　兜太先生は、最後までずっと、草田男と楸邨という二つの源流について考え続けていたんだと思います。

七五調の音律の大切さと造型俳句論

　兜太先生はなかなか厳しかったけれども、私の場合、特に厳しく言われたのは、日本語の七五調の音律です。秩父道場の句会で披講を任されたとき、私は〈言霊の脊梁山脈のさくら〉という先生の句をうまく七五調のリズムに乗って読むことができなかった。意味的な句切れとしては「ことだまの／せきりょうさんみゃくの／さくら」なのですが、中七が字余りの分、中七から下五の「さくら」までをなだれるように一気に、「せきりょうさんみゃくのさくら」というと全体が十七音のリズムと調和します。今でも覚えているのですが、朝一番の句会で、少し遅めの朝食をとられた先生は、披講の途中で入られてきた。そのとき、私はこの句を妙な切り方をして読んでいた。先生はとても怖い顔をしてにらんでいました。

句会ではもちろん作者名を伏して議論をする訳なんですが、この句は多くの人が得点を入れていただけに話題となり、先生が最後にコメントすることになった。そのとき、先生は「披講の読み方が句の内容と一致していない。内容を反映していない」と、とても手厳しかった。そのあと先生に呼ばれて「君はそもそも七五調がなっていない。もっと七五調の韻律を身体にしみこませろ」と叱られました。叱られることには慣れていたけれども、さすがにその時は落ち込みました。

それからは七五調の音律を大切にするためにはどうすればいいのかなっていうことを自分なりにずいぶん試行錯誤しました。秩父音頭をはじめとした日本の民謡の音源をかたっぱしから聴いて、ペンなどで太鼓のリズムのようにタンタタタタンと拍子をとってみたり、先生の俳句の読み方、息の継ぎ方や間の取り方などをメモしては、家に帰って外国語の学習みたいにリピートしてみたり、ある意味では外国の人が日本語を学ぶようにして、七五調の読みや音楽性みたいなものを意識しながら、過ごしていた時期があります。マンガの『巨人の星』では、主人公が「大リーグボール養成ギプス」をつけて稽古に励みますが、私としても、七五調養成ギプスをつけている感じでした（笑）。

ただ、七五調の音律というのは、もともと、子どものころにピアノや合唱などをやっていたせいか、あるいは語学の講師をしていると、日本語と外国語の音律の違いというのは、いやでも意識せざるをえない部分ですから、意識しだすと、自分でもなかなか面白くなってきました。数年すると先生が七五調のことを〈構築的音辞〉と呼ぶ感覚がちょっと分かるようになりました。

兜太先生の魅力というのは、ちょっと不思議で、褒めたり叱ったりということ一つをとってみても、かならず相手を見ているというか、相手がちょっと落ち込んだりしていると「褒めて」、相手がちょっと力を付けてきたりすると「叱って」というように、いつも相手との関係性から、生み出されているような気がします。あくまでも私の場合はですが……。

先生が「褒めて」くれるときというのは、生活ではなかなか大変な時期であることがほとんどでした。二

有楽町朝日ホール（東京・千代田区）で行われた「お別れの会」で兜太先生の遺影の横で代表句20句を朗読する。　2018年6月22日
（写真提供＝現代俳句協会）

○一二年に海程賞をいただきましたが、そのころは仕事もいろいろと大変で、自分を見失いかけていた時期でした。それに対して、「叱って」くれるときは、音律の話のように、それをきっかけに伸びてゆけることが多かった。私は人から褒められることが嬉しくないわけではないけれども、歯の浮くようなお世辞が苦手というか、多少荒っぽくとも、思ったことは、すぱっといってくれる方がありがたいと思う性格です。先生は本当に私の性質をよく見極めて、最大限によさを引き出してくれていたんだなと思います。

　ここで「ヨーロッパでは」なんて言い出すのは実に嫌みったらしいけれども、二十歳のころにドイツの語学学校に留学してみて感動したのは、意見は意見として、ディスカッションでは厳しくやりとりをするけれども、そのことを人間関係には、ほとんど持ち込まないということでした。根っこには語学力の問題がもちろんあるのですが、議論というものは、テニスのラリーや楽器のセッションのように、互いに応酬ができるであろう相手を選んでからでないとできないものだということを、つくづく思い知りました。麻雀だって相手を選んで卓を囲まないと、危険なゲームという印象があるけれどもね（笑）。ディスカッションというのは、論座とも訳されるけれども、〈座〉というものは、洋の東西を問わず、そういう真剣勝負や相互応酬の側面を持っているのかもしれません。

その意味では、兜太先生には「俳句の造型について」「造型俳句六章」という有名な俳論がありますが、この俳論は私にとっては、近代の俳句史を勉強する上でも、恰好のテキストだったと思います。

「造型俳句六章」では、最終章の第六章で「造型――主体の表現」という結論が述べられる訳ですが、その論に行きつくまでの五章では、主として高浜虚子、水原秋櫻子、加藤楸邨、中村草田男、山口誓子という近代を代表する五人の代表的な俳人の俳句に手厳しい批評が与えられています。その批評の内容が正当か否かということは緻密に精査する必要がありますが、そもそもの前提として、金子兜太という人が体質的に議論というものになじんでいた人だということを考えると、槍玉にあげられている俳人は、絶対にチェックしておかなければならない俳人ということになります。つまり、金子兜太が批判をするときには批判するに足る内容があるからこそ問題提起をしているのであって、結局、高浜虚子も読んでおかなければいけないし、水原秋櫻子も読んでおかなくちゃいけないし、加藤楸邨を読まなくちゃいけないし、中村草田男を読まなくちゃいけないし、山口誓子も読まなくちゃいけない。

だから、この「造型俳句六章」で何が言いたいのかってのはまだ分かってないかもしれないけれども、そこにある言葉を、とりあえずこういう作家なんだっていうのを理解するのに、一九九八年に「海程」に入門して、二〇一八年に先生が亡くなるまで、私なりに必死に理解しようと試みてきました。その間、ざっと二十年だけれども、まだまだ、分からないところが、いっぱいあります。

けれども、ともかく、この論が何を言っているかを分かろうとして、実作と並行して未熟ながらも俳句の論を書いてきて、少しは俳句の世界で認められてきたのは、やっぱり、晩年の兜太先生の謦咳に接した体験だけでなく、この「造型俳句六章」などの論のおかげでもあるのだと思います。たぶん、これからも読み進めていくんじゃないかな。

兜太俳句の鑑賞

私、自分の俳句はともかくとして、選句能力はまあまああると思います。これはちょっとうぬぼれなんだけれども。実はいま、丸善出版が今度刊行するという中学生や高校生に向けた『教科書に出て来る歌人・俳人事典』の「金子兜太」の項目の執筆の最中です。若い世代に向けて具体的にどの句を選んだのかは読んでからのお楽しみということで、今日は十句挙げてみたいと思います。

白梅や老子無心の旅に住む　『生長』

兜太先生が亡くなった二〇一八年の九月に中国の上海に二泊三日で行ってきました。原稿の締め切りに追われて大変な時期だったけれども、幼少期のころに、兜太先生が、東亜同文書院の校医をつとめていたお父さんとお母さんと一緒に暮らしていた風景はどんなものなのか、それだけをどうしても自分の目で確かめたかった。ガイドさんがとてもいい人で、上海雑技団の良い席を確保して下さった。そんな訳で欧米人の集団に交じって演技を見ていたのだけれども、途中で白い衣装の少女が梅の精を演じる場面が、クライマックスになっていました。ドイツ人もフランス人も、まるでバレエを鑑賞するように演技に見入っていました。「白梅」は「しらうめ」と読むか「はくばい」と読むかと聞かれることがあるけれども、私は「はくばい」と読む。漢字には音読みと訓読みがあるけれども、私は昔から音読みのきりっとした感じが好き。旧制高校時代に初めての句会で、この句を作った青年・兜太はやっぱり凄いと思います。

蛾のまなこ赤光なれば海を恋う　『少年』

この句は大学生時代の句。当時は、斎藤茂吉の『赤光』が文学青年の間で流行していて、学生句会のあと、酔いつぶれては茂吉の歌をみんなで音読していたというエピソードを聞いたことがあります。ただ、この句の「赤光」は茂吉の影響というだけでなく、「シャッコウ」というシャープな響きがやっぱり兜太独自の発見であるのだなと思います。茂吉は伊昔紅の知り合いで、秩父・皆野町の金子医院に来たこともあるらしいのだけれども、やっぱり、兜太俳句の原点には漢文脈や文語調があると思います。伊昔紅先生が漢籍に詳しかったせいもあると思うけれども、戦後の社会性俳句や前衛俳句の時代を経て、どんなにいろんな口語調の句や破天荒な句を作ったとしても、表記を現代仮名遣いにしたり、〈きよお！と喚いてこの汽車はゆく新緑の夜中〉とかやってみても、兜太先生の根っこには、漢詩のやりとりをしていた夏目漱石や正岡子規とか、もっと言えばその前の漢詩とかを読んだりすることが当たり前だったような時代の語感が身についていると いうのが、私の意見です。

リルケ忌や摩《さ》するに温き山羊の肌　『少年』

普通は代表句とかにはしないと思うけど、この「リルケ忌」はやっぱり、語り伝えなくちゃいけないと勝手に思っている句です。リルケはプラハ生まれのオーストリアの詩人で、ヨーロッパ中を旅した人。一八七五年に生まれて一九二六年に亡くなっているから、兜太先生がちょうど小学生くらいの頃です。実はこの時代って、出版不況にあえぐ現在よりも優れたドイツ文学の翻訳が早かったんです。日本で一番最初に出た『リルケ詩集』っていうのは、千野蕭々というドイツ文学者で『明星』『スバル』の歌人の方が訳したのですけれども、リルケの生前に、すでに初稿がまとまっており、あとがきも書かれていた。ところが、初稿と再稿といった編集作業の段階でリルケが死んでしまったんで、蕭々はあとがきに急遽、一度も会わなかった友よ、あなたを失って悲しくてならないといった思いを切々と綴っています。ある意味、詩の翻訳よりも読みどころの一つかもしれません（笑）。

加藤楸邨はものすごくリルケが好きだったようで、自分の句集のあとがきでもリルケを引用しています。兜太と同世代の文学者にもリルケのファンは多い。もちろん、リルケの詩の内容もあるのだろうけれども、文学を愛する者同士の友情というストーリーが、戦争での出征を控えた文学青年たちに良い意味で感傷的に響いたのだろう、と私は考えています。ちなみにリルケの忌日は十二月二十九日で、年末の凍てつく寒さの中で、人肌ならぬ山羊肌を、ぼんやりとさすっている

公開シンポジウム「兜太俳句の晩年」
東京都・荒川区　ゆいの森あらかわにて
左から　神野紗希・宇多喜代子・田中亜美・高野ムツオ
2019年7月6日

というのは、本当に繊細な文学青年だったんだなあと思います。青年よ、よくぞ九十八歳まで生きたといいたいです。

青年鹿を愛せり嵐の斜面にて　『金子兜太句集』

彎曲し火傷し爆心地のマラソン　『〃』

どれも口美し晩夏のジャズ一団　『蜿蜿』

これは兜太の代表句として、人口に膾炙している句なので、挙げておくにとどめます。

満月の首都ベルリンの愛の時間　『東国抄』

この句はあまり知られていない句だけれども、やっぱり残しておきたい。この句は一九九九年八月にベルリンの日独俳句フェスティバルに参加のため、ベルリンを訪問した時の作品。この句は、ドイツの俳人たちと交流した際に、その場で即吟って言うのかな、挨拶句というのかな、すぐに披露したということを聞いています。自分で専攻しておいてなんだけど、ドイツの詩って観念的というか直接的というか、フランスの詩なんかに較べて微細なニュアンスに欠けるところがあるんです。でも「満月」「首都」「愛の時間」という畳みかけは、さすがのドイツ人でもやれないよっていう位、直球のところが凄い（笑）。俳句とかいうことを抜きにして、ひとつの箴言として、現代史の教科書や参考書の章の冒頭においてもよいのではないでしょうか。

流るるは求むるなりと悠《おも》う悠《おも》う　『詩經國風』

　これは『詩経』を踏まえて詠まれた句。私は全然詳しくないのだけれども、漢詩には対句とかありますね。語の並べ方を同じくして、意味は対になる句を重ねてゆくという技法。この句は厳密には対句ではないかもしれないけれど、「流るる」と「求むる」という対照的な動詞を並置させて、そして「悠う悠う」とリフレインをさせてゆく。それが、ゆったりとした大河の流れをイメージさせる。同じ兜太の弟子でも、董君と私が好きな句の差というのは、もしかしたら、韻律にあるかもしれませんね。私は日本語話者だけれども、日本語の例えば〈春の海ひねもすのたりのたりかな〉とか、のったりのったりと引き伸ばしてゆく感じよりも、ドイツ語とか英語とかの強弱がはっきりとしたメリハリの効いたリズムが好きです。先にあげた〈青年鹿を愛せり嵐の斜面にて〉〈彎曲し火傷し爆心地のマラソン〉〈どれも口美し晩夏のジャズ一団〉とか、どれも句跨りの句で私にとっては、ベートーベンとかクラシック音楽のメリハリのついた旋律を思わせて、内容はもちろん、このリズム感が大好きなんだと思います。ことに「彎曲し」の句は頭韻と脚韻が連続していて、俳句という最短定型詩だけど、まるでゴシック建築のように、すべての音がきっちりと構築されているところも凄いです。

　兜太先生は中国はもとよりドイツとの縁も深いです。一九九〇年代だけでもフランクフルト（九〇年）、ケルン（九四年）、ベルリン（九九年）に出かけています。これは黒田杏子先生に伺った話なのですが、一九九〇年の日独俳句交流イベントで〈彎曲し火傷し爆心地のマラソン〉の翻訳がドイツ語で朗読されたとたん、ドイツ人たちが「ヒロシマ！」と叫んだそうです。この句が作られたのは長崎ですが、原爆の悲劇が一瞬で共有されたのだと思います。同時に第二次世界大戦の加害国であり敗戦国であるドイツの戦後の思いにも訴えるものがあったのではないかと私は思います。イベントは現代俳句協会・俳人協会・伝統俳句協会の三会長が協会員とともに参加するという画期的なものでしたが、十月一日から十日のことです。一九九〇年十月三日は、ドイツ再統一のまさにその日です。

私ももう五十歳を過ぎて、今は目先の俳句と学校の仕事に追われ過ぎて、さすがにこれから他の言語をやろうという時間がないけれども、来世では中国語と漢詩の勉強をしたいという思いはあります。その上で、兜太先生の句がどんなふうに感じられるのか、それを味わってみたいなぁと。

狼生く無時間を生きて咆哮　『東国抄』

河より掛け声さすらいの終るその日　『百年』

私たちの先生の金子兜太が、真の天才だったというゆえんのような句だと思います。

おわりに

三月二十六日、本書では初めての語り手として、田中亜美氏からお話を聞くことが出来た。大学で教えてもおられるからであろうか、いつもと変わらず知性的な雰囲気を湛えつつ、生き生きとした表情で、ゆっくりと兜太先生について語りはじめた。

田中氏は朝日俳壇への投句に、兜太選入選がきっかけで、「海程」に入会。相次いで海程新人賞、現代俳句新人賞、海程賞等を受賞された。これまでの作品に〈はつなつの櫂と思ひし腕かな〉〈いつ逢へば河いつ逢へば天の川〉等があり、いわゆる花鳥諷詠から距離を置いた独特の詩情を持つ句が多い。また、兜太先生の魅力について、「相手が落ち込んだりすると〈褒めて〉、相手が力をつけてきたりすると〈叱って〉くれるという不思議さが、いつも相手との関係性から生み出されている」と語り、弟子の目線から兜太先生に対する氏の敬愛の情が伝わってきて、込み上げるものがあった。そして、二〇一九年、氏は兜太遺句集『百年』の編集・刊行等に大いにご尽力された。

董振華

田中亜美の兜太20句選

白梅や老子無心の旅に住む　『生長』

蛾のまなこ赤光なれば海を恋う　『少年』

リルケ忌や摩《さ》するに温き山羊の肌　『〃』

魚雷の丸胴蜥蜴這い廻りて去りぬ　『〃』

きよお！と喚いてこの汽車はゆく新緑の夜中　『〃』

白い人影はるばる田をゆく消えぬために　『〃』

青年鹿を愛せり嵐の斜面にて　『金子兜太句集』

彎曲し火傷し爆心地のマラソン　『〃』

どれも口美し晩夏のジャズ一団　『蜿蜿』

骨の鮭鴉もダケカンバも骨だ　『早春展墓』

霧に白鳥白鳥に霧というべきか　『旅次抄録』

梅咲いて庭中に青鮫が来ている　『遊牧集』

麒麟の脚のごとき恵みよ夏の人　『詩經國風』

流るるは求むるなりと悠《おも》う悠《おも》う　『〃』

小鳥来る全力疾走の小鳥も　『両神』

満月の首都ベルリンの愛の時間　『東国抄』

おおかみに螢が一つ付いていた　『〃』

狼生く無時間を生きて咆哮　『〃』

言霊の脊梁山脈のさくら　『日常』

河より掛け声さすらいの終るその日　『百年』

田中亜美（たなか　あみ）略年譜

昭和45（一九七〇）　東京都生まれ。

平成元（一九八九）　明治大学文学部文学科（ドイツ文学専攻）入学。

平成5（一九九三）　明治大学文学部文学科（ドイツ文学専攻）卒業、同年、北海道新聞社入社。

平成8（一九九六）　大学院進学を志し同社を退社。

平成10（一九九八）　二月「海程」入会、金子兜太に師事、四月、東京大学大学院人文社会系研究科修士課程（ドイツ語ドイツ文学）入学。

平成13（二〇〇一）　三月、東京大学大学院人文社会系研究科修士課程（ドイツ語ドイツ文学）修了、同三月、東京大学大学院人文社会系研究科博士課程（ドイツ語ドイツ文学）入学。同年五月、第三十六回海程新人賞。「海程」同人。

平成18（二〇〇六）　九月、第二十四回現代俳句新人賞。

平成19（二〇〇七）　三月、東京大学大学院人文社会系研究科博士課程（ドイツ語ドイツ文学）単位取得の上満期退学。同年四月、明治大学非常勤講師（二〇一九年三月まで）。

平成21（二〇〇九）　四月、青山学院大学非常勤講師（現在に至る）。

平成23（二〇一一）　四月、実践女子大学非常勤講師（現在に至る）。

平成24（二〇一二）　四月、朝日新聞にて俳句時評を担当（二〇一四年三月まで）。

　五月、第四十八回海程賞。

平成27（二〇一五）　三月、現代俳句新人賞選考委員、四月、聖教俳壇選者（現在に至る）。

平成29（二〇一七）　三月、東京農業大学非常勤講師（現在に至る）。

平成30（二〇一八）　三月、兜太現代俳句新人賞（現代俳句新人賞改め）選考委員（現在に至る）、七月、「海程」終刊、九月、後継誌「海原」同人。

令和元（二〇一九）　一月、「海原」賞選考委員、「海原金子兜太賞」選考委員（ともに現在に至る）。

現在、現代俳句協会会員・国際俳句交流協会会員・日本文藝家協会会員。

第14章

中内亮玄

(二〇二二年七月二十一日十三時　中内氏宅にて)

はじめに

中内亮玄氏とは金子先生の葬儀で初めてお目にかかった。その時、僧衣をまとっており大変目立っていたことが印象的だった。

二〇二二年の三月二十二日(春の彼岸頃)、眞土氏ご夫妻と供に金子先生のお墓参りに伺った際、眞土氏から証言者の一人として、中内氏を推薦された。すぐに電話をしたところ、快く了諾してくれた。その後、互いに、句集を送り合ったり、取材資料を提供してもらったりして、交流を始めた。

七月二十一日、金子先生の甥の金子桃刀氏と皆野町教育長の新井孝彦氏、私の従弟の鄒彬と共に、福井へ赴き、中内氏からお話を伺った。またその模様をを中日新聞系列『県民福井』の記者から取材され、翌日の新聞に掲載された。夜は居酒屋で楽しいひと時を過ごした。翌日、永平寺と一乗滝を案内してもらい、駅近くの老舗のおでん屋で、中内氏と鄒彬と私の三人で句会を楽しんだ。

董振華

「海程」入会、金子兜太に師事

私が俳句を始めたのは二〇〇一年です。最初は、北陸の同人誌「狼」の俳句会に参加しました。それから、兜太先生の「海程」へ誘って頂いて投句を始めたんです。

初めて兜太先生にお会いしたのは翌年、二〇〇三年ですが、きちんとお話ができたのは翌年、「海程」の全国大会が福井県の芦原・三国(芦原温泉グランティア芳泉)で開催された時でした。ホテルのロビーでバッグから突然バナナを一本出されて、「食うか」と話しかけられたのが衝撃的で、今でも思い出に残っています(笑)。「いりません」と答えたら、「そうかぁ」とバッグに仕舞われました。今考えたら、もらっておけばよかった。

その後、二〇〇七年。「海程」創刊四十五周年記念大会が東京と千葉の白浜(ホテルグランドパレス・グランドホテル太陽)で開催された時に、私は兜太先生に直訴する形で弟子入りしました。

たまたま千葉の食事会場の席が兜太先生の真ん前に

一つしか空いていなかったんです。うろうろしていると、「こっちへおいで」って、安西篤先生らが呼んでくださって、そこに座ったわけですね。それで、これはいいチャンスだと私が思い切って兜太先生の前で、「先生の弟子と名乗っていいですか」とお願いしますと、こいつは急にどうしたんだろうと（笑）、兜太先生はちょっと面食らったようでしたが、「おう、それはいいけど……、いいよ（笑）」ってお答え頂いたのが直接の弟子入りの話です。

どうしてそんな話になったのか、実はこの前日までに伏線があるんです。全国大会より少し前、私は「海程」に〈群青のビル群抜けない棘ばかり〉という句を投句しました。要するに、高いビルの群れがあって、群青色の陰ったビルが、町に刺さった抜けないトゲのように見えるという句です。それが見事に兜太選、海程秀作三十句に入りました。ところが、秀作なんだけれども、上五の「群青の」が「冬青き」に、つまり「冬青きビル群抜けない棘ばかり」に直されていたんですよ。当然、兜太先生はわかっていてわざと、「群青」を「冬青き」に直してくださったんだろうなと思いました。そして、「ここをこう直せば、お前さんの句が良くなるんだ」ということをですね、兜太先生は口には出さないけれど、そうやって指導してくださったんです。大変嬉しいことでした。また、私は平気で無季の句もいっぱい投句していたんですが、「この句の場合は、〈冬〉という季節をちゃんと入れた方がいいよ」ってことなんかも、言わないけど教えてくださったんですね。

話は戻りますが、この「海程」の全国大会、一日目の会場は千葉ではなくて東京でした。一泊目に、東京のホテルで兜太先生にウーロン茶をお注ぎしに行って、「先生、先日、私の句を直してくださったと思うんですが、もしかしたら何かの間違いかもしれないんですけど……」って、切り出しましたら、先生が「勝手に直して悪かったな、すまんすまん」って。今思えば非常に先生らしい返し方なんですけれど、そこに偉ぶったところのない、懐の深い人間性を感じまして、それでやっぱりこの先生こそ自分の師匠であるなあと、そんなことを思いました。それで次の日、千葉で「僕は先生の弟子であると名乗っていいでしょうか」と、思い切って訊ねたわけです。

噺家さんなんかも今でも徒弟制ですから、その弟子入りのイメージで、断られたらどうしようかと、大真面目に訴えたのを覚えていますね。俳壇のことなど何一つ知らない頃で、単純に兜太先生のお人柄に惹かれての弟子入りでした。だから、兜太先生のどこに惹かれたかと聞かれると、まずその大らかな人間味ですね。おそらく全国のどのお弟子さんもおっしゃるんじゃないかと思います。

「五七五の器」発言にみる、師の韻律

二〇〇九年、兜太先生が講演で福井にいらっしゃいました。九〇歳なのに、行きも帰りも先生が一人きりで電車に乗るんですからすごい体力ですよね。

見送りの福井駅で、吉田透思朗《よしだとうしろう》さん（海程福井支部長・福井県現代俳句協会会長）が、「ちょっと心配やな、誰かついて行ってもらえんかな」なんて話をされていたので「僕、ちょっと行ってきます」って、私はその場で切符を買って兜太先生と一緒に電車に乗り込んだんです。舞鶴駅で新幹線への乗り換えを見届けてから、そのまま福井駅まで戻って来ましたが、兜太先生と二人きりで話をする機会、一時間半ほどの時間を頂きました。今から考えると、何も分からないからできたんですね、贅沢なひと時でした。

その時、質問したんです。「先生の句は破調が多いですよね」と。「例えば、有名な〈銀行員等朝より螢光す烏賊のごとく〉、これは全然五七五とは違うような気がします」。ところが、兜太先生は「いや、これ、五七五なんだ」と平然と答えるんですよ。そして、指折り数えながら「〈ギンコウインラ、アサヨリケイコウス、イカノゴトク〉、な！　大体、五七五だろう！」って（笑）。力説されるんですが、正直に言うと、それはちょっと無理があるのでは……と思いながら聞いていました（笑）。その際、兜太先生は「この句を詠んだ頃、周りのみんなは俺の俳句を前衛だ、前衛俳句だ、などと言っていたけれど、俺は自分の句のことを前衛と言ったことは一度もない。おれは五七五を一番大事にしてきた」と、こうおっしゃる。これはとても興味深いお話でした。

そのあと、晩年の兜太先生は「五七五」ではなく、特に「五七五の器」という言い方をされるようになりました。私は、弟子として、これだけ師匠が言うからには何か秘密があるはずだと考えるようになりました。

福井県で開催された俳句講演の会場　兜太先生を囲んで家族と
左は吉田透思朗氏　2009年11月

どう考えても破調なのに、どうして五七五だと言い切るのか、そこにはどんな秘密があるんだろうかと一所懸命に考えて、「五七五」という日本古来の韻律が、実は四拍子のリズムでできているからだと、ここに行き当たったんです。

そこで、「五七五の器　俳諧韻律論」という評論を書きました。これは、自画自賛になってしまいますが、自分にとっては考えれば考えるほど腑に落ちる理論でした。

例えば〈古池や蛙飛び込む水の音〉っていう句があるでしょう。普通に声に出して読めば、こんなリズムです。（百人一首の上の句を読むようなイメージ）

古池や蛙飛び込む水の音　芭蕉

1　2　3　4　1　2　3　4
ふる　いけ　や　○　△か　わず　とび　こむ
1　2　3　4
みず　のお　と　○

（注：〈○〉をブレス、〈ウン〉と空け、〈△〉をブレスの半拍、〈ウ〉と空ける）。わかりますか？　他にも、

柿食えば鐘が鳴るなり法隆寺　子規

1　2　3　4　1　2　3　4
かき　くえ　ば　○　△か　ねが　なる　なり
1　2　3　4
ほう　りゅう　じ　○

というように、四拍子から私たちが肌で感じている心地よさに疑いはないでしょう。次に兜太俳句での例です。

銀行員等朝より螢光す烏賊のごとく　兜太

1　2　3　4　1　2　3　4
ぎん　こう　いん　ら　あさ　より　けい　こう
1　2　3　4
す・い　かの　ごと　く

彎曲し火傷し爆心地のマラソン　兜太

1　2　3　4　1　2　3　4
わん　きょく　し　○　かしょ　うし　ばく　しん
1　2　3　4
ちの　まら　そん　○

原爆許すまじ蟹かつかつと瓦礫歩む　兜太

1　2　3　4　1　2　3　4
げん　ばく　ゆる　すま　じ　かに　かつ　かつ
1　2　3　4
とが　れき　あゆ　む

これが金子兜太作品の、一読、自由律と思われる句の本質が五七五の「器」から出ていないことの証明です。この説を初めて唱えたのは私なんです！　だからこれ、日本で私しか言ってないんですよ。大発見ですが、誰も褒めてくれない！　もう少し褒めてくれてもいいんじゃないかと思ってます（笑）。

では、当の兜太先生はこれについて何とおっしゃったか。実はこの「四拍子論」も、兜太先生に読んで頂きました。

兜太先生が二〇一一年に胆管がんの手術で入院され

ましたね。その時、私は慶応病院にお見舞いに行きまして「先生、四拍子論はどうでしたか」って、直接訊ねたんです。すると「いやぁ、あんなんじゃねえ。俳句っていうのはなあ、AだからB、BだからCと、そういう公式的なことじゃねえんだ」と、おっしゃいました。ちょっとショックでしたが、だけど、そうなんだろうなとも思いました。兜太先生にとっての五七五とは、四拍子の理屈で書いているわけじゃなくて、本当に肉体から出ている、命の内側のリズムなんだろうなって。

海程創刊50周年記念大会　祝賀会　京王プラザホテル　2012年5月

だから、兜太先生が日本語の土着のリズムに任せることを、「五七五である」とも「四拍子である」とも「十二拍である」とも言わずに、「五七五の器」としたのではないか、と納得したんです。そうであれば誠に的を射た表現ですよね。自分の説は褒められませんでしたが、理論よりも肉体感覚、そういう受け止め方もまた、本当に魅力的だなと思いました。

ちなみに私は、兜太先生に関する評論を、ご本人に全て読んで頂きました。電話、葉書、口頭で感想も頂いています。実に幸せ者です。「俳論って、皆、本人が死んだ後で好き勝手に書いていますよね。生きている間に書かないと、本人反論できないから、意味ありませんよね」と、兜太先生に面と向かって言って、苦笑されたこともあります。「な、こいつ面白れぇだろ」、そう言った兜太先生の横で、ひきつった顔をして座っていたご婦人は誰だったかな（笑）。

親鸞聖人《しんらんしょうにん》と金子兜太

二〇〇九年二月十五日、兜太先生は第四回正岡子規国際俳句大賞の受賞席で「私自身が俳句なんです」と言い切りました。このエピソード、やっぱりスゴイ。さっき、四拍子論を訊ねた際に、「そういう公式じゃないんだ」と答えられたという話をしましたが、実際に自身の肉体から俳句が生み出されている、湧き出しているような感覚なんでしょうね。「俳句を見たければ、俺を見てくれ」って、そこまで言えたらかっこいい。これを知ってから、自分自身もそう言えるようになりたいなって、ずっと思っています。

また、兜太先生が俳句に託して語られてきたことの変遷をたどっていくと興味深いですね。例えば、戦争から帰ってきた高度経済成長の頃は、反戦であるとか、あるいは労働組合にも参加して弱い立場の人を助けたいとか、そういう生き様、そこに具体的なものがあったように思うんです。ところが、次第に年を重ねるにつれて、やっぱり生《ナマ》の人間、いのちそのものを見つめることに中心が移っていかれたのかなと、そんな感じを受けました。そして、それがさらに晩年になると、宗教味すら帯びてくる。生の人間という感覚から、超自然的、限りある命をも超えた自然と私との関係性まで、俳句を通じて哲学が深まっていくっていうんですかね、そんな変化を感じながら句を学んできました。それが「アニミズム」であったり、「生きもの感覚」であったりしたんじゃないか、そして最終的に私は、この兜太先生の生き方の姿勢が親鸞聖人と非常に似ていると思ったんですね。

親鸞聖人は、晩年「阿弥陀如来は私のためだけにいてくださったんだ」ということに気づかれたそうですが、それは「私と俳句、私と自然、私といのち」、兜太先生に見られる「一対一」の真向いの関係性、例えばアニミズムや生きもの感覚なんかと似通ったものとして私には感じられるんです。決して「その他大勢の中の私」ではない、ということです。

弟子一人も持たず候

海程創刊50周年記念大会　新人賞の表彰式壇上　家族と
2012年5月

浄土真宗の開祖、親鸞聖人のお言葉に、「親鸞は弟子一人も持たずそうろう」というものがあります。現実には、新潟から関東へ布教して、晩年には京都へ帰り、お弟子さんは数多くいるんですけれど「私は弟子を一人も持ってない」とおっしゃる。なぜならば、「私が皆にお念仏を教えてあげているのなら、私は先生で、皆は弟子かもしれない。けれども、私は仏様のお念仏を頂いているだけで、皆も仏様のお念仏を同じように頂いているんだ。だから私もみんなも仏様の弟子なんだ」と、こういう考え方です。

さっきも話しましたが、兜太先生が胆管癌手術で慶応病院に入院されたとき、私はお見舞いに行きました。すると、ちょうど診察の時間で、若い医者が私を見て、「すみません、この方はどなたですか」と兜太先生に聞いたんですね。すぐさま私は「先生の俳句の弟子です、今日はお見舞いに来ました」と答えました。そうしたら、兜太先生が「違う違う、俺の道楽の仲間なんだ」と。「いや、先生、恐れ多いです、僕は弟子です」と、「いやいや、違うんだ、俺たちは仲間なんだ」って、こんなやり取りがあったんです。それを見ていた医者は「どっちでもいいんですけど」って（笑）。

そういう感覚も、親鸞聖人と似ていると私は思ったんです。兜太先生は本当にカリスマ的な、宗教的指導者にもなり得そうな魅力のある人でした。

金子兜太俳句の鑑賞

兜太俳句の魅力と云えば、まずは韻律がいいですよね。〈彎曲し火傷し爆心地のマラソン〉をはじめ、有名な句は全部格好いい。声に出したときに、最初からそこにピタッと当てはまる言葉とリズムで「生まれてきた」、そんなイメージがあります。いま一つは、映像に迫力がある。〈原爆許すまじ蟹かつかつと瓦礫歩む〉などが挙げられます。その他、私なりに鑑賞したいと思います。

鑑賞一、不安な時代を生き抜く力

兜太先生は戦争体験者として多くの反戦作品を書き残していますが、これは後世の人々に対して、不安な時代を生き抜く力となる作品でもあると思います。

秋雲の頭《ず》にも流れて吾は征く　『少年』

兜太先生が出征した時の作品。「トラック島は好むところであった」と、兜太先生は『少年』の後書きに記していますが、青年の思っていた戦争という「概念」と、その「実際」の間には、埋めようもない隔たりがありました。兜太先生は帰国の途に着いても、単純に「死なずに帰ってこられて良かった」などとは、自分のためよりも死んでいった同胞のため口が裂けても言えなかったでしょうし、思うことすら許されなかったはずです。本当にそう思ったか思わなかったか、などという推測は意味を持たず、「自分は許されない」という感覚を、戦争を経験していない私は、なおのこと重く理解する責任を感じます。

水脈《みお》の果て炎天の墓碑を置きて去る　『少年』

兜太先生は、戦争で志もなく散っていった死者を（後には事故や事件などで寿命ではなく不慮の死を遂げた方々をも含めて）「非業の死者」と呼びました。戦後、あくまでも生きて、その死者たちに報いる生き方をやっていこうと、そう思いながら南方から帰ってきたそうです。死んで置き去りにする仲間たちが、血も汗も涙も枯れ果てた水脈（実景は船の波跡）の果て、この世のどこでもない場所に、カンカンと太陽に照らされながら、しかし確かにいる。眼に見える物質は墓碑かもしれないが、兜太先生にとっては間違いなく亡くなった仲間が存在していたはずです。

現代俳句協会70周年記念全国大会　帝国ホテル
2017年11月

墓地は焼跡蟬の肉片のごと樹樹に　『少年』

墓地、蟬、樹樹、焼跡、私たちも見たことがあります。実感がありますね。しかし、肉片となった人間をみたことがある者がどれだけいるでしょうか。肉片にされるかもしれない恐怖のみならず、誰かを肉片にするかもしれない恐怖。掲句には肉片は出てきません、もちろんそれは比喩です。しかし、肉片を見た者でなければ、体感が無ければ作れない句でしょう。

原爆許すまじ蟹かつかつと瓦礫歩む　『少年』

言わずと知れた、兜太先生の代表句の一つです。原爆をきっぱりと否定しています。そこには微塵の隙間もない。かつかつと怒りをあらわにゆく蟹は、平和を守る毅然とした態度を見せます。

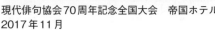

彎曲し火傷し爆心地のマラソン　『金子兜太句集』

一九五八年の発表当時、前衛的と言われた作品が、今こそリアルに、眼前に迫ってきます。振り返ってみれば、トラック島で本土と途絶されたなかを生き抜き、飢餓や敗戦、捕虜を経験し、九十歳を越えてからもなお、胆管癌の手術に耐えた兜太先生の生命力、生き様は、この生きにくい時代を生きていく私たちの、一つの指針となってくれるのではないでしょうか。

笑うときふと怖《お》ず霧の負傷兵　『暗緑地誌』

これは兜太先生が五十三歳の時に刊行した句集の作品です。亡くなった戦友に対して、笑うことを申し訳なく思っているどころではない。自分が笑っていることを意識した瞬間、恐怖を感じるくらいに、実際に、もう目の前に、負傷兵はいるのです。眼の前で人が吹き飛んでいる、隣の人が機関銃掃射で命を落としている、その情景を文章で読み、あるいは講演で聴いた私達は「金子兜太物語」として、何かテレビドラマのように受け止めている節がありました。その見えない心の深遠にある、生の人間の、本当は絶叫したいほどの気持ちを受け止めることが、こちら側に出来ていなかっただけだと気づかされた句です。

負傷の兵屍《し》の兵運び丘越えたり　『暗緑地誌』

兜太先生は、数々の著作において、戦争を誠実に、客観的に、淡々と語られています。大袈裟、あるいは美化して語るようなことはなく、ドキュメンタリー番組のように涙で同情を煽るようなこともありません。それでもなお、生身の「金子兜太」という一個の人間が、取り乱し泣き出し、発狂する感情がなかったのかと言えば、それは語れぬだけで複雑に心を苦しめるものが必ずあるはずで、あるいは反対に、その極限状態の中で、発狂せずにいられた自身への絶望はなかったのだろうか、ということにまで私は思いを巡らせるのです。

黄薔薇のそばを野良犬駆けすぐ屍の兵士　『暗緑地誌』

鮮やかに咲く黄薔薇と、鮮やかに死んだ兵士のそばを生き生きと野良犬が駆ける、美しくも不吉な景色です。放っておけば、遺体は餌となります。もしかすると、これらの体験は、兜太先生の中で無意識の抑圧によって現実の色彩を失っている、あるいは自分を他者に置き換えて語ることによって、辛うじて、精神のバランスを繋ぎとめているのかもしれません。

左義長や武器という武器焼いてしまえ　『日常』

左義長は「どんど焼き」の名でも知られる日本の伝統的な火祭り。一月の暗い空の下、天にも届かんほどの神聖な炎を見上げれば、いくつになっても幼き日そのままの興奮があります。今（二〇二二年現在）ならば、ロシアのウクライナ侵攻を思い浮かべる読者も多いことでしょう。神の炎の中で、武器という武器はメラメラと音を立てて焼かれてしまえばいい。

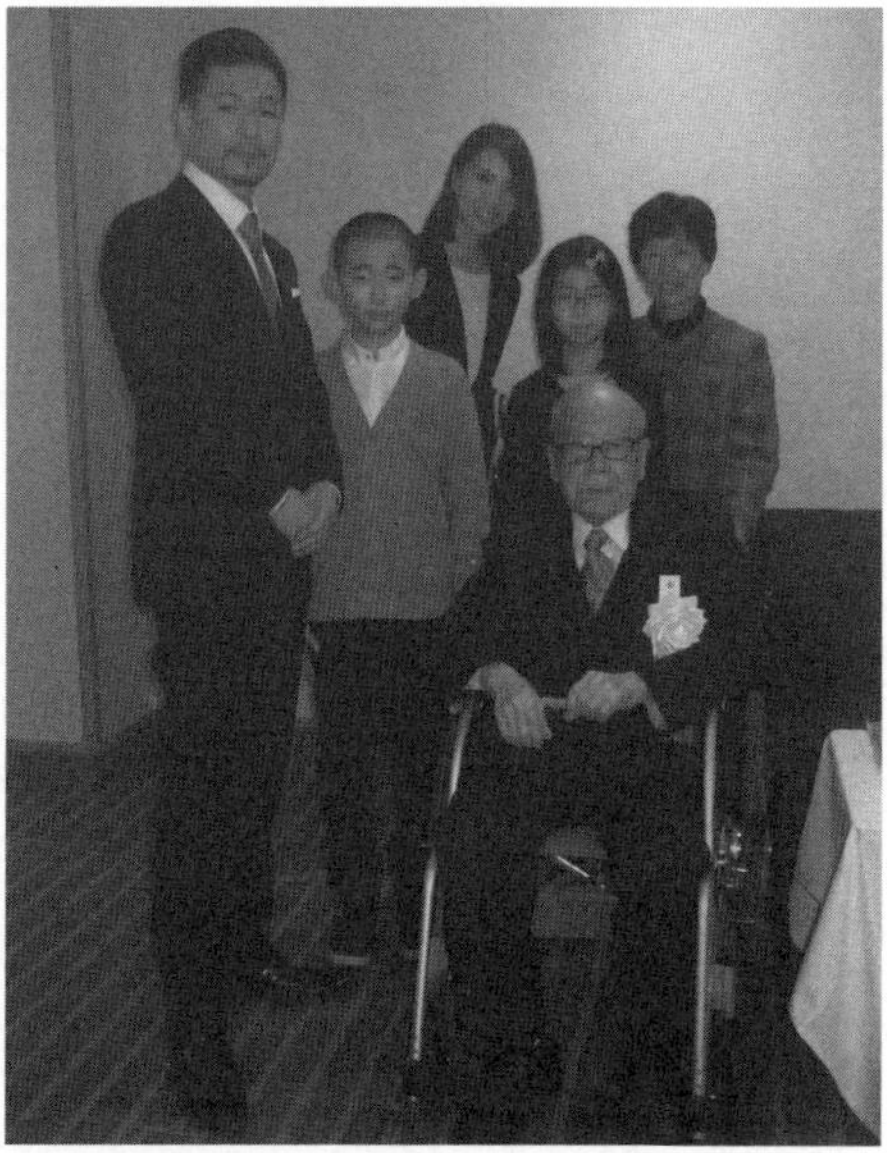

現代俳句協会創立70周年記念大会　兜太先生を囲んで家族と
右手は金子眞土氏の奥様、金子知佳子さん　2017年11月

父の好戦いまも許さず夏を生く　『日常』

父、伊昔紅（本名・元春）のみならず、この時代の男たちの好戦の気運を愛しながらも、また、許してはいけないと自戒する。出征前夜、父と踊った裸踊り。死を覚悟しながら、そしてまた死を一時忘れながら、戦火の時代に高揚する肉体と精神。裸電球に照らされる親愛と不安とが、二十一世紀の今も鮮やかに、滑稽に揺れ動いています。そして、戦争という極限の世界、まさに人間の存在に対する絶望の状況において、だからこそ人間に対する絶対的信頼の感覚が兜太先生に宿ったのではないか、とも私は思うのです。

鑑賞二、いのちの俳句

長寿の母うんこのようにわれを産みぬ　『日常』

自身が高齢となる中、「いのち」の繋がりの尊さを、子供のように率直に、ユーモラスに表現されています。これは兜太先生が叔母さんから聞かされた実話だということですが、命に対する純粋な信頼がなければ詠むことのできない作品です。

華麗な墓原女陰あらわに村眠り　『金子兜太句集』

いのちの俳句、それは性の営みをも赤裸々に詠むこと。掲句は一九六一年、兜太四十二歳の句集に収録されています。高度経済成長期のはしり、死の賑わいと生の退廃が対照的な海辺の村落においての生々しい性の日常を書き取ったということが、すでに本人からの解説として著されています。「詠みたいことをビビッドに表す」（「街」十周年特集号）と兜太先生は語り、その通りに男根・女陰と包み隠さず表現していますが、それは自分の書きたいことを書いて伝わらなくてもいい、と思っているからではなく、必ず伝わるはずだという信頼からの表現でしょう。性の営みは命そのもの、「生きる」ということです。それは無意識にある「死」への反動かもしれない。そう考えれば、この句から命よりも死の香りの方を、より強く嗅ぎ取った人がいても不思議ではありません。

谷に鯉もみ合う夜の歓喜かな　『暗緑地誌』

一九七二年、兜太五十三歳の句集では、このように激しい性交が詠まれています。ギラギラと月光に照らされ、どちらが頭で、どちらが股かも分からないほどの恍惚の交わり、カシャカシャと激しく擦れ合う鱗の音が聞こえ、屹立する男根までも眼に浮かぶようです。

男根は落鮎のごと垂にけり　『日常』
みどりごのちんぽこつまむ夏の父　『〃』

晩年の句集『日常』の中では、自らの男根は自然と落ち鮎に成り果てつつ、輝く新しい命に、また兜太先生が宿っています。「性」が「生」となり、いのちが繫がっていきます。

朝日煙る手中の蚕妻に示す　『少年』

舌は帆柱のけぞる吾子と夕陽をゆく　『〃』
河馬の鼻に指入れたしと春の稚児　『東国抄』
夏の母かく縮んでも肉美し　『日常』

妻子を、孫を、母を、これらの句を読めば、抱きしめずにはいられないことでしょう。私自身も親となった今は、ことさらにそういう感慨を抱きます。これこそが、『少年』から『日常』へ貫かれる兜太の精神、「いのちの俳句」です。この愛は俳句を通じて、生死の垣根すらも容易く越えていきます。

誕生も死も区切りではないジュゴン泳ぐ　『日常』
春の庭亡妻正座して在りぬ　『〃』

生きている我の世界と、亡くなった彼の世界が分け隔てなく存在しています。此岸彼岸は続いているのです。振り返れば「水脈の果て」にも「華麗な墓原」からも読み取れる、兜太先生にとっては当然の実感でした。

鑑賞三、金子兜太のアニミズム

兜太先生は句集『日常』のあとがきで「文人面は嫌。一茶の〈荒凡夫〉でゆきたい。その〈愚〉を〈美〉に転じていた〈生きもの感覚〉を育ててゆきたいとも願う」と述べています。また、「アニミズムということを本気で思っている」という一文が続きます。これは理解ではなく、共感をもっていて、始めて得ることのできる兜太先生の知恵の滴でしょう。

厳密には、これは一般の宗教学で言うところのアニミズムとは少し違うかもしれません。アニミズムとはこの世のあらゆる事象にアニマ（霊魂）が宿る、という原始宗教特有の考え方であり、事象の全てが「信仰の対象」となることを言います。「生きもの感覚」を唱える兜太先生の言うところのアニミズムとは、信仰の対象と云うよりも、もっと距離が近い、あるいは距離が等しければ向きといってもいいのですが、つまり片方がもう一方を拝んでいるのと、共に同じ道を歩んでいるのとでは、意味が随分違いますよね。森羅万象と私とが、分け隔てなく共に生きているという感覚を、「アニミズム」という普遍性のある言葉を用いて表現されたのだと受け取っています。

露舐める蜂よじっくり生きんか　『日常』

有名な蜂の句と言えば、村上鬼城の〈冬蜂の死にどころなく歩きけり〉が挙げられますが、そのいのちの儚さ、無常観を歌い上げた句に対して、兜太先生の、この大らかな視点はどうでしょう。もちろん句の優劣ということではありませんが、いのちに対する愛に溢れています。

今日までジュゴン明日は虎ふぐのわれか　『日常』

自然との共生、それは省エネやエコロジーなどという人為的なものではなく、自ずからなる寄り添いの形。形は変われども繋がり合う命、その発露に俳句があります。

ゆっくりと飯嚙む天道虫と居て　『日常』

生き物と、生き物の一員としての私と、その私たちを生かしている全ての事象とが、自然に、分かちがたく抱合している様子。それは親鸞聖人の「弥陀の五劫思惟の願をよくよく案ずれば、ひとへに親鸞一人がためなりけり」（『歎異抄』）と、語った心境とも似通います。

私にとっての「海程」

海程とは兜太先生、先生に俳句を読んで頂けることそのものが海程の価値でした。また、海程全国大会は、老若男女問わず幅広い先輩方にお会いできる大切な場所でした。夜中の一時、二時まで酒盛りをしながら俳句談義……、あんな時間、場所が、一年に一回でもあったことは嬉しかったです。この「人間の魅力」が、そのまま私にとっての「海程」の魅力です。今では、あんな場を作るのは難しいかもしれませんね。

思い起こせば、二十年近くも前に入会させて頂きました。この福井の田舎で、ひたすら研鑽に励んできたつもりです。この小舟に乗っているような精進、これはしかし、今思えば大きな「海程」の海原に漂わせてもらっていたような気がします。釈迦ならぬ、兜太先生の掌の上だったということです。今後、兜太先生、先輩方へのご恩をどう返していけるか、大きな課題として取り込んでいきたいです。

中国と中内亮玄

兜太先生が亡くなる数カ月前、現代俳句協会創立七十周年記念大会に、私は家族で出席しました。控室で車椅子の兜太先生にお会いして、家族みんなで写真を撮って頂きました。海程の芹沢愛子さんが「控室に先生来てるわよ」と教えて下さったことを忘れません。

先生は「おうおう、中内か。最近、書く物が充実しているな。お前さんの書くものには、他の者にはない穿ちがある」と握手をしながら言葉をくださって、私の胸を人差し指で二、三度、力強く突きました。

この「穿ち」という言葉。さきほど、兜太先生と電車で一緒に舞鶴まで行ったという話をしましたね。その際、「小林一茶には穿ちがある」という話をされていたんです。「中国に行って俳句の話をしたときにウケるのは一茶の話だ。一茶の俳句は中国の人にも分かるんだろうな。そのユーモアが『穿ち』なんだ」と、そんな話をしてくださって、つまり他の人にないユーモアを中内は持っているということをおっしゃって頂けて、とても嬉しかったですね。

また、二〇一二年の新宿京王プラザホテル、海程五〇周年記念全国大会、第四十七回海程新人賞受賞の壇上でのことです。海程の先輩方数百人が見守って下さっている中、兜太先生は新人賞を取った私について「この人には大陸の空気がある、大陸を感じるんだ」と評され、中国で詠まれた〈大根の花に水牛の往き来〉という句の色紙を下さったんです。とっさに私の頭の中は「僕が大陸？　中国？　なぜ？」と、ハテナで一杯になりました（笑）。しかし、新人賞のお祝いの言葉ですから褒め言葉には違いないだろう、くらいに思っていました。

あとで知ったのですが、兜太先生の著書に、こんな一文があったんです。

「金子の中には中国がある」

そう私を評してくれたのは、俳誌「未来図」を主宰する鍵和田秞子さんです。
「金子の基本に中国がある」
その一文を読んだとき、私はわが意を得たりと思いました。

『二度生きる』(チクマ秀版社)冒頭

私がこの文章を発見したのは、兜太先生が亡くなった当日、お参りに向かった特急列車の中でした。瞬間、雷が落ちたように、私は先ほどの京王プラザのステージに立っていました。目の前には色紙を持った兜太先生がいて、スポットライトを浴びながら花束を持つ私に言葉をかけて下さっている。今度こそ、最上の褒め言葉として「この人には大陸の空気がある」と。素直に感謝し、今でも励みにしています。

兜太先生の最後のお言葉は、実は私にではなく、私の妻へ何度も繰り返されました。「あんた、この人の嫁さんは大変だろうな、大変だ」と。亡き奥様、皆子先生を重ねていたのかもしれません。自戒としています。

おわりに

中内亮玄氏は金子先生の最晩年の弟子である。性格は明るく頭脳は冴えわたり、兜太先生との思い出は筆記に備えられたようによどみなく、情熱をこめて語られた。それでいてまことに楽しく有意義な時間だった。

二〇〇九年、すでに九十歳になった金子先生は、福井で講演をされた折、行きも帰りも一人で電車に乗られたため、中内氏は心配されて、先生と共に帰りの電車に乗り込んだそうだ。舞鶴駅で新幹線への乗り換えを見届けてから帰ったという話からは、氏の優しさと先生に対する敬愛を感じ取り、胸が熱くなった。

その後、中内氏は「五七五の器　俳諧韻律論」をはじめ、いくつもの評論を書き、新聞や雑誌にエッセイなどが掲載されるようになると、「お前さんの書くものには、他の者にはない穿ちがある」と金子先生から評された。氏は二〇一二年、海程創刊五〇周年記念全国大会で第四十七回海程新人賞を受賞。今は福井県現代俳句協会会長を務めておられる。

董振華

中内亮玄の兜太20句選

蛾のまなこ赤光なれば海を恋う　『少年』
木曾のなあ木曾の炭馬並び糞《ま》る　『〃』
魚雷の丸胴蜥蜴這い廻りて去りぬ　『〃』
水脈《みお》の果て炎天の墓碑を置きて去る　『〃』
朝日煙る手中の蚕妻に示す　『〃』
きよお！と喚いてこの汽車はゆく新緑の夜中　『〃』
原爆許すまじ蟹かつかつと瓦礫歩む　『〃』
舌は帆柱のけぞる吾子と夕陽をゆく　『〃』
青年鹿を愛せり嵐の斜面にて　『金子兜太句集』
銀行員等朝より螢光す烏賊のごとく　『〃』
彎曲し火傷し爆心地のマラソン　『金子兜太句集』
華麗な墓原女陰あらわに村眠り　『〃』
果樹園がシャツ一枚の俺の孤島　『〃』
人体冷えて東北白い花盛り　『蜿蜿』
無神の旅あかつき岬をマッチで燃し　『〃』
涙なし蝶かんかんと触れ合いて　『暗緑地誌』
二十のテレビにスタートダッシュの黒人ばかり　『〃』
猪《しし》が来て空気を食べる春の峠　『遊牧集』
大根の花に水牛の往き来　『皆之』
酒止めようかどの本能と遊ぼうか　『両神』

中内亮玄（なかうち　りょうげん）略年譜

昭和49（一九七四）　福井県生まれ。

平成13（二〇〇一）　作句開始。北陸の俳句結社「狼」同人、「海程」会員となる。

平成18（二〇〇六）　（故）吉田透思朗の勧めにより現代俳句協会に入会。

平成19（二〇〇七）　第28回新風舎奨励賞受賞、海程全国大会（千葉）にて金子兜太に直接弟子入りを認可。

平成20（二〇〇八）　海程福井支部年刊合同句集『点』第三十四号より編集を務める（二〇一八年まで）。同年、俳句作品掲載『ザ・俳句十万人歳時記 夏』「夏の風」の項、松田ひろむ編集（第三書館）。

平成21（二〇〇九）　第12回北陸現代俳句賞受賞。随筆『兜太の遺伝子』（非売品）、同年、第一句文集『眠れぬ夜にひとりで読んでみろよ』（狐尽出版）刊。

平成24（二〇一二）　第47回海程新人賞受賞。第30回現代俳句新人賞受賞。新聞紙面へのエッセーや俳句コラムの連載、福井県ふるさと文学館をはじめ、公立図書館での講演、ＦＢＣラジオセミナー（福井県社会福祉協議会）、中高生対象の出前授業など、俳句講師としても活動。

平成25（二〇一三）　実質の第一句集『蒼の麒麟騎士団』（狐尽出版）刊。

平成26（二〇一四）　評論「俳句哲学者 金子兜太」副題「信頼の芸術としての俳句」を『口語俳句年鑑13』に掲載。

平成28（二〇一六）　福井県現代俳句協会会長に就任。

平成29（二〇一七）　第二句集『赤鬼の腕』付録：評論「金子兜太三部作」・「主体写生論」（狐尽出版）刊。

平成30（二〇一八）　「狼」退会。「海程」の後継誌「海原」同人。九月、自身の結社、俳諧旅団「月鳴」を立ち上げる。

平成31（二〇一九）　福井県文化奨励賞受賞。

令和２（二〇二〇）　主宰誌 俳諧旅団「月鳴」創刊号（狐尽出版）。

第15章

岡崎万寿

（二〇二二年九月三日十三時　岡崎氏宅にて）

はじめに

二〇〇五年三月、北京で行われた「漢俳学会」の成立大会に、金子先生を団長とする現代俳句協会二十五名の俳人が来賓として参加され、そこで初めて岡崎万寿氏に出会った。勿論、その前に私が政府関係の通訳をしていた経験があったため、岡崎氏のお名前は国会議員の時代から知っており、その後、海程誌上でも氏の作品を拝読している。そして、二〇一九年四月より私は兜太研究を始めたため、岡崎氏の了解を得て、六月から、氏が代表を務める「金子兜太研究会」に参加。以後、コロナ禍が始まるまで毎月お世話になった。

この度の「兜太を語る」企画で、金子眞土氏の推薦で岡崎氏のご都合を伺い、快諾をいただけたことは嬉しかった。取材を開始する二か月前より、氏から回答要旨のお手紙を幾たび頂き、私も氏のご自宅に何度も伺って、取材内容の打ち合わせを重ねてきた。その時、氏の書斎の本棚と机に並ぶ兜太の著作と兜太研究関連書籍の豊富なことに驚き、感服した。

董振華

政治家の余技として俳句を始め、「道標」を経て「海程」へ

私は昭和五年（一九三〇）一月、佐賀県唐津市郊外の農村で生まれ育ちました。生まれた時から戦争一色で、日中戦争から太平洋戦争と、いわゆる十五年戦争が諸に私の幼少年時代でした。中学三年の頃から長崎県へ勤労動員され、土木工事や特攻機の部品工場などで昼夜働いていました。

昭和二十年（一九四五）八月九日の長崎の原爆は、少し離れた大村市の山腹に建てられた工場から、真赤に燃え盛る空を息を呑んで見ていましたよ。今でも映像として心に焼き付いていますね。そして敗戦。中学四年の十五歳でした。

しばらくして、東京で開かれた「原爆写真展」で思わず立ち竦んだことがあります。戦時の私と同様の戦闘帽で足にゲートルを巻いた、同じ年頃の少年が黒焦げの顔と手で瓦礫に転がっている写真です。「あ、これは僕だ」と、咄嗟にそう思いましたね。大村へ異動せず、長崎市でそのまま動員されておれば、私もこん

な姿になっていたかもしれませんね。

ずっと後で詠んだ俳句ですが、〈黒焦げの少年は僕被爆展〉が平成九年（一九九七）に、原爆忌東京俳句大会で佐藤鬼房の選を頂きました。戦争で父や義兄や叔父は中国大陸へ長らく動員され、義兄の一人はフィリピンで戦死しました。〈ちちははや昭和史のごと門火煙る〉は兜太選を頂きました。ノーモア・ヒロシマ・ナガサキ、ノーモア・戦争。これが「軍国少年」から一八〇度変わった、私の戦後の原点です。

その流れで、私は東京で昭和二十四年頃から長年に亘って、原水爆禁止運動や沖縄返還運動、ベトナム人民支援運動を続け、ストックホルム、パリ、ローマ等での国際会議にもよく参加してきました。そして理論政治誌「前衛」の編集長も務めました。つづいて、昭和五十八年（一九八三）、旧東京二区選出の衆議院議員となり、国際軍縮促進議員連盟にも参加し、存分に活動できる機会に恵まれました。昭和六十二年（一九八七）の春から、議員二期目の政治家の余技というより、有権者との接点も出来るだけ広げたい一心から自己流の俳句を始めたわけです。

このような状況が七年間くらい続きましたかな、そろそろ俳句もまともに勉強したいという気持ちも強くなってきてね。それに平成六年（一九九四）に民意を反映しない小選挙区制が導入され、同年七月に私は政界を引退しました。六十四歳からの第二の人生ですが、お陰で余力を残して、俳句と俳論に集中できるきっかけになったわけです。その頃、お誘いもあって、平成七年（一九九五）二月から、古沢太穂主宰の「道標」に入会しました。

太穂先生は加藤楸邨の「寒雷」の同人。社会性俳句の一方の旗頭で、戦後、京浜地帯で職場俳句サークルの運動を広げ、その中で自分を作り上げてきた、会うとほっとする親しみ深さのある俳人でした。

ロシア映画みてきて冬のにんじん太し　太穂
やつにも注《つ》げよ北風《きた》が吹きあぐ縄のれん　〃
白蓮《しらはす》白シャツ彼我ひるがえり内灘へ　〃

好きな句がいっぱいあります。初学だっただけに、俳句の上でも人間としても、多くの事を学んだ気がしますね。吟行の時など「まず感じることだよ」と何回か聞いた記憶があります。平成十年（一九九八）九月に「道標」の同人になりました。有難かったことは、太穂先生に頼まれて、平成十一年（一九九九）七月から「道標」の若手の勉強会として、「道標俳句研究会」を立ち上げたことです。鶴見の画廊で六、七名の女性たちと一緒に古沢太穂、金子兜太、佐藤鬼房、成田千空、正木ゆう子等を取り上げ、賑やかな勉強会でしたね。

その研究会が軌道に乗ってきた時、突然のように太穂先生が逝去され、とても痛手でした。その後、しばらくして、その研究会を自立した「つぐみ」という俳句集団に切り替え、私も編集発行人の一人として、月刊俳誌「つぐみ」を発行することになりました。本格的に俳句評論をやる上では、プラスの面もあったと思います。

一方、晩学の遅れを補うため、太穂先生の「道標」の句会と併行して、平成九年（一九九七）四月に朝日カルチャー「俳句入門科」（第二・第四水曜日）に入り、「海程」の武田伸一、安西篤両先生から懇切な授業を受けていました。とくに安西先生の授業は前半に「金子兜太の成長の姿——作品を中心に」「造型俳句六章について」などの話があり、私には魅力的でした。

そして、平成十年一月から「海程」へ投句するようになり、続いて同年四月から兜太先生の「俳句研究科」にも入りました。六十八歳でしたが、新鮮な気持ちでした。このように、兜太先生と直接お会いしたのは新宿の住友ビル高階での朝日カルチャー「俳句研究科」の教室からです。テレビや俳句雑誌など映像と活字の上では、兜太先生のことをそれなりに存じ上げてはいましたが、教室で直に接してみると、より大きな、より面白い、より暖かく丁寧な方でした。月二回の水曜日の午後に、六、七十名ほどの教室は女性が多数で、いつも満席。ユーモアと笑いのある自由な雰囲気で、最初から気に入っていました。その頃、教室である受講者からもらったハガキ大の金子兜太サインの文章のコピーを今も大事にノートに挟んでいます。一部を紹介しますと、「わたしはつくづく〈感覚は終生衰えない〉とおもっている。むろん、磨いていなければ駄目だが、一定のペースで作句していれば、感覚は衰えない。しかも、二、三十代の感覚と変わることもない。

違うのは、心身の成熟感の浸透である。それによる厚さ濃さが、二、三十代を凌ぐ魅力を示すことが多いのである。」

この兜太先生の言葉に、中高年の多い教室の皆さん、私同様にきっと励まされていたことと思います。この朝日カルチャーの俳句講座の後、近くの部屋で自主的に続けられてきた、月に一回の「遊《ゆ》羽《う》の会」という兜太先生を囲む研究会にも入れていただき、間近で先生と質疑ができる機会にも恵まれました。ここでも女性が中心で、「海程」に載った兜太抄出の「海程秀句」を取り上げ、三人ほど担当者を決めて先生に質問する形式で進められ、問答は多面的で、とにかく活気に溢れていましたね。椅子についた先生が、まず目の前に置かれたバナナを一本、美味そうに食べるんです。トラック島戦場でもこんな風に食べていたのかなと、一層先生への親しみを感じました。

そんなある日、先生から私宛に一葉のハガキが届きました。例の太字で表裏いっぱい書いてあります。「ザル豆腐美味。本物の感で、久しぶりに豆腐を食べた気持でした。嫁さんが豆腐汁までつくってくれました。本物は珍しく嬉しかったのです。御大が拙文をよく読んでいてくださるのに、呆れ且つ感謝していたのですが、往年の『前衛』の編集長と知り、納得するところがありました。小生も往年ずいぶん勉強させても

古沢太穂先生と　1996年9月

らったものでした。御大との出会いが嬉しいです」（前後は略）。

カルチャーか「遊羽の会」かで、何かお気遣いを頂いたお礼に、当時としてはまだ珍しかった田舎の名物を贈ったことへの返信ですが、一受講生に過ぎない私に、しかも私の前歴にもふれた、こんなにも丁寧で気持ちのこもったハガキにすごく感動しました。兜太先生から頂いた言葉が金子兜太研究に一段と拍車がかかったのは言うまでもありません。

ここの入門科には平成十六年（二〇〇四）三月まで、七年間通っていたので、その間、研究科の金子先生と合わせ、武田、安西の三先生と毎週の水曜日に顔を合わせ、それぞれの個性ある話と表情を楽しみ、仲間も出来て、「第二の青春」といった感じでした。

そして、兜太先生の「研究科」は二〇一一年八月まで続いていました。時はまさに俳句ブーム、カルチャー・ブーム、兜太ブームの花盛りでした。私はこの兜太と「朝日」に代表される、全国各地のカルチャー俳句文化について、兜太の持論である「衆の俳句」の見事な展開として、兜太研究の対象の一つと考えています。

さて、「海程」ですが、古沢太穂先生が逝去された二〇〇〇年の十二月以降は、「海程」一本にしぼり、毎月の東京例会、多摩句会、都区句会に殆ど参加していました。そして、永井徹寒さんとか、阿川木偶人さんとか、「海程」には変わった個性派が居て、句会を和ませていました。あまり意識しないうちに二〇〇二年五月に同人となりました。

その年間の東京例会の全作品から、兜太先生が選ぶ例会大賞に、私の〈初山河兵は憲法読んでいる〉（二〇〇四年）、〈元朝や日本人いなくなる曲線〉（二〇〇六年）、〈片仮名のフクシマなんたる酷暑かな〉（二〇一一年）が選ばれたのは大いに励みとなりましたね。

若き日の金子兜太と古沢太穂の人間同士

兜太と太穂は同じ加藤楸邨の「寒雷」で学んでいたが、太穂は兜太より少し先輩で、お互い初見の時から親愛の気持ちを持っていたようです。親しく議論を交すようになったのは戦後で、兜太がトラック島戦場から帰国し、秩父で一息ついてからのようです。

昭和二十二年（一九四七）二月に、秩父の強石《こわいし》の宿で「兜太の復員を祝う会」が催され、主に「寒雷」の田川飛旅子、原子公平、牧ひでを、古沢太穂、細見綾子

金子兜太先生と古沢太穂を偲ぶ会　2000年3月

らと兜太を含む十人あまりが集まっています。そこで話題の中心が早くも「俳句の社会性」のことだったのは驚きです。後で古沢太穂が「俳句研究」（一九六七年六月号）に書いた「帰還当時の兜太」によると、「そこでも話の中心は社会性の問題で、私などより芸術派の金子、原子組と、いま演劇関係の仕事をしている神谷量平君と私が対立して、酒席を論争で賑やかにした」そうです。続けて太穂は、その論争についてこう分析しています。「それは、その後の時点で、対他的には社会性派という風に一括されて、統一戦線的な協同の姿勢を持っているが、創作方法のうえで現在でも微妙な相違と、微妙な接近をつづいているように思へる」と。

また、山口県から参加した兜太の盟友・牧ひでをが自著の『金子兜太論』（一九七四年）でその会の模様について「口の重い私などは殆ど言葉はさしはさまなかった」が、「初めて、古沢と金子の論争を身近に聞くことができ、心が開けた。社会も、俳句にたちむかう態度も時代も大きく変わったと思った」と、感慨深く当時を振り返っていました。当時、兜太は二十八歳、

太穂は三十四歳。

敗戦後の民主化の息吹の中で、俳句に新しい活気を求めていた青年たちの人間群像だと思います。こうした戦後まもない頃の兜太と太穂の人間同士の、もう一つ他ならぬ面白いエピソードを紹介しましょう。『遠い句近い句――わが愛句鑑賞』(一九九三年)で兜太は太穂の〈蜂飼いのアカシアいま花日本海〉を挙げ、「視界がさっと開けてゆくような、何とも言えぬ親しみ深さがある」と鑑賞を深めながら、「――ああ、よきかな、『社会性』」と結ぶ前に、こんな体験談を話しているんです。

「それ以来、会や何かで会うたびに酒を飲んでいる。(中略)飲み始めれば、議論をする。そして酔っぱらう。あるときなどは二人とも電車で眠ってしまい、人気《ひとけ》のない駅で降ろされたこともあったが、咄嗟に警察に泊めてもらおう、と言い出すのが、太穂だった。さらっと気づいて、甲高く笑う。おかげで桜三分咲きの春寒き夜を、人のいない留置場の毛布をたっぷりかけて、安眠することができたものだった」と。

二人の経歴を見るかぎり、警察署の留置場に泊まるか、泊められた話はこの日以外はないと思います。また、こんな大らかな警察署の対応は、敗戦後の当初、市民のための「民主警察」ということで、全国千三百余の自治体警察に分割されていた頃だからこそ、あり得た話なんでしょうね。

こうして、折に触れ交わされた酒席での二人の議論は、戦後の時代をどう見るか、そこに生きる人間をどう俳句で詠むか、といった遣り取りの面白さと共に、お互い貧しい山村、漁村に生まれ育った、土臭い庶民そのものの人柄と風土の誼《よし》みもあったに違いないと思いますね。言うまでもなく兜太は暗く鬱屈した、それでいて一条の光を求めて止まない「山影情念」の山国秩父育ち。太穂は日本海沿岸の越中富山の出身で、暗がりを帯びた体質から滲み出る温かさと、鍛えられた知性の快活さを身につけていました。それと合わせて、二人は俳人として何より俳句と俳句観の上で深い共感、共鳴があったことを、今回のインタビューの準備で諸資料に目を通す中で、改めて確認できました。まず、兜太は太穂の俳句をどう読み、どう鑑賞・評価していたのかについて、二点あると考えております。

一つは、ロングセラーとなった兜太の『今日の俳句』（一九六五年）の結びで、「俳句は詩である――存在感の純粋衝動」と題して、真っ先に終戦直後の太穂の句〈ロシア映画みてきて冬のにんじん太し〉を挙げて書いていることです。

「その〈詩〉とは、この作品の場合、何なのか。それは、ロシア映画と太いにんじんが、作者の感覚の中で出会った時、その時に喚起された、感覚の新たな興奮であった。（中略）書いても書いても書ききれないが、それでいて、あるいは一つの言葉で捉え、爆発させうるような感情の核――その核反応が〈詩〉の反応なのだ。したがって、作者としては、映画とにんじんの出会いを、そこに提示することによって、その〈感覚の新たな興奮〉、つまり〈詩〉反応を暗示するしかなかったのであろう。」

要するに兜太は、この太穂の句から、「感情の純粋衝動」と言える詩の本質、真の叙情を感じ取り、読み取っているのでしょう。大変な評価ですね。

二つは、兜太の口からよく聴いたことがある、「思想の肉体化」という言葉です。兜太は太穂の思想の清潔さと共に、それが日常の感性と俳句の中に溶け込み、自然に成熟していることを多としていました。太穂亡き後に書いた「太穂回想」（「俳句研究」・二〇〇〇年六月号）で、実感を込めてこう述べています。

「そして、いえることは、太穂は思想を伝えるのに、生《な》まで伝えることを避けて、出来るかぎり感性で伝えようとした人だった、ということである。それがこの人の俳句に一般的な人気があったことの理由の一半だが、感性というとき、日常に消化された思想の裏付けがないと、物足りないのである。わたしは思想の肉体化といい、それが日常において果たされ、感性を支えるものともならなければ、本当の思想表現には結び付かない――ましてや俳句のような短詩型にとってはなおさら――と確信しているので、太穂俳句の思想と感性の有り様を喜ぶ。」

太穂門下の私たちも、そこまでは摑んでいなかった太穂俳句の真価を兜太はちゃんと見抜いていたのです。改めて感心しました。一方、太穂も、兜太の造型俳句論などの目覚ましい俳業の展開を注目し、評価し、期待の言葉を『古沢太穂全集』に残しています。二点を挙げます。

一つは、昭和三十三年（一九五八）の「俳句人」八月号に載った「組織と新しい自我」という兜太に対する評論です。中には「（兜太の）造型論その他創作方法上の新しい努力が、組織と自我という現代人の生活実感を芯として展開されていることへの一苦悶者としての深い共感があったわけです」と。

二つは、「俳句におけるテーマの問題と社会性」という「アカハタ」（昭和四十二年六月二十四日）に載った評論ですが、こう書いています。「戦後、俳句における社会性が大きな問題として取り上げられたのは、昭和二十八年頃から数年間のことだが、それは現在でもけっして消滅した問題ではない。むしろ造型俳句など新しい方法論は、社会性をどのように新しい主体を通して表現するかに関わって提起された問題だった。」と。

これが兜太と太穂の人間同士でした。重ねて、この佳き二人の師に恵まれた幸運に感謝しています。二〇〇〇年三月二日、古沢太穂先生は肺炎のため、逝去されました。兜太先生は長年の想いを込めて、〈貫くとは叙情澄むこと太穂亡し〉（『東国抄』二〇〇一年）という追悼句を送っています。

兜太と中国の「漢俳」

そう言えば、平成十七年（二〇〇五）三月、北京で「中国漢俳学会」の創立大会があって、確か董さんは通訳をされていましたね。ご承知のとおり、日本からは金子兜太を団長に、倉橋羊村、安西篤ら現代俳句協会代表団二十五名と、国際俳句交流協会の有馬朗人その他十数名の俳人が参加し、ともに祝賀しましたね。

私もその一員でしたが、長らく日中友好・連帯の市民運動にも関わってきたものとして、新しく熱を入れ始めた俳句の分野でも、中国漢俳の詩人の皆さんとの交流ができたことは、新鮮な魅力でした。「人民中国」誌二〇〇五年六月号に載った、「漢俳学会が創立、『和風　漢俳を起こさん』」によると、その日、会長に就任した劉徳有氏が日本の俳人を歓迎して、自作の漢俳を披露していました。

雪溶花報春
俳人雅集一家親
歌吟表寸心

雪溶けて、花は春を告げん
身内のごとき、俳人の集い
歌を吟じて寸心を表さん

中国漢俳学会創立大会
挨拶は金子兜太、通訳は董振華
会場後ろ向き後列左から二人目が岡崎万寿
2005年3月

漢俳を知らない日本人が多いので、もう一句、会場である漢俳の方から頂いた『段楽三漢俳集』の中から挙げておきましょう。

迎妻備晩餐
心事老移電話傍
糊了骨頭湯

妻を迎える晩餐の用意
心はいつも電話のそば
骨のスープはグツグツ

その当時の若い中国人夫妻の生活と心の弾みがよく表現されていますよね。見るとおり、漢俳とは、五・七・五の十七漢字で綴られている三行詩です。それが昭和四十七年（一九七二）の日中国交回復の後、金子兜太を含む日本の俳人たちと中国の詩人たちとの交流と意見交換が深まる中で、昭和五十五年（一九八〇）頃、この新詩体が生まれ、中国全土に広がっていきました。

中国の詩人たちは時代の流れを敏感に感じ取り、最短定型という日本古来の俳句に学びつつ、新しい漢俳を起こした。さすが漢字の国だと思いますね。つまり、難しい漢詩のルールにとらわれない、誰にも親しまれ作れる、十七という文字数のほかに決まったルールのない自由な新詩体の創造・普及に意欲を燃やしたのです。創立大会で金子兜太は「感銘ひとしお」と祝辞を述べました。会長の劉徳有は「詩の心、詩の趣と美しさを重視する点については、漢俳も俳句も同じなのです」と、日中文化交流の成果を喜びました。私は『論語』「千字文」など中国からの文字伝来以降、連綿と続く文化交流の歴史的な豊かなものを創立大会で感じていました。

その点で、董振華さんは中国漢俳学会の副秘書長を務めた中国詩人の一人であり、日本では兜太を俳句の師とされていますよね。近年「現代俳句」誌に掲載された董さんの「兜太と中国」(二〇二一年三月号)、「中国漢俳四十二年」(二〇二二年七月号)などを読みましたが、日本の俳句と中国の漢俳について、歴史的によく総括されていますね。この分野での金子兜太研究の必読文献だと思っていますよ。

さて、その創立大会に関して、軽いエピソードを挿みますと、会場となった建物のトイレで私が用を足していた時、「やあ、金子先生」と、肩を叩かんばかりに、声をかけた人がいます。すぐ「これは失礼」と、笑顔で隣に並びましたが、その方、なんと有馬朗人さんでした。それほど後頭部が兜太先生と似ていたでしょうね(笑)。いやはや元東大総長で文部大臣だった国際俳句交流協会のトップの方から、天下の兜太先生と間違われて光栄の至りでした。

朗人さんは大会での来賓挨拶でも、兜太先生より先に指名されたことについて、「私が先にやるのは、日本語のアイウエオのアだからです」と、気にされていました。日頃から兜太先生には「何でもはっきり意見を言う人、心から優しい人」と敬愛の気持ちを持たれ、他界後の追悼エッセー(「俳句」誌二〇一八年五月号)でこう述べています。

「三十年前国際俳句交流協会を発足させたときも力強く応援してくださったし、俳句をユネスコ無形文化遺産に登録する運動も積極的に支持してくださったのである。(中略)兜太さんの奔放な力強い活動の裏に、若い時代からの優秀な知力があったと信じている。」と。

人間として兜太先生から学んだこと——晩年の俳人兜太の希有な生き方

兜太先生は俳句の師ですから、当然その俳句と俳論を自分なりに学びました。しかし兜太の場合、とりわけ「俳句は全人間なり」と言った信条をもった先生です。同時に人間、人生の師でもありました。いや、むしろ私は、兜太先生の「人間学」そのものを学んだ気がします。先生も、晩年、『二度生きる』（一九九四）『人間金子兜太のざっくばらん』（二〇一〇）『悩むことはない』（二〇一二）『他界』（二〇一四）など、その関係の本を驚くほど出版されています。ここでは、その人間として教えられたことを、三点だけ挙げます。

一つ目は、フランスの作家サルトルの影響もあって、若い時から抱いていた、アンガージュ性（意思的実践的社会参加）という考え方を、九十代になって具体的に行動に移したことです。そのきっかけはなんと、長寿の医師・日野原重明との対談からでした。その対談集『たっぷり生きる』（二〇一〇年）で、こう述べています。

「先生は実にいろいろな社会的な活動をされています。いろいろな会の会長さんもなさっている。私には驚きでした。（中略）いま九十になって、ただ生きているだけでいいんだろうかと思うようになりました。」

「九十からの自分の生き方を何とか先生から学びたい」と言うのです。その謙虚さ、率直さには感心しました。

また、最晩年、兜太の「戦争語り部」活動の相棒役を担った俳人・黒田杏子さんがよく話していたことですが、二〇一五年四月に金沢で開かれたNHK学園の特別講演で、五百名余の聴衆に向かってきっぱりと、こんな「宣言」をしたそうです。

「私の人生、こののち大したことは出来ません。出来ることと言えば、戦場体験を語り継ぎ、皆さんと共に、この国の平和を希い、考えてゆくことだと思います。」（「現代俳句」（二〇一八年二月号）、もちろん大拍手。

それで、兜太が自分でもやれる、やるべきだ、と決めた社会参加は三つです。一つはその「戦場体験の語り部」です。黒田杏子さんとの息の合ったコンビでした。二つは東京・中日新聞に毎日一面左肩に連載した「平和の俳句」の提唱と選句です。若手の作家・いと

兜太の「下町人間庶民文化賞」授賞祝賀会での推薦人岡崎の挨拶
2015年11月29日

うせいこうさんがコンビでしたね。三つはご存知の「アベ政治を許さない」という、長期にわたって国民運動の旗印・シンボルとなった「書」を書いたことです。作家の澤地久枝から電話で頼まれて、一気にぐいぐい書いたそうですが、これも二人あってのこと、コンビですよね。

　こうした九十代の兜太の社会参加について、いろいろ言う俳人、文化人もいますが、私は俳人兜太らしい、兜太でないと出来ない節度と特色をもった、サルトルの言うアンガージュマンだったと確信しています。

　二つ目は立って行う禅、つまり「立禅」を七十歳から大往生までの二十八年余、毎日約三十分ほど欠かさず実行、習慣化していたことです。親しかった死者たち百数十名の名前をその映像と共に称え、「他界」とのいのちの交流を続けていたのです。トラック島戦場で部下に大量の餓死者を出した戦争体験が背後にあります。それは「肉体は滅してもいのちは死なない」という独自の死生観である「他界説」に立つものです。晩年の兜太にとって、「立禅」はその生き方の上で私たちが想像する以上に重く深いものであった、と認識していますね。

　先に申し上げた対談集『たっぷり生きる』で、日野原重明はその兜太がやっている立禅について、医師の立場からこう賞賛しています。「たいへんなものだねえ。驚くべきことですよ。（中略）それは脳のトレーニングに非常に効果があります。金子さんのやり方は、中でも一番優れた、レベルの高い鍛練法です。」

また、哲学者の梅原猛も、「東京新聞」文化欄（二〇一五年二月十二日付）で、こんな共感の言葉を書いていました。

「金子氏の創造した立禅は、立ったまま亡き友人、知人ら百名以上の名を唱えるといういささか浄土教的な行である。そこで彼はまさに他界の人たちと対話をするのである。もちろんトラック島で死に、青鮫の餌になった仲間たちの名をも唱える。このような他界の人たちとの毎朝の対話が彼の元気のもとである。」

その通り、兜太が編み出し、次第に楽しむかのように実行していた立禅が、その抜群の集中力、記憶力、想像力を養い、稀に見る長寿の秘訣となっていたことは、間違いない事実だと思います。兜太自身『語る兜太』（聞き手・黒田杏子・二〇一四年）で、「私のいのちを支えてくれている柱のひとつはやっぱり「立禅」ですなあ」としみじみ語っていました。

そして俳人らしく、「立禅」を俳句の韻律その言霊との関係で捉え、自らの俳句人生の中に豊かに位置づけてもいるんですね。黒田杏子『金子兜太養生訓』（二〇〇五年）の中にこんな言葉を発見しました。

「なぜ私が立禅をやるかというと、言霊に関係してく

兜太の「下町人間庶民文化賞」授賞祝賀会　兜太のご家族も同席
2015年11月29日

るんです。（中略）これは俳句のおかげですが、五七五の俳句をやっていると、言霊というものを感ずるのです。あれは定型に感ずるんでしょうな。定型から言霊を教わる。日本語の韻文は凄い力をもっているんだ。そのことを年とともに痛感しています。その言霊の力というものを…この身にしみこませる。それが立禅なんです。」

兜太は毎朝の立禅で集中して、亡き人びとの名前を順序よくリズミカルに唱えているんでしょう。そこに他界の人たちと一体化して、言葉の霊力を感じている。これは俳句の言霊とおんなじだなぁと。

しかし同時に、兜太は自分を「荒凡夫」つまり自由で平凡な男だと自認していました。人間はもともと美と醜の両面の本能を持つ複雑で流れる存在だからです。そのことを誰よりも承知しつつ、立禅の世界で自らを養ってきたのだと思います。

三つ目は、生涯を通じて家族を含む人間の出会いと人間関係を大切にし、毎日の「日記」によってそれを確認しながら、その豊満な実りに包まれて見事に現役大往生を遂げたことです。その「日記」は一九五七年一月（三十七歳）から二〇一七年七月（九十七歳）まで六十一年七カ月にわたる、日本でかつて例を見ない壮大な記録です。現在『金子兜太戦後俳句日記』（全三巻・一、二巻は二〇一九年）として、白水社より出版中です。

まず、九十八歳に及ぶ兜太の人生の中で、最大にして最高の出会いは父・伊昔紅、母・はる、そして妻・皆子であったことは言うまでもないことです。この三人あればこその金子兜太です。そのことを誰よりも深く承知し感謝して、兜太さんはいくつもの本で語っています。

続いて一つ家に同居されている一人息子の眞土さん・知佳子さん夫婦との出会いと晩年の日常の支えは、今日ではめったにないことで、恵まれた人間関係だったと言えます。ラッキーなことに兜太が九十代に入った時に、眞土さんが定年退職され、朝日俳壇の選や「戦争語り部」の時など、その往復を付き添ってくれていました。「この絶好のタイミングが只今の私の生命維持装置って訳ですな。天に感謝します」（『語る兜太』）。父・兜太の弁です。

家族以外でも、兜太の出会いと人間関係は、周知の旧制高校での出澤珊太郎との運命的な出会いから竹下しづの女、中村草田男、加藤楸邨へと広がり、八十年の俳句人生を通じて数々の人間ドラマが生まれています。先に話した九十代の三つの社会参加でも黒田杏子、いとうせいこう、澤地久枝というまたとない名コンビに恵まれていました。『戦後俳句日記』をめぐっても、兜太の人間関係には人柄というか、その温かい体温を感ずるようなエピソードが随所に発見できますね。

「下町人間庶民文化賞」授賞祝賀会で挨拶する兜太。
2015年11月29日

　二つだけ挙げると、一人は「寒雷」以来の盟友で、『金子兜太論』を書いた牧ひでをの重篤の際に、おのずとった兜太の態度です。その牧ひでをがお茶の水の日大病院に入院（一九八六年九月）して以来、当時六十七歳、すでに現代俳句協会会長、朝日俳壇選者などで多忙を極めていた時期に、年末、正月を挟んで逝去された翌年三月八日までの五ヶ月半のうちに、なんと十回も見舞っている記載があります。そして、その日の『日記』は、

　一九八七年三月八日（日）、牧ひでを死す。…先金曜日後ろ髪をひかれる思いだったのに、病院を訪ねずに帰ったことがにわかに悔いとなる。朝の句会（秩父）で報告。こんな大勢のなかに、しかもこんなすばらしい白雪の山河のなかに、伝えられる死は見事なり。大往生なりとも。

兜太の「下町人間庶民文化賞」授賞式に参加した安西篤と岡崎（会場の庭にて）2015年11月29日

春大雪未明友逝き逝きて帰らぬ

そして、二人目に愛弟子の安西篤も『兜太日記』に登場していますが、終始こんな具合です。

一九八五年六月十六日
安西篤より病院から手紙。病中、原満三寿に小生の〈主宰化〉の理由を伝えてくれ、原もだいぶ納得の様子とのこと。誠実さに頭が下がる。安西よ癒えよ、と祈る。
一九九二年十二月三十日
安西篤評論集『秀句の条件』出来。しっかりした本だ。この人を世に出したい。

これは全幅の信頼と期待です。私はかって「海程多摩」のエッセイで「佳きかなこの師弟」と書きましたが、兜太の「海程」にはこうした人間ドラマが幾つもあると思いますね。今回の董さんのインタビューの企画で、そんな兜太先生との人間ドラマを読めるのが楽しみです。

偶然の不思議な流れに乗って

いよいよ兜太先生との関係で、私の取って置きのエピソードに入ります。私のような晩学の俳人でも、偶然の不思議で思いもよらないハイライトを浴びることもあるんですね。でもよく見ると、時代の流れの中で、兜太先生最晩年のハイライトにあやかったものです。

兜太と岡崎、兜太の「朝日賞」受賞祝賀会　2016年3月
（撮影：黒田勝雄）

その一つ一つを具体的に話をすると長くなるので、このインタビューではそうした偶然の不思議の流れとして、三つをコンパクトに話してゆきたいと思います。

一つ目は、いわゆる三・一一の東日本大震災と福島原発事故を体験して突き動かされたように「三・一一と俳句、その新展開」と題して、四年連続して入手可能な資料を集め、分析して「定点分析」の評論を書き続けました。そこで調べれば調べるほど金子兜太の存在が時代と俳句をリードしていることを実感したのです。

それを、それまで「海程多摩」や「つぐみ」に連載してきた「戦争と向き合った俳人たち」や「十五年戦争をめぐる俳句のリアリズム小史」とまとめて出版したのが『転換の時代の俳句力　金子兜太の存在』（二〇一五年八月十五日）でした。偶然の不思議がそこから連続して起きてきたんですよ。

早目に兜太先生から例の字でびっしりと書いたハガキが届きました。前半を引用すると、「貴信嬉しいです。みな一生懸命読んでいる印象で、これというのも貴文の正確さと、俳句ズレしている人には不可能な着眼点の新鮮さ――ハッと気づかされる喜び、の重なりに引き込まれているからです。現に小生自身がそうです。有難いことです。」

意外な反響の広がりで、二刷の帯には快諾を得て「金子兜太推奨！」の文字を入れました。折からの安保法制ノーの市民運動の高揚の波に乗り、兜太の「アベ政治を許さない」のプラカードの広がりと呼応するようになったのは、偶然のタイムリーだったと本当に感謝していますね。

二つ目は、この本が俳人以外の人たちの話題となるにつれて、なんと私が東京の下町で長年続いている「下町人間庶民文化賞」に、俳人では初めて金子兜太を推す推薦人となったことです。

ここにその冊子がありますが、「俳壇の巨匠から国民的な存在へ」の見出しで、〈水脈の果て炎天の墓碑を置きて去る〉の兜太句を挙げながら、東京新聞の「平和の俳句」や「戦争語り部」や「アベ政治を許さない」の書にふれ、こう結んでいます。「兜太さんの力強い書が戦争法から脱原発、沖縄まで全国のたたかう民衆の共感を呼び、愛用されている背景に、こうした金子兜太さんの豊かな人間文化が見事に裏打ちされているからだと思います。」

この「下町人間庶民文化賞」は、一九八六年以来、新内の岡本文弥、俳優の渥美清、作家の井上ひさし、エッセイストの海老名香葉子など庶民そのものの文化人が受賞しています。兜太先生、嬉しそうでした。二〇一五年十一月二十九日に浅草寺伝法院で開かれた授賞式と祝賀会（浅草公会堂）には眞土さん夫妻も見えていました。

三つ目は、その翌日に起きました。十一月三十日付の東京新聞が一面トップの横見出しで「人情の『下町ノーベル賞』金子兜太さんら」とその授賞式のことを大きく報じていたのです。受賞の挨拶をする兜太さんの写真と「下町人間の会」の事務所の写真まで載せていました。調べてはいませんが、東京新聞が毎年の同賞の授賞式をこんなにトップニュースで取り上げたのは、おそらく初めてではなかったかと思います。

その年の正月から、東京新聞が目玉企画として金子兜太・いとうせいこう選の「平和の俳句」を連載していたからだと思います。私は「やっぱり兜太の時代だなあ」と、感動しきりでした。

兜太の「朝日賞」受賞祝賀会
前列左から　黒田杏子・澤地久枝・兜太・吉行和子
後列左から　いとうせいこう・岡崎・藤原作弥・橋爪清
2016年3月　（撮影：黒田勝雄）

兜太先生の手紙、その人間性と「金子兜太研究会」の発足

ところがそこへ、兜太先生から十一月三十日付で便箋五枚の堂々たる手紙が届いたのです。私は感激を越えてここから兜太先生との新しい人間関係が始まったんだと、熱いものをしっかり受け止めていました。手紙は「たいへんお世話に預かりました。御大の御厚配がなければ、こんな地味な、しかし底光りのする賞を頂けるはずはありません。今朝の東京新聞の記事を見て、ますますその思いを深めております」から始まっています。

そして小著『転換の時代の俳句力』を川名大の『昭和俳句の検証』と較べて「清潔感が違うのです」と、こう続けています。「川名の狭い俳壇的党派性にとらわれた史実検証に較べ、御大の仕事は不思議に、党派性の薄汚さが見えません。史実検証に傾よりはありますが、思想的であって、党派性（仲間同士の乳繰り合い）は薄い。だから清潔です。このことを各所で言っていますが、共感を得る度合いは高いのです。」

こんな大局的視点から小著を評価していただいて、大変光栄に思っています。そして、これからの二人の人間関係についての兜太先生の言葉から、人間のいのちに発した有難いものを感じています。こう書かれています。

その〈清潔な思想性〉の御大から御推挙をいただいての賞であることに、小生の喜びは深いのです。東京新聞は「人情の下町ノーベル賞」と大きく書いていましたが、まさにその通り。そこへ小生を導いてくれた御大にどれほどの御礼を申してよいか分からない気持ちなのです。小生、いつまで生きるかわかりませんが、御大との手はつないだままでいたい。それを切望しています。

私信を少し長く紹介したのは、金子兜太がすでに広く研究対象として公の人間となっており、その人間関係を分析する貴重なデータと考えるからです。この手紙から、現在の私のいのちをこめた金子兜太研究の根性が加速されていることは、正直なところです。

兜太先生他界後の今日でも、「先生との手はつないだままでいたい」といった、確信に似た気持ちを抱いています。

続いて、翌二〇一六年一月、兜太先生が栄えある朝日賞を受賞されたその会場に、私はいました。その受賞の言葉は、図太く張りのある声でいちだんと冴えた内容の文字通りの名スピーチでした。「存在者兜太」そのものといったスピーチには一堂一瞬思わず聴き入っていました。その強烈なインパクトから、黒田杏子編著『存在者　金子兜太』(二〇一七年)が出版されています。その時のこころの高揚感を、私は人生の宝にしていますね。

そして、その『存在者　金子兜太』の中に、三十一頁の「金子兜太アルバム」がありますが、うち二枚の写真に兜太先生と昵懇の七名の中の一人として私が入っています。朝日賞受賞を祝して、兜太先生のご指名によるごく内輪の夕べで、東京の白金台のホテル(中国料理「四川」)で和やかに開かれた折の写真です。私は安西先生と一緒に俳人関係の円卓へ行ったところ、幹事役の黒田さんから「岡崎さんはこっちよ」と指定されたのが、何と中央の兜太先生と同じ円卓でした。あまり緊張もなく、周りと話し、スピーチもやりましたが、その円卓に座っている顔ぶれを見て、「どうして私がここに」といった疑問はありましたね。しかし

兜太の「朝日賞」受賞祝賀会　2016年3月　（撮影：黒田勝雄）

今は判りましたよ。私の両横は「戦争体験語り部」のコンビの黒田杏子と「平和の俳句」の提唱と選者コンビのいとうせいこう。一人置いて「アベ政治を許さない」の書を頼んだ澤地久枝と「お〜いお茶」選者仲間の吉行和子。残りは永年の盟友の藤原作弥（元日銀副総裁）などです。

では私は、となると「下町人間庶民文化賞」の推薦人ということになるかな、と思いました。帰りに兜太先生に「貴方が来てくれて良かったよ」としっかり握手をされました。

そんな機縁から発足したのが、ご存知の「金子兜太研究会」です。以前から考えていたことですが、安西先生とも相談して兜太先生にその旨を申し上げたところ、即座に「それは有難い。貴方がやることならなんでも賛成です」と快諾され、二〇一六年三月から実際にスタートしました。

「海程多摩」を母体に、毎月一回、八名ほどのメンバーで安西篤著『金子兜太』に始まり、金子兜太の全句集を対象に活発な議論を重ね、今年は七年目になりますね。毎回、安西先生の熱心な指導、助言を得てお

り、恵まれた条件もあります。

この数年、「海程多摩」誌に「金子兜太研究会論考」の欄を設け、四人ほどで評論を発表するところまで来ています。兜太先生との約束でスタートした研究会なので、みんなの力で何とか発展させていきたいと執念を燃やしています（笑）。

金子兜太研究は全国的にみても、まだまだこれからの課題です。私個人としても、俳人金子兜太という全人間の真実にさらに迫りたいし、それを通じて俳句史上の金子兜太の存在をより鮮明にしたいという意欲は、これからも枯れることはない、と思っています。

おわりに

今回の取材にご了諾いただけた方はそれぞれ準備の時間をかけてくださり、とても有難い。岡崎氏のご自宅を伺った時も、机の上には多くの資料と兜太関連の書籍が並べられた。年譜と証言を検証してみると、氏は政治家の余技として句作を開始。その後、「道標」に入り「寒雷」の同人だった古沢太穂氏に師事し、本格的に句作と評論の両方に取り組み始めた。一方、朝日カルチャー「俳句入門科」で「海程」の武田伸一、安西篤両氏から授業を受けて、「海程」へ投句開始。続いて金子先生の「俳句研究科」にも入り、師事することになる。

更に、二〇一五年八月、『転換の時代の俳句力――金子兜太の存在』を出版、同年十一月、「下町人間庶民文化賞」に俳人では初めて金子兜太を推す推薦人となる。その直後、金子先生の快諾を得て、「金子兜太研究会」を立ち上げられた。現在、句作はもとより、兜太研究にも多大な心血を注がれている。その姿はとても感動的で大いに励まされた。

董振華

岡崎万寿の兜太20句選

富士を去る日焼けし腕の時計澄み　『少年』

古手拭蟹のほとりに置きて糞る　『〃』

水《み》脈《お》の果て炎天の墓碑を置きて去る　『〃』

朝日煙る手中の蚕妻に示す　『〃』

きよお！と喚いてこの汽車はゆく新緑の夜中　『〃』

彎曲し火傷し爆心地のマラソン　『金子兜太句集』

無神の旅あかつき岬をマッチで燃やし　『蜿蜿』

霧の村石を投《ほう》らば父母散らん　『〃』

夕狩の野の水たまりこそ黒瞳《くろめ》　『暗緑地誌』

谷に鯉もみ合う夜の歓喜かな　『〃』

海とどまりわれら流れてゆきしかな　『早春展墓』

山峡に沢蟹の華《はな》微かなり　『〃』

梅咲いて庭中に青鮫が来ている　『遊牧集』

抱けば熟れいて夭夭の桃肩に昴　『詩經國風』

起伏ひたに白し熱し若夏《うりずん》　『皆之』

酒止めようかどの本能と遊ぼうか　『両神』

おおかみに螢が一つ付いていた　『東国抄』

長寿の母うんこのようにわれを産みぬ　『日常』

合歓の花君と別れてうろつくよ　『〃』

津波のあとに老女生きてあり死なぬ　『百年』

岡崎万寿（おかざき　まんじゅ）略年譜

昭和5（一九三〇）　佐賀県唐津の農村に生れた（本名・万寿秀）。

昭和28（一九五三）　中央大学法学部卒業後、中央労働学園労働問題研究所所員。

昭和31（一九五六）　著書『マルクス経済学辞典』（共同執筆）刊。

昭和35（一九六〇）　『戦後秘密警察の実態』（共編著）『謀略』（共著）刊。

昭和41（一九六六）　『復活する日本軍国主義』（共著）刊。

昭和45（一九七〇）　著書『統一戦線運動』刊。

昭和56（一九八一）　理論政治誌「前衛」編集長、著書『現代マスコミ危機論』刊。

昭和57（一九八二）　『ジャーナリストの原点』（共編著）、同年、『沖縄県祖国復帰闘争史』（編纂委員会編・本土側より執筆）刊。

昭和58（一九八三）　衆議院議員。著書『戦争と平和のマスコミ学』刊。

昭和62（一九八七）　政治家の余技として俳句を始む、同年、著書『三宅島』刊。

平成6年（一九九四）　政界引退。

平成8（一九九六）　まともに俳句と俳句評論に取り組み、古沢太穂に師事。

平成10（一九九八）　「道標」同人。同年、金子兜太に師事。

平成12（二〇〇〇）　「道標賞」、「新俳句人連盟賞」受賞。

平成14（二〇〇二）　「海程」同人、同年、ブックレット『俳句の平明ということ—赤城さかえ・古沢太穂・金子兜太の場合—』刊。

平成16（二〇〇四）　海程例会大賞。

平成18（二〇〇六）　海程例会大賞。

平成23（二〇一一）　海程例会大賞。

平成24（二〇一二）　海程例会特別賞。

平成25（二〇一三）　海程例会特別賞。

平成27（二〇一五）　著書『転換の時代の俳句力—金子兜太の存在』（文學の森）刊。

平成28（二〇一六）　金子兜太を「下町人間庶民文化賞」に推薦。

同年　金子兜太研究会発足。

平成30（二〇一八）　九月「海原」同人。


現在、現代俳句協会会員。非核の政府・東京を求める会常任世話人。日本アジア・アフリカ・ラテンアメリカ連帯委員会理事。

金子先生一家と私

董 振華

金子兜太先生ご夫妻に出会い、師事する

金子兜太先生は、一九八〇年の最初の訪中から二〇〇五年の最後の訪中まで、二十五年間に十二回も中国を訪問され、中国の詩人との交流はもとより漢俳の誕生、成長、発展に大きくご尽力されました。毎回、日本側の世話役は日中文化交流協会が担当。中国側の窓口は私が勤めていた中日友好協会でした。

私が初めて金子先生ご夫妻にお会いしたのは一九九三年九月で、大学を出て中日友好協会に就職した間もないころでした。その時通訳として先生をご案内した北京は秋冷の頃で、金子先生はジャケットと帽子をかぶって寒そうにされていたことを思い出します。金子先生の第一印象は「豪放磊落」。お隣の皆子夫人は優しい日本の伝統的な女性だと感じました。翌々年の一九九五年の九月、二度目となる金子先生と現代俳句協会俳人訪中団を案内しました。そのとき、中国人民対外友好協会の陳昊蘇会長が人民大会堂で歓迎の夕食会を開催しました。金子先生がご答礼の挨拶で「俳句と漢俳を含む両国の文化交流は大変重要であり、終生にわたってご尽力する所存です」と述べられた言葉は通訳を務めた私にはとても印象的で、その後の私の俳句の学習に大きな影響を与えました。振り返れば、お目にかかった最初の時から今年まで、すでに四半世紀以上が経ちました。今は幸運にも先生の門下生として、今日まで俳句に関わったことを幸せに思っていますが、しかし、最初お目にかかった時は、先生に師事し、俳句を勉強することになろうとは思ってもみませんでした。

一九九六年、平山郁夫画伯（当時日中友好協会会長、東京藝術大学学長）のご厚意と、中日友好協会の推薦を受け、四月から一年間、慶応義塾大学に留学することになりました。すでに中国の大学で四年間日本語を学び、また中日友好協会で三年間勤務した経歴があったため、日本語の基礎は備わっているつもりでいました。しかし、慶応大学在学中は、大学での授業以外に特定の分野を決めて勉強しなければ、一年間はあっという間に過ぎてしまい、日本語はこれ以上上達できないだろうと思いました。そこで、慶応大学の授業とは別に「俳句」の個人学習を自らに課すことに決めました。それ

とともに土日には、同時通訳の学校にも一年間通いました。

四月十日、日本に来て二週間足らずの内、ホテルニューオータニで日中文化交流協会が主催した、中国の詩人・中日友好協会副会長・林林氏の「第一回井上靖文化交流賞」の授賞式がありました。林林氏は「漢俳」という定型詩を創案し、その創作と普及に尽力され、日中の定型詩詩人の交流に大きな役割を果たされた方です。そしてその席上で、金子先生ご夫妻に再会し、自分が日本へ留学で来ていること、更に先生の下で俳句を勉強させてもらいたいと考えていたことを伝えたところ、先生は「おう君、いいことだ、いいことだ、暇な時、いつでも家へ遊びに来い」と、親しみを込めて誘ってくださいました。当時、先生が主宰する「海程」の毎月号が私の北京の職場にも寄贈されていましたので、私は機を逃さず、「そのうち、『海程』に投句してもよろしいですか」と照れながら先生にお話しすると、「おう、どうぞ、どうぞ、大いに投句して」とおっしゃいました。著名人は近寄りにくいというイメージとは程遠く、すぐに先生の柔和なお人柄に魅了されました。先生の応答は中日友好協会の職員の私に特別につけてくださった「青信号」であろうと思いました。当時の私の感動は今でもありありと記憶しています。

北京飯店にて先生ご夫妻と　1993年9月

このの ち、私は度々先生の自宅に出入りするように

人民大会堂での歓迎晩餐会、
正面左から　兜太・陳昊蘇・皆子・呉瑞鈞　1995年9月

なり、外国人の門下生は私が初めてであったこともあり、先生も特別な興味を示され、色々と質問されました。文学や詩経、唐詩などが好きで、美術や歴史ドラマを好むなど、多くの共通点があることを、先生は喜んでくださり、先生ご夫妻に孫のように可愛がられるようになりました。私も俳句を作るのに夢中でした。先生が仕事で忙しい時は、奥様の皆子先生から俳句のご指導を受けました。俳句の基本的な作り方を始めとして、中国文化の日本文化に対する影響、俳句の歴史、中日漢俳・俳句の交流、俳句の季語、切れ字、それぞれの俳人の俳句の個性などを逐一且つ丁寧に教えてくださいました。

　初めは先生の「授業」を聞いているうちに俳句は生活の一部であり、また楽しからずやと思いました。しかし十七文字の中に全てのものを凝縮して表現せねば俳句にならないと考えると、外国人の私にはちょっと自信がなく不安でした。また、最初のうち、先生に何回も「どうも語感が硬いなぁー」と言われましたので、私はますます焦るようになり、「やはり自分には詩情が足りない、俳句に向いていないなぁ」と心で繰り返し呟き、止めようとまで思いました。こんな時、先生と奥様は「まだ、始めたばかりだから、董君、焦らなくて結構ですよ」と慰めてくださいました。

　同年五月二十五日、北上市の日本詩歌文学館で金子

兜太句集『両神』で詩歌文学館賞受賞式後の吟行・北上にて　先生と
1996年5月26日

先生の句集『両神』の授賞式と記念（お祝い）吟行会があって、「海程」同人の先輩たちと共に同席できました。翌日の吟行会で私は初めて先生に「うーん、語感が前より良くなったなぁ、この調子で続ければいい」と褒められました。褒められた二句は〈独り居て杏花一枝飾りけり〉と〈六畳に我が春愁満ちている〉でした。その夜は嬉しくて眠れず、遅くまで句を練っていました。

七月号の「海程」に初めて私の「俳句」が載った時の喜びは今でも忘れられません。その後、八月の群馬県玉原の朝日ロッジ句会〈ハンモック少年のよう撓うかな〉と十一月の秩父道場の句会〈紅葉かつ散る母の琵琶の音を思うかな〉にも先生ご夫妻のお誘いで参加をさせていただき、掲句二句も先生から好評を得ていました。また、ホームシックにかからないようにとの先生ご夫妻のご厚意で、一九九七年の元日は先生のご自宅で過ごし、初めて日本人が新年を迎えるならわしを体験しました。この体験を綴った文章は、同年四月付けの人民日報海外版に「金子兜太先生一家と私」の題で掲載・紹介されています。

また、その頃より、「海程」編集長の武田伸一氏や、塩野谷仁氏、伊藤淳子氏に誘われ、海童句会にも参加し、勉強することができ、句作に段々と自信が持てるようになりました。

金子先生宅にて
後列左から知佳子・智太郎・厚武・振華・眞土
前列　兜太先生・皆子夫人　1997年元日

一九九七年三月、一回目の留学を終え、職場復帰の前に先生の題字と序文を頂き、初めての句集『揺籃』が纏められました。この句集は四月七日付の『朝日新聞』の夕刊に先生とのツーショットと共に紹介されました。その記事を読んだ皆子先生の燦爛たる笑顔はいまでもはっきりと覚えています。言うまでもなく、その成果の中には皆子先生の心血が注がれていたからです。

「海程」同人となり、句集『年軽的足跡』と『出雲驛站』を刊行する

一方、一九九七年の元日に皆子先生は「振ちゃんが慶応大学の留学を終えて、帰国する前に送別会をやりましょうね」とご家族の皆さんに話しました。しかし、思いも寄らなかったことに、私が帰国する一カ月前に、皆子先生に病院の検査で腎臓癌が見つかってしまいました。これは皆子先生にとっても、金子先生並びにご家族の皆さんにとっても、また皆子先生を敬愛する日本および中国の友人にとっても、まさに「青天の霹靂」でした。しかし、皆子先生は平常心で自分の病気に向き合い、医師のアドバイスを聞き入れ、早く入院して右腎全摘の手術を受けました。手術は九時間を要しましたが、大成功と医師に言われ、皆で喜び合いました。その後、私は間もなく帰国しましたが、中国へ帰る前に病院へお見舞いに伺った際には、皆子先生は

顔色が非常によくて元気な様子でした。一年間療養すれば、きっと全快して、再び金子先生と共に中国を訪れ、中国の「名川大山」を見回ることができるだろうと心の中で黙々と祈り、確信していました。そして、帰国してからも定期的に国際電話でご様子を伺い、皆子先生を励ましました。

このように、皆子先生が病気で入院され、金子先生も看病の傍ら仕事が忙しくなられ、更に私も北京の職場に復帰したことから、それまでのように先生から直接俳句を教えていただくことは叶わなくなりました。北京で独り、しかも日本語で俳句を作るのは中国人の私にとって、どれだけ難しいことであるかを思い知らされました。それでも、私が何ヶ月も欠稿すると、金子先生が日本からわざわざ電話をかけて来て、「董君、俳句は頑張ってるかい」と聞いてくださいました。こうして私が今日まで俳句を続けることができたのは、先生ご夫妻から励ましを頂いたお陰です。その間、「海程」誌で金子先生の新・秀句鑑賞二回、六句合評二回をいただき、一九九九年には海程新人賞の候補で、二〇〇一年「海程」同人になりました。ちなみに「海程」新人賞の選考条件の一つは年間無欠稿である。しかし、私は仕事で忙しく、年に一回または二回投句を忘れることがあるため、以後、「海程」が終刊するまで「海程」の賞とは無縁でした。

一方、職場復帰後も毎年数回仕事で日本を訪問する機会があり、その都度、先生ご夫妻に会いに行きました。二〇〇一年、それまで日本からの代表団を中国各地へご案内した時、日記の代わりに作った俳句をまとめ、『年軽的足跡』（林林氏揮毫）の句集名で先生の序文をいただき、中国で刊行し、北京で一人で俳句を頑張っている様子を金子先生と闘病する皆子先生にご報告しました。

二〇〇二年四月からは仕事の関係で、国際交流員として島根県庁で一年間勤務することになりました。東京からは離れていますが、時々出張で東京へ出かけた際には、先生ご夫妻に会いに行きました。同年五月、「海程」創刊四十周年記念大会の時、私は松江から東京へ出て参加したあと、皆子先生と一緒に熊谷のご自宅へ戻り、島根での仕事と生活を報告したりしました。翌年三月、北京の職場復帰の前、再び先生のご自宅へ伺い、別れの挨拶を兼ねて、島根県庁に勤務した一年間の所見所聞を俳句にまとめた『出雲驛站』(澄田信義知事揮毫)の句集を金子先生の序文をいただいて刊行し、地元の山陰中央新聞などに紹介されました。

漢俳学会の創立

日本の俳句の国際化は、隣の中国にも影響を与えました。一九八〇年五月三十日、大野林火氏を団長とする俳人協会訪中団が北京を訪れ、金子先生も同行されました。北海公園の仿膳飯店で開かれた歓迎晩餐会の席上で、当時の中国仏教協会の趙朴初会長が俳句に倣って三首の三行詩を詠んで、歓迎の意を表わしました。そのうちの一首を紹介します。

緑蔭今雨来　　　緑陰に今雨来たり
山花枝接海花開　　　山花、枝接ぎて海花が開く
和風起漢俳　　　和風　漢俳を起こさん

五・七・五の形で中国語の漢字で綴られたこの三行詩は、後に漢俳の誕生を意味するものとされました。因みに「今雨」とは新緑の頃に降る雨から「新しい友人」を意味する中国語で、「旧知新雨」という美しい言葉があります。この詩の最後の一節が漢俳の由来です。

間もなく一九八九年三月に「中国詩詞学会」、一九九〇年四月に「和歌俳句研究会」、一九九三年に「上海俳句漢俳研究交流会」、一九九五年に「中国歌俳研究中心」、更には二〇〇五年三月に「中国漢俳学会」などが次々と発足しました。一九八〇年から二〇〇五年にかけての二十五年間、中国の漢俳作者は全国で四千人にも上り、刊行物も多くできていて、一番有名なのは「漢俳詩刊」(「漢俳詩人」に改名)で、季刊誌になっています。なおこのようなイベントには、全て金子先生からの応援を得ました。

また、中日両国の俳人、詩人による合同詩集も出版されました。一九九二年、現代俳句協会創立四十五周年及び日中国交正常化二十周年を記念して、現代俳句協会が対訳『現代俳句・漢俳作品選集Ⅰ』(林林・金子兜太監修)、一九九七年、現代俳句協会創立五十周年及び日中国交正常化二十五周年を記念して、現代俳句協会が出版した対訳『現代俳句・漢俳作品選集Ⅱ』(林林・金子兜太監修)が発刊され、更に一九九五年、『漢俳

首選集』（林岫編集・鄭明欽日訳・青島出版社）という漢俳だけのアンソロジーが刊行されました。
「漢俳首選集」の刊行を祝して、金子先生は次のように漢俳の成長に肯定的な見解を述べられました。

漢俳学会創立大会で挨拶する兜太・通訳は董振華　北京にて
2005年3月23日

「『漢俳首選集』の出版をお喜び申し上げます。（中略）漢俳は明確に独立した表現様子（ジャンル）にまで成熟していると愚考しております。初めのころは、わが国の俳句形式の影を拭えなかったのですが、いまではその印象はまったくなくなりました。また、中国伝統の詩形式とも、白話の詩とも違う詩姿と内容を、読み取っております。それらの詩とは異なる、短く歯切れのよい新鮮な詩感があります（以下略）。」と。

また前にも書きましたが、金子先生は一九八〇年の初めての訪中から二〇〇五年中国漢俳学会創立祝賀のための最後の訪中まで、十二回も中国へお見えになって、中国の詩人と交流し、多くの詩友を作るとともに、中国俳句（漢俳）の発展に大きな尽力をされました。

とりわけ二〇〇五年三月二十三日、それまでの二十五年の間、漢俳をめぐる中日の交流は活発だったことや、中国各地に根を下ろして定着した漢俳がようやく全国組織の結成にまで発展してきて、北京で「漢俳学会」の成立大会が開かれました。この大会の事前準備のすべては私が担当しました。日本からは金子先生を団長に、倉橋羊村、安西篤、相原左義長、斎藤梅子、岡崎万寿等、現代俳句協会代表団二十五名と、有馬朗人、藤木倶子その他、俳人協会、国際俳句交流協会の十数人名の俳人が祝賀に来ていただきました。

金子先生は祝辞の中で、日本俳句界が中国詩歌界との交流を通じて、漢俳の成長を育んだ歴史を回顧すると同時に、生活の日常を大事とし、時事問題に敏感に反応し、第二次世界大戦体験者の、戦争の往時を嚙みしめ、俳人における自然観の深まり、俳句と季語の関係への問い直し、季語や地名などへの根源的な探求など俳句の現状を丁寧且つ詳しく紹介されました。大会に続く「中日詩歌交流会」も、季語に関する議論など、予定の時間をオーバーするほど活気に充ちていました。

また、昼食のとき、金子先生は、隣席の劉徳有漢俳学会会長に「兜って中国では別の意味もありますか」と聞いたところ、劉徳有氏は「ポケットやふんどしのことを表す時使うこともありますよ」と答えたら、兜太先生は「兜とはふんどしのことかい」と、呵呵呵呵と大笑い。すると、劉徳有氏は即席で〈兜とはふんどしのことかい呵呵大笑〉という無季俳句を披露され、兜太先生から称賛を受けました。

漢俳学会が成立して一週間後、私は中日友好協会の派遣で、同四月から二年間、早稲田大学アジア太平洋研究科の修士課程で国際関係を専攻することになりました。漢俳学会成立の準備作業と早稲田大学留学の準備などで多忙だったため、兜太先生の北京滞在中、あまりお世話をすることができませんでしたが、兜太先生が尊敬され、特に親しかった林林氏のご自宅への訪問はご一緒できました。

皆子先生のご逝去

二〇〇五年四月から、早稲田大学の二回目の留学をきっかけに、金子先生ご夫妻との面会も再び多くなり、先生ご夫妻から改めて俳句の勉強をご指導頂けました。同時に「海童会」には毎月必ず出席しました。そのほかに、「海程」の東京例会にも時々顔を出して、先生の選評を拝聴したり、また先生のご推薦で、「俳句」、「俳句研究」などにも寄稿したりすることによって、中国にいた頃下火になっていた自分の句作の調子も徐々に回復するようになってきました。

皆子先生の追悼会・東京アレスホテルにて　兜太先生と
2006年6月19日

一方、皆子先生がもう一度中日友好協会のお世話で、中国を訪問したい意思を、私を通じて中日友好協会に伝えました。思えば、一九八五年、皆子先生が初めて金子先生と共に中国を訪問して以来、ほとんど毎年のように中国を訪問し、中国の詩人・作家たちと交流を行ってきました。入院なさる前年の一九九六年の秋にも、金子先生と共に北京で開かれた「中国・日本漢俳・俳句交流会」に出席されたのです。これが皆子先生にとって最後の中国訪問になるとは、その時私は思いませんでした。二〇〇二年の秋に、癌細胞が転移し、皆子先生は再び左腎の部分摘出手術を受けました。本当は二〇〇三年、皆子先生の病状が少し安定していた頃、もう一度北京へ行こうと、金子先生から私に相談がありました。ところが、その年の春から秋にかけて、中国ではSARSが流行してしまい、無念にも中止としました。これは金子先生ご夫妻にとって生涯の心残りとなったのではないかと思います。

それから三年後の二〇〇六年三月二日、約十年間にわたる闘病生活を送られた皆子先生がとうとう病魔に命を奪われました。私は大変大きなショックを受け、その後俳句を作る気持ちが深く落ち込みました。

皆子先生は日本の女流俳人として、一九五五年、風賞受賞。一九八八年、第三十五回現代俳句協会賞、二〇〇五年、句集『花恋』で第一回日本詩歌句大賞受賞。

句集には『むしかりの花』『黒猫』『山櫨子』『花恋』『下弦の月』などがあります。皆子先生の俳句は日本だけでなく、中国の詩人・作家の友人たちにも大変愛読されています。〈腎摘出か朝日子の医師と思いぬ〉〈癒えゆくことも春白浪の一つかな〉〈れんぎょうの花刻透明なり知人〉〈天人合一心神精霊秋草に〉など、すべての句には、生活を愛し、生命を大事にし、肉親に感激し、花木に感謝する純粋な気持ちが込められています。正に、金子先生が皆子夫人の葬儀の挨拶の中で「皆子は俳句を愛し、俳句を第一恋人、主治医を第二恋人、むしろ第三位は私です」と述べられたその通りです。ここには、皆子先生の闘病生活を表している だけでなく、金子先生が皆子夫人への愛情と妻を痛失した悲傷の情も表しています。

金子先生のご挨拶には主に三つの内容がありました。一つ目は主治医への感謝の意を語り、二つ目は皆子夫人の俳句への情熱を紹介しました。内容が一番豊富で長かった三つ目は皆子夫人の中国に対する熱い想いでした。金子先生はご夫妻の中国の友人である趙朴初、李芒、林林、劉徳有、陳昊蘇、袁鷹、顧子欣などの名前を逐一挙げられ、諸氏との友情を紹介、回顧されました。また、中国を訪問するにあたり、いつもお世話になった中国人民対外友好協会、中日友好協会の友人たちの名前——呉瑞鈞、許金平、王秀雲、劉子敬、袁敏道、鄭民鈞、鮑延明なども語り上げ、林林氏、呉瑞鈞氏から弔電を送って下さったことに感謝の意をのべられました。そして、中国に行くとき、いつも面倒を見ていただいた（金子先生が常任理事、後に顧問を務めた）日中文化交流協会並びに白土吾夫、佐藤純子、佐藤祥子、木村美智子など諸氏の事も紹介し、感謝をのべられました。最後に、中国とのつながりを大事にするために、皆子夫人は私・董振華の事を孫と見做《みな》すよう金子先生に託したと語られました。

実際、私はすでに先生ご夫妻を自分の祖父母のように思っていました。一九九六年の大晦日を私は金子先生のご自宅で過ごし、翌朝、先生ご夫妻について初詣に行き、神官から一年間の無事を願い厄払いを受けました。また朝食の時、私を含めて孫三人が祖父と祖母からお年玉を頂きました。今となっては良き思い出です。そして、二〇〇三年二月、私は島根県庁での一年間の国際交流員の仕事の合間に東京に出て、金子先生に新しい句集の序文をお願いした時、皆子先生は応接間の炬燵の前に座って、私の作品を丁寧に添削、選出しました。その時にはまだ大変元気そうで、九十歳まではきっと大丈夫だろうと思っていました。つづいて、二〇〇五年四月に、早稲田大学の修士課程に入学し、五月に知佳子さんと共に千葉の旭中央病院へ皆子先生のお見舞いに行って来ました。その時、「今回の留学が終わったら、もう一冊の句集を出します。記念としておばあ様に序文を書いて頂きたい」とお願いしたところ、皆子先生も「振ちゃんならいいですよ」と約束してくださいましたが、とうとうその願いは叶いませんでした。

葬儀においては、私は「孫」としての役割を果たし、おばあ様の着替え、焼香、告別式、お骨拾い、納骨式などにすべて参列させていただきました。「俳句を続けてください。中日文化交流のために頑張ってください。振ちゃんなら大丈夫ですよ」という皆子おばあ様の言葉は今日でも私の心の中で響き、私を励ましてくださっています。そして私が書いた「皆子祖母を悼む」全文五千字はそのまま「海程」二〇〇六年六月号に掲載されました。

来たりてはまた去る花恋の月朦朧　　振華
来亦匆々　去亦匆々　花恋月朦朧

＊『花恋』は皆子先生の句集名

金子先生から頂いた心に残る二つの言葉

金子兜太先生は、私を俳句の世界に導いて下さった師というだけでなく、私を人生の困惑から何回も救い出してくれた師でもありました。

二〇〇七年、私は中国の職場を離れ、東京農業大学農業経済学博士課程に進学しました。理由は分りませんが、それまで中日友好協会に在籍していた頃、親しく付き合っていた一部の日本の友人が、突然疎遠になりました。故郷を離れ、日本で暮らす私にとって、日本の友人は唯一の心の頼りだったのに、しばらくは茫然となりました。そんな中、金子先生とご家族、また俳句の仲間は、相変わらず、親しく接し、励ましてくださいました。

　ある日、兜太先生は、西新宿の三井住友ビルにあるカルチャー教室の俳句講義を終えたその足で、時間をとって、新宿駅近くの喫茶店で待っていてくださいました。前途に迷う私を見て、師は「君には、仕事を止めるそれなりの理由があるのだろう。これから収入も無くなるだろう。しかし、自分が博士課程に行くことを決めた以上は、後悔はしない、迷わないことだ。元の職場にいてもいなくても、君は俺の中国の孫だ」と励ましてくださいました。その一言で、私の心は、曇っていた空がぱっと晴れ上がったように迷いが去り、一瞬でやる気に満ちたのでした。

　話は前後しますが、二〇一五年母が食道がんで東京のがん研有明病院に入院した際には、俳句を作る気持ちも失せ、句作を中断、とにかく二〇〇五年から十年間のこれまでの俳句を句集に纏めた上で、完全に俳句をやめようと決心し、師に相談しました。師は、私の決心に賛意を示し、序文と句集名として「聊楽」の題字を下さったのでした。

「董君、君は日中両国の言語ができる。将来中国に帰ったとしても、俳句を作る気になった時には、この「聊楽」の二文字を、自分たちの句会名として、あるいは俳誌名として使えばよい。俳句は作りたい時に気軽に作ればよい。無理に作ることはない。君にはそれができる。俺は信じる」と力強くおっしゃってくださいました。兜太師のその言葉は、今でも常に私の心に響き続け、私を励まし続けています。

二〇一一年の出来事

　二〇一一年八月二十日と二十一日、一泊二日の日程で、鳥取市野の花診療所医師の徳永進氏の招きで、金子先生が診療所で講演をすることになりました。元々ご子息の眞土氏が先生と共に行く予定でしたが、眞土氏が急用で行けなくなり、私が代りに先生の付き添いで一緒に行ったわけです。当日の講演は診療所の建てたセミナーハウス「こぶし館」で行われ、室内は聴衆でいっぱいになり、廊下にまで溢れるほどの盛況でした。講演会のあとに懇親会も開かれました。参加者に地元の詩人、「海程」同人及び地元の反戦運動家がいました。皆さんはそれぞれ自分の好きな兜太俳句を選んで、順番に披露しました。とくに反戦運動家の選んだ〈彎曲し火傷し爆心地のマラソン〉と〈水脈《みお》の果て炎天の墓碑を置きて去る〉について、金子先生はその

野の花診療所講演後鳥取砂丘見学　兜太先生と
2011年8月21日

句の成り立ちをぐいっと酒を呑みながら語り、聞いている人も「なるほど」とぐいっと呑み、宴席が盛り上がりました。翌日、徳永氏のご案内で鳥取砂丘を見学したあと、飛行機で東京へ戻りました。

同年九月、金子先生が胆管癌で信濃町にある慶応病院に入院し、九十二歳のご高齢で手術を受けました。眞土・知佳子さんご夫妻は熊谷から都内の病院へ毎日通うのは大変だったので、代わりに私がよく先生のお見舞いに伺うことにしました。当時私の住んでいた高円寺から総武線で七駅、十五分で行ける距離なので、十二月十日退院まで、週に三回くらい通いました。先生が「君が来ると、部屋が明るくなるよ」とおっしゃったので、先生のお役に立てたと思うと自分も明るい気持ちになり、嬉しかったです。先生は手術を受けたばかりであるにもかかわらず、病室の壁には太いサインペンで予定をびっしり記したカレンダーが掛けてあり、朝日新聞などの選句の日なども入っています。九月二十七日にお見舞いに行った時、朝日新聞の兜太選句担当の宇佐美貴子氏も来ていました。先生のご推薦のお陰で朝日新聞の「あるきだす言葉たち」の欄に

「漂泊の日々」の題で〈万里の長城でんでん虫が振り向いた〉等十五句を投句。そして、朝日新聞十一月二日付の夕刊に掲載されたことは、私にとって大変光栄でした。

金子先生のお陰で、黒田杏子氏の知遇を得る

二〇一〇年三月、私は東京農業大学博士課程を無事に修了しましたが、就職先が決まっていなかったのです。金子先生が私のことを心配してくださって、「黒田杏子という非常に有能な女性がいてね、彼女の助手として一緒に仕事をしたらどうか。もし君にその気が有れば俺から話しておくよ」とおっしゃいました。当時まだ永住権がなく、ビザの更新問題などを抱えていたため、金子先生と黒田氏には迷惑をかけたくなかったのですが、その時黒田杏子という名前を覚えました。

また、ある時北京の実家へ戻って資料を探すと、本棚に兜太先生から頂いた宇多喜代子・黒田杏子合同編集『女流俳句集成』（立風書房・一九九九年）を目にしました。ずっと前から我が家には黒田氏の著書があったことに、その時ふと気がついたわけです。その後、兜太先生の関係で度々黒田氏の名前を耳にするようになり、私も少しずつ黒田氏と氏の作品に関心を持つようになりました。しかしながら、お互いに仕事を抱えているため、兜太先生に関わる集いで、お姿を拝見しただけで、交流する機会は殆ど持てなかったです。

二〇一八年十一月十七日、津田塾大学での「兜太と未来俳句のための研究フォーラム」の第二部セミナー「兜太俳句と外国語」に私がパネリストとして参加した時、初めて黒田氏と対面し、氏のスピーチを拝聴し、また夜の晩餐会で氏と短い交流の時間を持ちました。氏の敏捷な思惟とてきぱきとした話し方はとても印象が深いものでした。このイベントをきっかけに、その後金子先生に関する用事で、電話のやり取りも何回かありました。

二回目は半年後の二〇一九年五月十八日に、熊谷市立文化センター文化会館で開催された、企画展「追悼・金子兜太〜現代俳句の牽引者〜」の講演会でした。私は黒田氏の助手として楽屋で待機しながら、氏の講演を聞いていました。ユーモアのあるお話と豊富な人

生経験が会場を沸き立たせました。夕食を眞土氏ご夫妻のご厚意で私と従弟の鄒彬が黒田氏ご夫妻、和気元氏と共にすることができました。

その後まもなく、黒田氏のご厚意で氏の主宰誌「藍生」へ投句したり、兜太先生に関する寄稿もさせていただきました。二〇二〇年、黒田氏の知遇の恩に報いるために、氏の六冊の句集から句を選んで中国語に翻訳して、陝西旅游出版社から刊行しました。二〇二二年の十二月に刊行した『語りたい兜太　伝えたい兜太——13人の証言』も、黒田氏の編著書『証言・昭和の俳句　増補新装版』を読んで、私が触発されて、また、氏の助言を頂いて実現したものです。ここに至るまで黒田氏には大変お世話になりました。そして黒田氏の、構想したことを即、つぎつぎ実現する行動力には、深い敬意を抱き、多くの学びを頂いております。

兜太宅にて　黒田杏子氏と　2019年5月19日

「兜太を語る」企画に着手した経緯

先程も書きましたが、実は、金子先生がまだご健在の二〇一五年、私事でこれまで十年間の作品をまとめた句集を出したあと、俳句を止めようかと思っていました。このとき兜太師に序文と句集名の揮毫をいただきました。

ところが、その年の四月に、母親が食道癌で東京の

金子先生宅にて　先生と　2018年1月31日

がん研有明病院に入院したため、私は半年くらい母の看病を余儀なくされました。半年後、母親は完治しましたが、句集の出版が置き去りのままになってしまいました。私自身も「海程」に在籍したまま句作を中断。ただ、毎月一回は熊谷まで金子先生に会いに伺っているし、二〇一七年「海程」創刊五十五周年大会にも参加して、先生が翌二〇一八年九月を持って「海程」を終刊する宣言も拝聴しました。二〇一八年一月三十一日、熊谷へ先生に会いに行った時、先生は「九十九歳になったら、すべての仕事を辞退して、董君と一緒に俳句に専念する」とおっしゃいましたが、思いも寄らず、二週間後、先生はこの世を去っていかれました。

　私はこの悲しみの中、二〇一九年二月、置き去りになっていた句稿を纏めふらんす堂から句集『聯楽』を刊行しました。そして、金子先生のご教示を念頭に、その遺志を受け継いで、同年四月から、中国と日本の友人を集めて「聯楽句会」を立ち上げ、四年ぶりに句作を再開したと同時に、金子兜太研究に集中してきました。「聯楽句会」は、週に一句の通信句会を開催していますが、日中の仲間とともに俳句を楽しみ、俳句の国際化と日中文化交流の場となるよう努力しております。最初は八人の句会でしたが、今では三十六名になり、毎週平均して二十八名が参加しています（中国人十五名、日本人二十一名、違う結社、違う流派、初学者等）。同時に毎年アンソロジーもまとめており、二〇二二年秋までですでに「創刊号」と「第二号」「第三号」を出しました。また、私は二〇一九年から兜太研究に集中して以来、いつかは「兜太論」を書きあげたいとずっと考えておりました。関連資料の分類やまとめなども行いましたが、着手する糸口がなかなか摑めず、色々と悩んでいました。

そんな中、二〇二二年の二月に、金子先生も証言者として収録されている黒田杏子氏の編著書『証言・昭和の俳句　増補新装版』（コールサック社）と出会い、読後、大きく触発されました。私も金子先生が主宰する「海程」の方々にインタビューし、先生と直に接した俳人の証言をしっかりとまとめ、後世に残し、また私自身の『兜太論』の足掛かりとしたい、と思うようになりました。

そこで、すぐに先生のご子息の眞土氏に相談を申し上げました。その結果、お話を伺うべき語り手として、日頃に私がよく存じ上げている方のほかに、眞土氏の推薦を合わせて二十余名のお名前が挙がりました。早速私は二月二十八日から、インタビューを依頼する手紙を書き、三月一日にはこの方々に自分の履歴書を添えた郵便またはメールを送付しました。その後、お電話も差し上げましたが、私の力不足及び限られた時間などさまざまな事情で、予定していた全員へのインタビューまでには至りませんでしたが、それでも最終的に十五名の方への取材が叶い幸いでした。

そして、三月二十六日にご都合のよかった田中亜美氏を最初の語り手として迎え、以後八ヶ月にわたってこの『兜太を語る――海程15人と共に』の十五名の方々からお話を聞くことに全力を挙げてまいりました。

一方では、『語りたい兜太　伝えたい兜太――13人の証言』（二〇二二年十二月刊）については、黒田杏子氏と相談を申し上げて進めました。

さらに、語り手の方々への取材と同時に、黒田氏から紹介していただいたコールサック社の鈴木比佐雄代表、鈴木光影氏とも編集・刊行の打ち合わせを重ねました。

この二冊の本を制作するにあたって、数多くの方々との素晴らしい出会いがありました。その出会いは、すべて兜太先生と皆子先生が用意して下さったような気もしています。お二方への最上級の感謝を込めて、完成したこの本をまずお二人の墓前にお供えしたいと思っています。

董振華の兜太20句選

白梅や老子無心の旅に住む　『生長』
曼珠沙華どれも腹出し秩父の子　『少年』
朝日煙る手中の蚕妻に示す　『〃』
霧の村石を投《ほう》らば父母散らん　『蜿蜿』
三日月がめそめそといる米の飯　『〃』
涙なし蝶かんかんと触れ合いて　『暗緑地誌』
谷に鯉もみ合う夜の歓喜かな　『〃』
わが世のあと百の月照る憂世かな　『狡童』
霧に白鳥白鳥に霧というべきか　『旅路抄録』
梅咲いて庭中に青鮫が来ている　『遊牧集』

人間に狐ぶつかる春の谷　『詩經國風』
漓江どこまでも春の細路《ほそみち》を連れて　『皆之』
夏の山国母いてわれを与太《よた》と言う　『〃』
たっぷりと鳴くやつもいる夕ひぐらし　『〃』
冬眠の蝮のほかは寝息なし　『〃』
長生きの朧のなかの眼玉かな　『両神』
春落日しかし日暮れを急がない　『〃』
よく眠る夢の枯野が青むまで　『東国抄』
おおかみに螢が一つ付いていた　『〃』
合歓の花君と別れてうろつくよ　『日常』

董振華（とう しんか）略年譜

昭和47（一九七二） 中国北京出身。

平成4（一九九二） 7月、北京第二外国語大学日本語科卒業、中日友好協会に就職。

平成5（一九九三） 9月、金子兜太を団長とする現代俳句協会訪中団通訳。

平成8（一九九六） 4月、平山郁夫奨学金で慶應義塾大学留学、金子兜太に師事し、俳句を始める。

平成9（一九九七） 句集『揺籃』（海程印刷所）刊。

平成13（二〇〇一） 「海程」同人。句集『年軽的足跡』（遼寧訳文出版社）刊。

平成14（二〇〇二） 4月、国際交流員として一年間島根県庁に勤務。

平成15（二〇〇三） 3月、句集『出雲駅站』（今井書店）刊、4月、中日友好協会に職場復帰、12月26日、中日友好協会理事就任。

平成17（二〇〇五） 3月、漢俳学会成立、副秘書長就任。

平成18（二〇〇六） 3月、金子皆子逝去。

平成19（二〇〇七） 3月、早稲田大学アジア太平洋研究科国際関係修士課程修了。

平成20（二〇〇八） 7月、現代俳句協会会員。

平成22（二〇一〇） 3月、東京農業大学農業経済学博士課程修了。

平成27（二〇一五） 5月、日中文化交流協会会員、6月から4年間句作中断。

平成28（二〇一六） 『中国的地震予報』（尾池和夫著 羅潔・董振華共訳、中国社会出版社）刊。

平成30（二〇一八） 2月、金子兜太逝去、句集『聊楽』（ふらんす堂）刊。9月、「海原」同人。

令和1（二〇一九） 4月、『聊楽句会』代表、金子兜太研究に集中。8月、「藍生」に参加。『金子兜太俳句選譯』（金子兜太著・董振華訳、吉林文史出版社）刊。

令和2（二〇二〇） 『特魯克島的夏天』（『あの夏、兵士だった私』・金子兜太著・董振華訳、生活・読書・新知 三聯書店）刊、『遊牧』同人。

令和3（二〇二一） 『黒田杏子俳句選譯』（黒田杏子著・董振華訳、陝西旅游出版社）刊。

令和4（二〇二二） 12月、『語りたい兜太 伝えたい兜太 ―― 13人の証言』（コールサック社）刊。

令和5（二〇二三） 1月、『兜太を語る ―― 海程15人と共に』（コールサック社）刊。

董振華編著『兜太を語る
――海程15人と共に』跋文

安西　篤

金子兜太主宰の俳誌「海程」から後継誌「海原」を通じての同人董振華さんが、『兜太を語る』の編著書を出すという。董さんは、中国国費留学生として長い在日経験を持ち、そして中日友好協会友好交流部副部長、同協会理事、また中国漢俳学会副秘書長として、俳句と漢俳の交流はもとより、日中文化交流の架け橋の役割を果たして来た。

董さんは金子兜太先生ご夫妻には、ことのほか愛され、中国の孫とまで呼ばれた人である。そういう人の仕事に協力するのは、先生ご夫妻の遺志にもかなうことと思い、お引き受けすることにした。

語り手となった十五人は、いずれも海程・海原の中核同人であり、兜太の肉声に触れるような、さまざまなエピソードの持ち主でもある。全国に散らばる語り手たちに直接インタビューし、そのような貴重な話を巧みに引き出し収集した、編著者の労力は並大抵ではない。

十五人の構成は、東京四人、関東地区六人、それ以外の地方五人であった。事前の情報収集によって骨組みを作り、インタビューで仕上げるという方法をとっている。そこで生れた共通のテーマは、「私の金子兜太」というべきものだった。それによって「兜太を語る」切り口を、多面的なものにしたといえる。

私自身、兜太師との交流は六十年近い歳月を経ており、人生の三分の二がそこに充填されている。私の金子兜太は、父とも師とも仰ぐ人である。二十四歳の年に父を亡くしているので、どこかに父像を求める気持ちがあったと思う。叱られたり、励まされたりした思い出は、すべて肉親の言葉のように懐かしく、嬉しく、有難く受けとめていた。俳人の師としては、絶対的存在だった。社会人としての常識や考え方については、むしろ学ぼうとする姿勢すら見せていた。それだけ人生に対して謙虚で、誠実な人という印象があった。多くの人がいうように、豪放磊落というより繊細な優しさに勝る心情の持ち主でもあった。俳句に対しては、

「自分のアイデンティティ」として牢固たる信念を持っていただけに、硬軟取り混ぜた心情の広がりがあったようにも思う。

多面体としての兜太を語るには、まずその総体を抑える総論的視点が求められよう。

金子兜太が、戦後俳句の一つの時代を作った人とみられるのは、戦後七十年の歴史と戦争体験の貴重な生き証人であり、且つその時代の牽引者として大きな影響力を及ぼした人だったからであり、なによりも全人的存在者として人気の高い人でもあったからである。

なぜそう見られたのだろうか。

第一に、戦後俳句を担った著名俳人の中でも傑出した生命力の持ち主だったこと。兜太の同世代（一九一九年〜大正八年前後）には、歴史に残る秀でた俳人が輩出しているが、兜太ほどの長寿を全うした人はいない。この旺盛な生命力が、戦後俳句の歴史の生き証人たらしめたのである。

第二に、文化交流のメディアとしての行動力と資質をもつ語り部であり、その裏付けとなる作論の説得力の持ち主であったこと。

第三に、戦争と戦後俳句の生き証人としての体験を、今日の問題として捉え返す見識の持ち主であったこと。

第四に、幅広い選句眼と感性豊かな鑑賞で、多様化の時代に指針を打ち出せる数少ない指導者の一人であったこと、等が挙げられる。

さて、そのような兜太は、没後五年、歴史にどのような存在として、記憶されているであろうか。五年という歳月は、歴史的評価というにはまだ早やすぎるかもしれないが、現時点での定評として一応箇条書き風に整理しておきたい。

第一に、戦後から現代俳句への俳句の時代の流れを作り出し、新しい時代の方向性をおのれの精神のダイナミックな成長の中で具体化してきた存在者であること。そのカリスマ性は、自分自身の裡にある高純度の気が、まわりの人々の気に強く感応するからこそ、ものごとを変えることが出来たのである。

第二に、森羅万象を「生きもの感覚」で受けとめ、自由に、主体的に表現することで、花鳥諷詠を超える方向性を示し、その方法を造型と即興によって定立してきた。

第三に、生きものすべてのいのちは、輪廻して他界に生き、不滅であるという死生観に立って、その生ある限り時代における生き方を、おのれの生きざまによって示し、時代の展望を照らし出す語り部の役割を担い続けた。

このような生きざまは、まさに混迷の時代を貫いて未来に通ずる永遠性を保つものといえよう。かくして金子兜太は、永遠の存在者となったのである。

『兜太を語る——海程15人と共に』の語り手は、時間差こそあれ皆兜太とともに生き、兜太に学んだ人々である。編著者董振華氏もまたその一人であった。その声を兜太師の遺産として受けとめて頂けば幸いである。

令和四年十月三十一日

あとがき

二〇二二年三月二十六日、田中亜美氏を本書の最初の語り手として迎えた。氏は兜太先生の晩年の弟子として、二〇〇六年、現代俳句新人賞受賞を機に俳壇にデビューされた。また、二〇一九年、兜太百歳の御誕生日に合わせて発刊された遺句集『百年』（朔出版）の編集・刊行等にご尽力された。

そして十一月十一日、水野真由美氏をこの企画の最後の語り手として語っていただいた。水野氏は兜太先生の高崎カルチャー教室の生徒で、「海程」が同人誌から主宰誌になった後、先生について俳句を学び始めた方であり、また先生と共に富岡製糸場の世界遺産登録のキャンペーンにご尽力された。現在は朝日新聞・上毛俳壇の選者などで活躍しておられる。

本書の十五名の語り手の方々に安西篤氏と私を加え、副題は「海程15人と共に」とした。聞き手は私がすべて務めたが、活字の段階では、語り手の「一人語り」とした。また、事前にお届けしてあった質問事項は、小見出しに生かすなどの工夫をした。これらは、黒田杏子聞き手・編著『証言・昭和の俳句　増補新装版』（コールサック社）より学んだことを踏襲した。

当然のことであるが、この証言集がまとめられたのは、私一人の力ではない。多くの方々のご協力と支えがあってはじめて出来たものである。

語り手の方々はもとより、金子眞土氏ご夫妻から大きな支持と様々な助言を賜った。「海原」代表の安西篤氏より本書の跋文を、筑紫磐井氏より帯文を頂戴した。装丁は高林昭太氏にお願いした。また、従弟の鄒彬君がすべての取材に同行し、録音や撮影を担当してくれた。そして、出版を引き受けてくださったコールサック社の鈴木比佐雄代表、実務担当の鈴木光影さんには何から何までお世話になった。併せて心から感謝の意を捧げます。

なお、本書に先行して、別書『語りたい兜太　伝えたい兜太――13人の証言』（コールサック社）も刊行致しました。本書と合わせて、金子兜太先生のことをより多角的に知っていただきたく、多くの読者の皆様に読んで頂けますよう心より願っております。

二〇二二年十二月八日

董　振華

聞き手・編著者略歴

董 振華（とう　しんか）

俳人、翻訳家。1972年生まれ、中国北京出身。北京第二外国語学院日本語学科卒業後、中国日本友好協会に就職。中国日本友好協会理事、中国漢俳学会副秘書長等を歴任。早稲田大学大学院アジア太平洋研究科国際関係修士、東京農業大学大学院農業経済学博士。平成八年慶応義塾大学留学中、金子兜太先生に師事して俳句を学び始める。平成十年「海程」同人。日本中国文化交流協会会員、現代俳句協会会員。中日詩歌比較研究会会員。俳句集『揺籃』『年軽的足跡』『出雲驛站（えき）』『聊楽』等。随筆『弦歌月舞』。譯書『中国的地震予報』（合訳）、『特魯克島的夏天』『金子兜太俳句選譯』『黒田杏子俳句選譯』、『語りたい兜太　伝えたい兜太――13人の証言』、映画脚本、漫画等多数。現在「海原」同人、「藍生」会員、「遊牧」同人、「聊楽句会」代表。

現住所　〒164-0001　東京都中野区中野５－51－２－404
E-mail：toshinka@hotmail.com

石炭袋

兜太を語る　――海程15人と共に

2023年2月1日初版発行
聞き手・編著　董 振華
発行者　鈴木比佐雄
発行所　株式会社 コールサック社
〒173-0004　東京都板橋区板橋2-63-4-209
電話 03-5944-3258　FAX 03-5944-3238
suzuki@coal-sack.com　http://www.coal-sack.com
郵便振替　00180-4-741802
印刷管理　（株）コールサック社　制作部

装幀　髙林昭太

落丁本・乱丁本はお取り替えいたします。
ISBN978-4-86435-557-5　C0095　￥2000E